U0527424

SHIJIAN ZHI YE

时间之野

何述强 著

漓江出版社
·桂林·

何述强

仫佬族,广西罗城人。出版有城市传记《山梦为城》,民族文化随笔《凤兮仫佬》,散文作品集《隔岸灯火》《重整内心的山水》,非遗专著《百鸟衣——羽光绚丽的传奇》等。现任广西戏剧家协会副主席、秘书长。

目录 / Contents

第一辑　隐伏的村庄 // 001

时间的鞭影 // 002

故山松竹月 // 009

来　宝 // 016

故乡是每个人心中隐秘的事物 // 027

沉寂中的轰鸣 // 043

死亡故乡 // 049

寂寞的坟碑 // 056

土城童话 // 060

石龟行走在记忆的洪荒旷野中 // 062

江流无声 // 067

隐伏的村庄 // 072

生命中总有些仪式不能省略 // 082

第二辑　仿佛一道电光 // 091

青砖物语 // 092
拉住你的手，这样的夜晚才不会迷路 // 095
荒野文字 // 098
青龙偃月刀守护的阅读 // 102
仿佛一道电光 // 108
应说阳明旧草堂 // 116
三界轩辕庙 // 126
乌雷的那一场雨 // 134
聆听湘江　回首苍茫 // 145
深夜，与一坛酒对话 // 153
回到竹简——忻城漫笔 // 159

第三辑　江山诗意此中藏 // 167

木村坡的温暖火塘 // 168

和尚岗是一本书 // 177

高山岭顶的侗天湖 // 185

认出你的混茫 // 193

老　木　棉 // 202

江山诗意此中藏 // 209

照亮记忆里的事物 // 216

七百弄：七百个迷人的传奇 // 224

夜访铁城 // 230

灵渠梦寻 // 234

锄云种花到德保 // 242

感受赫章 // 248

用一根琴弦征服世界 // 257

千秋眉眼龙江河 // 262

刀锋上的光芒 // 273

第一辑

隐伏的村庄

这些不起眼的一草一木,构成砖混楼房林立的当下村庄里另一个隐伏的村庄,那是他们的精神故乡,那是夜晚给他们睡得安稳的东西,那是滋养生命的重要事物。

时间的鞭影

在田野中奔跑的童年不知道什么是时间。只知道乡村的夜晚星空灿烂，蛙声绵绵，冬天的菜心有白莹莹的雪。只知道村边有无穷无尽流淌的河水，河水总是很清，映着朵朵白云，连绵的青山在远处呈现剪影。当然，乡村美好的物事远不止这些。

记得读小学时有一段很短的时间，学校突然让我们各自带煤油灯到学校上晚自习，我还记得班主任在教室里走来走去，监督在一朵一朵的煤油灯光下心不在焉的我们。别人怎么样，我不知道，就我自己来说，我对夜晚上自习的好奇远远超过我对学习的兴趣，整个晚上我都在东张西望，根本看不下一页书，做不成一题作业。我到现在仍然记得班主任那张幽暗的脸。因为全班只有他没有带灯，他在教室里走动，脸在煤油灯光的上方，因此十分幽暗，时隐时现。毕竟每一盏煤油灯照亮的范围都是有限的，即便是全班的煤油灯，也无法照亮教室的夜空。

下晚自习后，我们得经过一大片田野才能回家，跟来时经过的那片田野是同一片田野。那时候，秋天的谷子已经入仓，田野很干爽，到处都是堆着的禾秆草，我们把熄灭的油灯集中放在田坎边，就在草堆上做跳跳床的游戏。每一次弹跳起来都可以看到天上的星星，运气好的话，还可以看到流星。我们快乐地欢叫着，声音回荡在夜晚寂静空旷的田野上。也不知道我们在田野中嬉闹到什么时候，月亮升起、落下，露水冒出、隐匿，秋虫唱歌是否跑调，这些对我们都不重要。我们一个个就像脱缰的野马，尽情地跳荡在秋夜的禾堆上，毫无拘束感。

我至今想起那样的情景，内心都会微微地激动。我对记忆中的田野一往情深，应该是建立在这种激动的基础上的。我想，在禾堆上跳荡的夜晚所看见的风景，所感觉到的自由，一定影响了我对事物的看法，以及我对人的态度。夜晚有夜晚的快乐，白天有白天的欢畅。白天的田野向我昭示的是大自然的蓬勃生机。一样的田野，不一样的感受。童年的旷野是一个丰盈无比的世界，似乎一切永远不会枯竭。那拧得出水的空气，疯长的植物，跳跃的动物，飞翔的鸟，盘旋的蜻蜓和虫子，还有那翻卷的白云和突如其来的乌云，那起伏的山影，那扛着牛轭在春天汪汪的水田里年复一年踢踏前行的水牛。沉浸在这样的世界，除了知道白天黑夜的交替，谁又曾料到有什么东西已经偷偷溜走。

在差不多念完小学时，我转到县城读书，也还不知道什么是时间。只记得住在父亲那个工厂宿舍的那些雨夜，雨点打在瓦片上，绵密急促，一片连着一片，让离开村庄的我感到宁静和温馨。因为工厂处于城乡的接合部，工厂的院子外面就是田野，工厂与

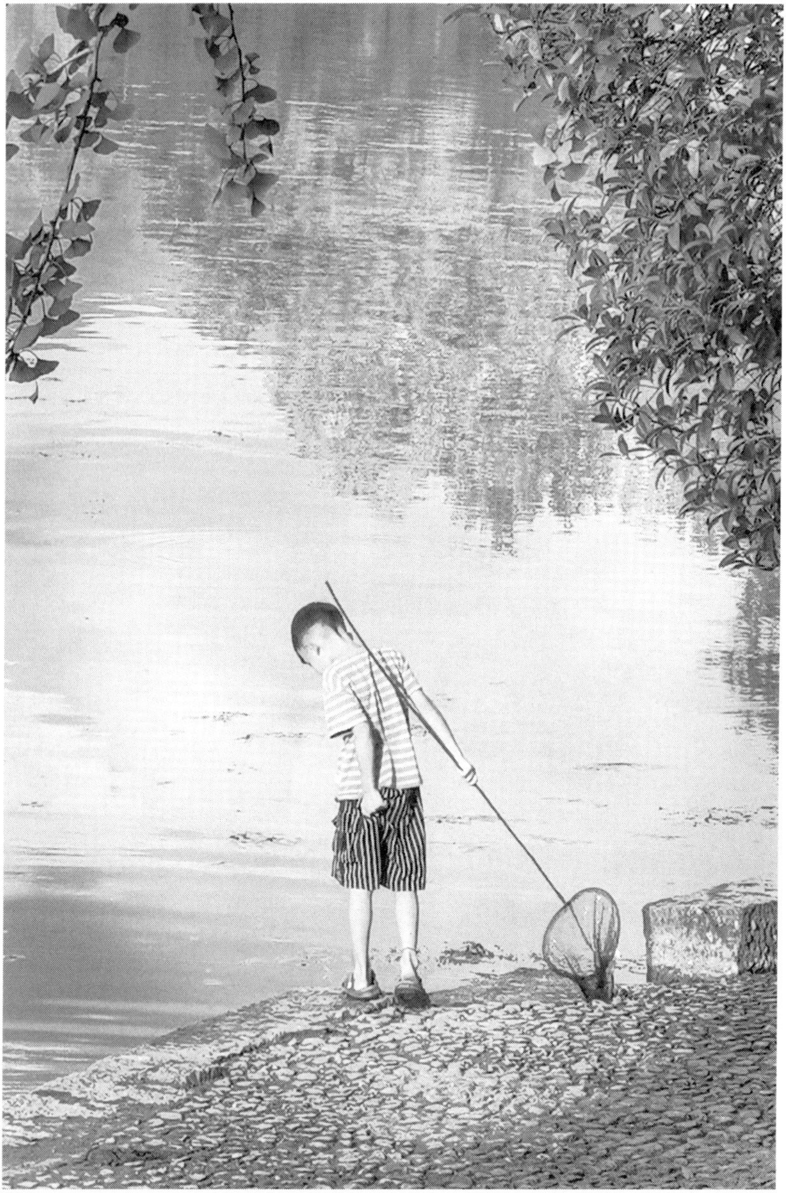

村庄共用一口清泉。白天担水和洗衣服的人络绎不绝。夜晚走近泉边，可以看到星月映照水面上。要是借助手电筒的光，还可以看到泉水里自由游弋的鱼。越到深夜，从泉眼游出来的鱼就越多，大约是世界的寂静让它们放下了戒备。由于住近泉边，我得以窥探这个秘密。

我们家的窗外是一条道路，离窗口很近的地方有一个长满草树的角落，每隔一段时间就会有村民到那里放鞭炮。起初我一直弄不清楚是怎么回事：他们好端端的，到这里放一串鞭炮干吗呢？等我稍微长大一点才知道，我们家窗口下面那个位置，原来是人家村庄的社王庙。这些因素，我爸爸他们当初在盖厂房、起宿舍的时候显然没有考量过。因此，每次鞭炮响起，我爸爸是不能抗议的，他只能沉默，或者假装什么也没听见，"王顾左右而言他"。那一串炮，不就一缕烟吗？一会儿就消散了。

现在想起来，我到县城读书，由于住在农村和县城的接合部，所以仍然是没有彻底离开村庄的。厂区与村庄共用的清泉，爬上围墙就可以看到的广袤的田野，春夏听到的蛙鸣，以及窗口下的祭祀社王的鞭炮声，都在帮助我建立与村庄的系统联络，有关村庄的信息向我不断涌来。只不过，旁边这座村庄，不再是我原来的村庄。从村庄到村庄，于我而言，依然是沉浸在一种漫无边际的境界中，蒙昧愚顽，并没有觉察时间为何物。

那时候老师布置的作文总是很简单。比如，我的童年，难忘的一件事，记一个勤奋学习的同学。这些，都帮助不了我认识时间。产生时间感的历程漫长而艰难。直到一个在我看来"比较老练"的同班同学，他把我作为他记叙的对象写进作文，而老师又把他的这篇作文当作出色的范文在课堂上朗读时，我才意识到身上有些东西不能再沉睡了。同学这篇"惊世之作"的第一句是："何述强同学已经十三岁了！"开宗明义，直奔主题，没有任何迂回。那一瞬间，我头脑轰的一下，顿时觉得事情严重起来。班上同学普遍十二岁，或者干脆十一岁，而我，已经十三岁了！那种苍老的感觉足以让我步履踉跄，恨不得马上有人递一根拐棍过来，好渡过难关，有点类似电影里的战士突然中弹用手捂住胸口一样艰难（小时候这类电影倒是看了不少）。这个同学深刻的提醒唤起了我的时间感。不知不觉，十三年光阴已经从我身上流淌过去了！懵懵懂懂的我，在这一声棒喝中苏醒过来。

同学那篇令人惊恐的作文还写到我那该死的书包，那是从村庄背到县城的书包，也不知道背了多少年，书包带子早已发白，并且已经成功地磨损得只剩下一根绳子。我为同学细致入微的观察和出神入化的笔触震撼不已。我仿佛看到自己浑身苍莽，洪荒未开地从乡村和田野走来，除了裤管、指甲、鞋头上的泥土，头发上拍不掉的草籽，身上还系着一根可怕的绳子！这绳子比石壁上的青藤还坚硬，连猴子都可以挂在上面荡来荡去。太多青涩、土老、蒙昧的气息缭绕着我，让我失语，无力，陷落，崩溃，根本无法为自己辩护。是时间，还有我的血肉之躯，把曾经美丽的绿色的书包带子磨损成一条寒碜的绳子！这绳子紧紧地勒住我，一直勒到我的身上淌出血来，旋即又从我身上像蛇一样飞起，化为一条鞭子，向我抽打，我被狠狠地打了一下又一下。那绳子，像农村抽打水牛用的鞭子。我不知道那天我是怎样回家的,怎样从书桌下掏出书包,系上那根宿命的绳子,穿过早已空旷的校园。是不是流泪了,也不知道。我十三岁了,陪伴着我的,是那一句像鞭子一样响亮的话,还有一根像鞭子一样残酷的绳子。

到了今天,我更愿意把那根绳子理解为时间的鞭子。

作为物质意义的书包绳早就消失了。它一定是随着被淘汰的书包退出历史舞台的。太多的消失我们无法统计。但是,如果把它理解为时间的鞭子,形而上的鞭子,它就几乎没有消失过。它一直在变着法子抽打着我的血肉之躯。悠来荡去,神出鬼没。有人说,岁月像一把杀猪刀,那未免太残忍了一点。时间像一根绳子,时而像情人一样温柔地贴身,时而又不近人情地拉开距离无情抽打。这倒是比较恰当,庶几可以坦然接受。杀猪刀常常伴随着嗷嗷的嚎叫,太热闹和惨烈了,这似乎不符合时间的性格,时间是安静的,它的特长是抽丝剥茧,滴水穿石。

诗人臧克家写有一首《老马》,最后一段是:"这刻不知道下刻的命,它有泪只往心里咽。眼前飘来一道鞭影,它抬起头望望前面。"这是让老马心惊胆战的鞭影,不也是让我们心惊胆战的时间的鞭影吗?人年长了,变成一匹老马了才不敢对这样的鞭影掉以轻心。我记得父亲在他的一本藏书封底上用钢笔录了两句诗:"老牛自知黄昏晚,不用加鞭也奋力。"我一直弄不明白出处。直到读到臧克家的另外一首诗《老黄牛》,里面有这样的句子:"老牛亦解韶光贵,不等扬鞭自奋蹄。"我才知道父亲抄录的两句诗脱胎于此。刚好,父亲那本藏书书名叫《龙文鞭影》,是一本古代很有名的启蒙读物。据说龙文是一种千里马,它只要看见鞭子的影子就会奔跑驰骋。父亲的这本藏书也像我的旧书包一样,在时间的长河中早已消失得无影无踪。但父亲用两句诗来警醒自己,珍惜时光,也暗暗地警醒着我。

当我们失去了许多东西,当我们熟悉的亲人慢慢像玩捉迷藏一样隐匿起来,我们才猛然发现时间去了一个说不清楚的地方,而且永远不会重来。现在,我只有在阅读中,或者沉溺于文字织造中,才会恍惚间进入一个隐秘之境。这个隐秘之境暂时不被时间觉察,尚可忘乎所以。那里边,依然波涌云横,草长莺飞,一如我曾经经历的丰盈的村庄和田野。

故山松竹月

我小时候生活的村庄，其实就是我的高祖父昆仲和他的父辈、他的爷爷辈三代人创建的村庄。原来那个地方是一片宽阔的芦苇荡，白鹭和各种水鸟出没，是邻村放鸭子的地方。后来得到高人点拨，祖先们买下了这片水域，挑土填泥，填建成了我们的村庄。村庄的布局非常和谐。中央是祠堂，祠堂前面有一个池塘，种莲藕和菱角。村里的房子一溜溜对称分布在祠堂两侧。村后面是后龙山，说是山，其实并没有山，它只有树木，没有石头，算不上一座真正意义上的山。白天葱郁氤氲，雀唱鸠鸣，夜晚枭鸟聒噪，让人毛骨悚然，心生畏惧。因此，我认为它是一座无形的山，它有着山的高度与力量，有着山的威严、幽深与神秘。童年时，那些故事里的恐怖的芭蕉精、老熊婆和其他战斗力极强的妖怪，我疑心都是从后龙山深处蹿出来的。有形或者无形的山，都滋养着孩子们的想象力。一个村庄总需要有一座近切的山卫护着，它也许就叫后龙山。若没有真实存在的山，一座土岭，一片树林，也会被命名。

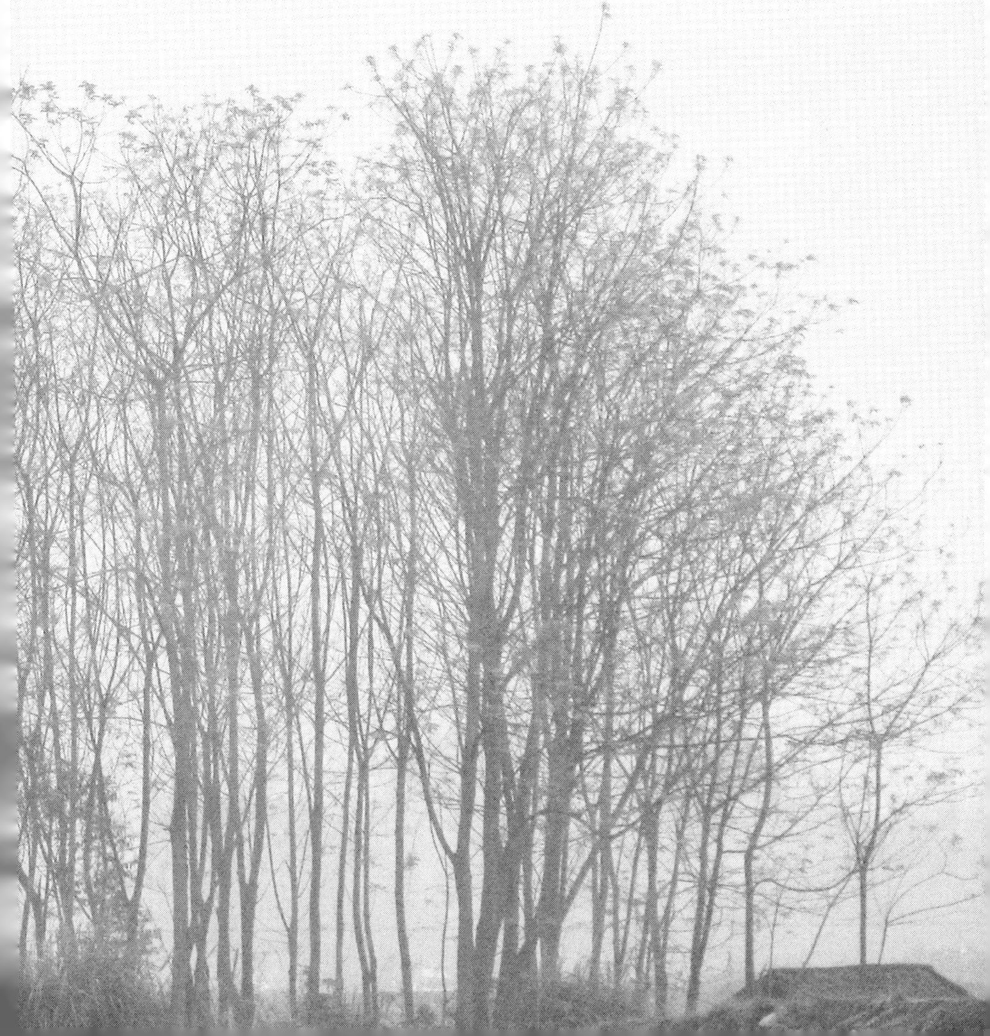

后龙山是我孩提时代经常嬉戏的地方。那里长满了大树，常年四季郁郁葱葱，在这些大树之间，有几棵比较孤高的松树。一条潺潺的溪水穿过后龙山边缘，从古松脚下经过，绕过村庄篱落园舍，流到村庄前面，然后向开阔的田野中间流去。它就像护城河一样，环绕着我们的村庄。溪边多种竹，是那种婀娜多姿的凤尾竹。门前的溪上有简易的石板桥。石板桥由几块条石铺成，其中靠近水边的那块石头上有我最早认识的文字。几岁的时候我就开始在这座桥上攀爬。在很多有月光的夜晚，我都会趁着月光去抚摸那几个我生命中最早接触的文字。月光下不一定看得清楚，但是可以深切地触摸到镌刻的痕迹。一开始只是好奇，到后来反复询问村中老人，他们才告诉我这六个字是"南无阿弥陀佛"。但是，是什么意思却没有人告诉我，或者说他们也不一定理解。后来，溪水改道，石桥拆除，这块石头始终没有被遗弃，现在还竖立在溪水旁边，每次回老家我都会多看上它几眼。这是我最早认识的文字，也是在月光下第一次抚摸到的文字。在故乡朗朗的星月灿烂之夜，我抚摸着我最初认识的文字，内心有一种说不出的激动和欢喜。

记忆中的童年，村庄里到处都种有花。村前池塘有荷花，荷花落瓣后有青青的莲子。溪畔路侧、竹林边、菜园篱笆旁有粉红色的木槿花，还有美人蕉。美人蕉花朵的底部有一滴甘甜的琼浆。从这些各处种花的细节我就知道，我们祖上是有审美素养的。他们知道，养活一个村庄，不仅仅需要粮食和盐，还需要松树和竹子，需要花朵和果园。在我小的时候，溪水边家里的果园还在，各种果树都有。在乡村，其实也可以过着比较雅致的生活。我的高祖父喜欢绘画，他用的颜料从自然界撷取。据说他会用萤火虫发光物来制作梅花树枝的颜料，他画的梅枝凹凸有致，数十年之后依然闪闪发光。如果可能的话，他还想把月光的精华提取出来。他是当地有名的画家，画雄鹰尤其出名。当地人称"何家鹰"，又称"何家鹞"。说到"何家鹰"，地方上还流传一句民谣："周家猫，卢家山水，何家鹰雄。"另外一个流传的版本是"周家猫，何家鹞，卢家山水"。大同小异，说的就是周家人善画猫，卢家人善画山水，何家人善画鹞鹰。我的一个远房亲戚，说他家曾经收藏有我高祖父画的鹰，平常是见不到的，得逢年过节，他家大人才像宝贝一样拿出来挂在客厅。他还告诉我，旧时飞龙寨何家祠堂（抗日战争时期用作德山中学教室）有一面墙壁上只画了一只硕大的雄鹰，那是我高祖父的手笔。关于"周家猫"，他说他家也收藏有一幅，很神奇，挂在墙上，猫眼鬼灵精鬼灵精的，老鼠见到无不疯狂逃遁，家里于是无鼠。

我的曾祖父喜欢吟诗，以诗明志："闲来陋室吟诗句，兴去深渊学钓翁。"他这两句诗足见其情怀。他晚年隐居在家乡北部山区一个叫平江的地方，在山上筑室而居，满山满岭种了很多蕉梨。他写有一首跟月光有关的诗："十年图守困，空对旧山林。代谢期将近，调停自有人。庭前风自扫，篱上月斜明。流水潺潺去，含情一样深。"可见他对照在篱上的月光有着仔细的洞察。旧时能吟诗的诗人估计都写过月光。就拿我家乡人来说吧，我的家乡有一个诗人，他的两个表弟在广州邀请他去玩，告别的时候，他写有一首诗，其中"明朝又是归轮别，凉月从今两地光"两句，不动声色地写出了兄弟离别后的思念之情，极具艺术感染力。我们家乡还有一个诗人，清末做过广东潮安县（今潮州市潮安区）的知县，民国初年曾任河池县知事。有一年中秋节他无法回家，写了一首诗表达自己的心情："归装欲整又留连，自笑行踪类紫鸢。幸喜今宵秋色好，冰轮不减旧时圆。"说明了他对月光有透彻的认识。游子怀乡，乡愁里少不了一枚旧时月。故山的松竹月牵系着游子的衷肠，无论走到哪里，都不会忘记。美不美，家乡水；亲不亲，故乡人。所以才有"月是故乡明"的说法。故乡的月亮为什么特别明呢？因为，故乡的记忆总是太清晰，故乡的月亮可以照亮很多事物。童年的经历历历在目，其实都跟月亮有关。月亮照亮了我们的童年，我们在月亮的田野里做"蒙蒙躲"。我们在月光下的草堆向上弹跳，仿佛可以抓一把头顶上的星星。我们在月亮下发现自己调皮的影子，我们跳起来踩自己的影子，俯下身来捉自己的影子。大人告诫我们，不能玩捉影子的游戏，迷恋虚无的影子会生莫名其妙的病。但谁的童年没有过"捕风捉影"的记忆？

前不久我回到家乡住了一晚。那个夜晚月亮似有还无，我在田野中的小路漫步，居然不知不觉走到了曾经就读的小学。借助微弱的月光，我看到了校名，唤醒了好多回忆。第二天一早，我登上堂弟三层楼房的楼顶，看到那几棵后龙山的松树依然是那么挺拔俊逸，那么风神旷朗。看到溪水码头边的竹林依然婆娑翠绿，仿佛生烟，我便产生了一种"松竹犹存，家园依旧"的感觉。松竹在，自然月光也在，萤火虫也在。

浪迹在外，真想好好回到故乡的月光下走一走。听听竹语松风，吟一声：依旧竹声新月似当年。

一路走来的那些文人骚客，他们的笔端无不驻满月光的深情。他们行走在他们的年代和旷野中，披着如霜的月光，吟诵着动人的诗句。"明河共影，表里俱澄澈。""应念岭表经年，孤光自照，肝胆皆冰雪。"这些诗句带着月色的皎洁、澄澈和宁静，已经静静地成为我们语言里的一种质地，浸润在我们的文化之中。这样的句子也指引着我们该如何守护这个世界的许多宁静的事物，如何敬畏和热爱我们的乡土，如何在当今迷乱的光影中减少几分慌乱，找到内心的沉静。不要丢失了我们的故山，故山有松有竹，有最朗洁的月，是我们获得第一口甘甜的乳汁、第一口清水的地方，是我们触摸到第一个文字的地方。仰望满天星斗灿烂，我们第一次发现世界如此高远和神秘。不要丢失了我们的赤子之心，保持一份旷朗超拔的精神境界，一种跟月光对话的诗意。我们的文化品质的形成跟月光终古的寂静倾泻是有关系的。月光不声不响，却抚平白日的喧嚣。月光清冷寒寂，却唤来蛩吟如织。

诗人李白堪称月光大师。他写月亮的佳句数不胜数，俯拾即是。比如，"小时不识月，呼作白玉盘。又疑瑶台镜，飞在青云端。""举杯邀明月，对影成三人。""今人不见古时月，今月曾经照古人。古人今人若流水，共看明月皆如此。"又如，"人生得意须尽欢，莫使金樽空对月。"

在他的理想境界里，杯子里绝对少不了酒，当然，也少不了月光。

来宝

来宝是一只狗,它的名字叫来宝。因为年淹日久,已无人知晓这个名字的来历。众所周知,狗是没有名字的,是人类基于各种志趣,给它们起了花花绿绿的名字。回头想想,人类何尝又不是如此,本来也是没有名字的。

说到来宝,得先说说我们家乡的一座寺院,它叫安宁寺。安宁一词,明显带有佛教的精神指向,寻求内心的安宁,由内而外,由此及彼,推而广之,希求外部环境之祥和宁静。这一诉求的背后,应当是那时我的家乡并不怎么安宁。我的家乡旧称武阳,古谣有云:"武阳岗,三年必反乱一场。"这句古谣透射的丰富内蕴,已无须我多做说明。那里早就注定是一块布满离乱和疼痛的泥土。

安宁寺有个老和尚,擅长驯狗,这在当时很有名,但在他圆寂数十年之后,已鲜有人提及。有一次在路上,有个上了年纪的人提到安宁寺,我便特别留意,他随即提到安宁寺的老和尚的驯狗绝活。这一信息,一下子就打通了我原来越不过的一些思维障碍。

我很小的时候就听说安宁寺，也是因为一只狗。在我还没有来到这个世上之前，我们家曾拥有一只狗，它叫来宝，它的身世与安宁寺有关，它是安宁寺的和尚送给我曾祖父的。至于为什么寺院的和尚会把来宝送给我曾祖父，曾祖父跟他是怎样的关系，我一直不得而知，只是隐约觉得他们的关系应当非比寻常。在乡间成长的很长一段时间里，寺院对我来说是很神秘的。跟寺院关系密切的曾祖父也无端被蒙上了一层神秘的色彩。这种神秘，应当与过去的政治语境有关联。很多事物，是因为被遮蔽了才显得神秘的，甚至会发展到令人生畏。

当我听到安宁寺的和尚擅长驯狗这个迟到的信息后，总算摸清了一些路数，也拓展了过去的想法。他既然能够驯狗，自然不止来宝一只，说不定还是批量的驯化。所以，来宝，极有可能是我曾祖父当年从和尚手里买到的一只狗。不过，话说回来，我曾祖父交游甚广，他的朋友中不乏江湖奇人，所以，他与和尚有深厚的情谊，和尚赠他一只狗，也不是没有可能的。况且，这一直是来自家族的传统说法。我的曾祖父向来沉默寡言，有关他的事情总是颇费疑猜。我现在猜测七八十年前的一场友谊，甚至卑鄙地提到交易，多少有点不道德，但我的确想厘清来宝来到我家的历史因缘。在我原来的想象中，老和尚就只有来宝一只狗，他们相依为命，共同守护禅门的清寂，后来他把心爱的灵犬送给我的曾祖父。我这无疑是夸大了他们之间的友谊，把泛化的一个行为理解为孤注一掷。事实上可能并非如此，他们或许仅仅是主顾关系。事情表象的背后，蕴藏着丰富的可能性，历史也因此会被不同地阐释着。我们的猜测能够抵达的真实层面总是十分有限。但有一点几乎是可以肯定的：老和尚送走来宝之后，他不会独守疏钟塔影，他还有另外的一只狗，甚至不止一只，因为他是个出色的驯狗师。经过他的精心驯化，那些狗，打通了一些蒙昧的障碍，获得了更多的与人交流的能力或者灵性，可以听懂人的言语，读懂人的表情和手势，可以更广泛地参与人的活动。

来宝就是这样一只灵犬。它到我家后，全家上下一个劲地叫它来宝，它俨然是家庭里的一个成员。它的名字，响亮，顺口，意义明朗，是对财富的呼唤，是一种美好的愿望的寄托，具有饱满的吉祥气息。这样的气息，对于那个时代的中国农村普通家庭，无疑是需要的。

在我家里，来宝的饭碗是一个陈旧的木瓢。这样的木瓢在我的家乡很普遍，是用比碗口粗的一段木头挖成，留一截儿可以用手拿的柄。家里老少舀饭的时候，也往离铁锅不远的木瓢里舀上一些，来宝便跑过来，埋头苦干，把木瓢里的饭吃个精光。有时候太阳暖洋洋的，我的家乡常有这样的时候，来宝吃完饭后就躺到天井里懒洋洋地享受阳光。由于阳光的催眠作用，它居然睡着了。这个时候，通常我的小姑就会冲它喊叫："来宝！不洗碗吗？"来宝二话不说，一骨碌爬将起来，抖抖身子，晃晃尾巴。它平常身上痒的时候也会这样做。对它来说，洗碗简直是习惯成自然。它用嘴叼起那木瓢的柄，跨过门槛，急匆匆地向村头水沟码头跑去。那样子想起来一定有点滑稽，但村里的人早已司空见惯，并不感到奇怪。来宝来到水沟边，用嘴巴稍微调整一下木柄，就把木瓢猛浸到水里去，扑通一下，又一下，连续几下，木瓢就干净了。然后它又快节奏地移动四只脚，把木瓢送回家里。它走过的地方，人们还可以看到一些飘飞的水珠和水珠落地时激起的微微尘土。碗洗好了，来宝又可以回到它的阳光之中，懒懒地伸缩几下。至少，在短时间内，不会有人再来干扰它的清梦了。

这里顺便交代一下，余生也晚，没有见过来宝。但是，村口清清的水沟是见过的。回忆之中总是有很多清水，沟边码头的那些青石板也是一尘不染的。村妇在上面捣衣服，清脆的声音四处回荡，与后龙山树林里的鸟鸣间杂交错，此起彼落。这些年回故乡，最明显的就是水沟干涸了，沟底长满了杂草，青石板也被掩埋在厚厚的尘埃里。是不是很多快乐的往事也像这清水素石一般呢？会斑驳？会模糊？会无影无踪？会被湮没在岁月浑浊的目光深处？这些水原来像镜子一样汪亮在村庄的四周，可以照见村庄的容颜。现在镜子打碎了，容颜变成什么样子也不知道了，好像也无须知道。原来这条水沟的水可以灌溉一大片农田，现在家家户户各自掘井抽水灌溉，水沟久已无人修葺，自然就荒芜了。以前地面的水，就足以灌溉农用，现在得调动地下的水，这到底是一件可悲的事情还是一件可喜的事情？我说了这么多，跟来宝也许真的没有什么关系。但我们可以做这样的设想：要是来宝还在，即使它叼着木瓢跑遍村庄，也将无处清洗它的饭碗。要是它把木瓢叼到深井边，试图故技重演，那简直是一件危险的事情。它只有把木瓢叼到天井里，期待下一场雨，让雨水冲洗干净它的饭碗。在下一餐来临之前，如果老天还没有能够下雨，它只有将就着用脏兮兮的木碗进食了。很简单的一个道理，水的失落，会让光洁的青石板变脏，会让狗的木瓢变脏，可能还会让许许多多的东西变脏。

这里扯远了，还是来说说来宝。

来宝还会帮我曾祖父找到他的烟筒斗。曾祖父忘记烟筒斗放在哪里是常有的事。他一声呼唤，精明的来宝很快就会用嘴巴把长长的烟斗叼过来，交到主人手上，让主人过过烟瘾。烟筒斗是在细长的竹竿中间钻眼子做成，因为通常系一个布做的袋子，袋子里面是切成丝的生烟，所以烟筒斗比较准确的名称叫"烟袋"。

我见过祖父的烟筒斗，他坐在竹椅上，斜着烟筒斗吞云吐雾的情景偶尔还会出现在我的记忆中。记得小时候我肚子痛，祖父会用一根长长的禾秆草芯从烟筒嘴伸进去，抵达已经被熏黄的竹竿的内部，然后再徐徐抽出来。本来白色的禾秆芯变黑了，捋下这层黑，便得到一些黑乎乎的浆，涂在肚脐眼上，一下子就可以止痛。祖父管这黑浆叫"烟屎"，是乡居治肚痛腹胀的一剂特效药。有时候，调皮捣蛋的我把堂弟逗哭后，脑瓜子难免也会被祖父的烟筒斗亲吻几下。我的母亲甚至认为，我小时候严重的口吃，跟祖父的烟筒斗有关系。由于我被送到外婆家住几年后再回来，已经把祖公话给忘记了，说一口通行的桂柳官话，祖父听了不是滋味，就用烟筒斗加以威逼，我只好吞吞吐吐地说起祖公话来，这样就口吃了。这是母亲的描述，我自己是一点印象都没有了。言语发生障碍，是很复杂的因由，不一定是扬几下烟筒斗的问题。

说到来宝为曾祖父衔来烟筒斗的旧事，祖父的烟筒斗自然就被激活在我的记忆之中,那些黑黑的烟屎,以及祖父用禾草取烟屎时那种从容不迫,同时多少带有点寂寞隐忍的神情成为我童年里最温馨的细节之一。

曾祖父晚年大多数时间是在广西大苗山里度过的。他在那里教书,同时也为乡民写写讼状。九村十八寨,到处留有他的足迹。因为文化程度比较高,他在那里得到了普遍的尊重。他的学生当了乡长之后还专门请他出任"师爷"。山中寂寥的岁月,来宝是一直陪伴在他身边的。他出没的地方,自然就是来宝出没的地方。他有吃的,来宝就有吃的。在大人的描述中,曾祖父在大苗山教书时,很少洗衣服。他在住处的墙壁上钉一排竹钉,穿过的衣服依次挂在竹钉上,等到箱笼里的衣服穿完之后,他就从第一件挂着的衣服开始穿。如此循环往复,几个回合,一年就过去了。曾祖父或是这样认为,山间的清风明月自然而然会洗涤衣服,根本用不着麻烦清水。这个细节足以想见曾祖父性格之随和,他与来宝能如此默契地相处,也就并不让人感到奇怪了。很难想象一个性格火暴的人会善待一只动物,会与一只动物相依为命。

那时候进山没有车,连一条像样的路也没有。走的都是崎岖山路,羊肠小道。经过一些茂密的森林,曾祖父会敲响他事先准备好的竹梆,清越的竹梆声响彻云霄,震荡在林子间,山谷里,这样做是为了避免被老虎吃掉。因为,有竹梆声的地方就说明有牛群经过,牛是不讲道理的,老虎也害怕,更何况是牛群,老虎根本不是对手,于是只好退避三舍。老虎哪里知道,穿过丛林的,只是一个人和一只狗。他们势单力薄,仅仅是依靠一支笃笃鸣叫的竹梆壮胆。

因为路途遥远，加上风险大，不光是老虎，那年头土匪也猖獗。曾祖父有时春节也滞留大苗山，没有回家过年。那时大苗山哪有什么邮差，根本无法寄信。他便写了家书，折叠好，用绳子系挂在来宝的脖子下面。来宝很懂事，摇摇尾巴，眼睛晶亮晶亮的，就冲向迷雾重重的山岭，向我的家乡奔跑而去。来宝很聪明，路上遇到行人，它会事先跑到树林里，或者到大石头背后躲藏起来，等待行人走远后它才出来赶路。它知道，人也是危险的，并不都那么可靠。只有保住性命，那封家书才能安全抵达。为了达到这个目的，它不得不在回家的路上躲躲藏藏。

曾祖父的几个儿子中，我的祖父读书最多，算是文化最高的了。来宝脖子上的绳索和家书隐蔽得比较好，不注意还真的看不出来。它回到家里，大家无非是知道来宝回来了，而曾祖父并没有回来，或者是曾祖父晚一步才回来，因为来宝跑得快，把曾祖父甩后头了——反正对它也不怎么留意。来宝当然会有它的办法：它一个劲地往我祖父身上爬，祖父感到有点异样，对它进行细致的观察，于是很自然地拿下脖子上的家书。一读，就知道曾祖父不回来过年了，大苗山里的岁月一切吉祥平安。祖父写了回信，用同样的方式将书信系挂在来宝的脖子上，这只精通人事的灵犬便欢喜雀跃地复命去了。

可能还是会有人在莽莽苍苍的大山中看到一只奔跑着的狗时，会诧异它如此孤独，甚至会怀疑它是一只落荒的野狗，也就是现在我们通常说的那种流浪狗。如果你对它有敌意，有企图，在你举起猎枪或者低头捡起石块之前它就会隐匿。如果你站在自己家门口友好地注视着它，它也会向你摇尾示意。为了它的主人，它不辞劳苦，像一阵风一样奔跑在山道上，溪涧旁，丛莽间。要是不小心被石头上的青苔滑倒了，它会顺势打个滚儿站稳身子，吐出舌头，喘几口粗气，仔细看看四周，顺带调整一下情绪和速度。要是口渴了，它会停下来喝上几口清甜的山泉水。在清朗的星光月色中，"马蹄催趁月明归"的古句它是不知道的，但它知道正好赶路。在浩茫的云雾里，它也会牢记一个信使无言的诺言，不会迷失方向。它会不会路遇一些寂寞的同类，并因为性别的差异燃烧起本能的欲望，梦想一些奇幻的组合，这个就很难猜测了。但它有要事在身，估计不敢过多沉迷。因为，那样的事情往往最容易误事，并且会使处境十分被动。

曾祖父是1960年去世的，据说，来宝也因为缺乏粮食饿死了。幸好，这样的事发生在主仆俩回到故乡之后。那个年份饿死了很多人，存活者也是人心惶惶，以浮肿和菜色作为身上的重要标识。像草根、树皮、龙眼籽、金猫苑、马蹄蕨、天蒜、薯莨这样的东西都被用来作充饥的食物了。在这样的情势下，饿死一只狗，是根本算不上什么的。没有人知道它最后葬身何处，可以肯定的是，不会有一块为它准备的坟碑。但我们家里知道，它不是一只普通的狗。

在我曾祖父离开大苗山70年后，我有缘到了那个地方，见到了他当年的几个学生，都是已届八旬的老人了。他们还记得我曾祖父当年行走在乡间的身影。我的曾祖父教他们读书，教他们吟诗属对，也教他们音律和卜卦，做了他那一代知识分子所应该做的事情。他们也说起曾祖父身边的那条狗，它跟随他走遍那里的村村寨寨。"你想吸烟，那条狗认得帮你咬来烟袋。"他们都这么说。对于狗的颜色，我很想知道，一个老人说是白色的，另外一个说是黄色的。年代太久远了，人的青春光华早已过去，一只狗的颜色显然已经并不重要。

在它离开安宁寺之后，有些事看来它是不知道了。我却因为这只狗的缘故，对安宁寺多少存一份留心。解放后，安宁寺就被拆毁了。安宁寺，终究也无法安宁。迹象表明，它被拆得还挺光明磊落的，它的材料被用来盖公社的粮所和供销社。粮所和供销社，在我刚懂事那个时候都是些响当当的名字。我小时候经常路过这些古旧的建筑物，只是不知道它们的来历。可能是因为盖过寺庙的材料并不新，所以这些房子一开始给我的感觉就是老气横秋，暮气沉沉。路过之时，竟有一些压抑感，不敢久留。印象中粮所和供销社的房子有好几大间，分两排，前面一排做门面，后面一排做仓库。这些房子用料之多能让我们约略想象得到当年安宁寺的规模。诸物皆是成住坏空，聚散难期，这本是佛家妙谛，但寺院建筑之零落，分明是活生生的教材。

安宁寺大约是靠近一条河，它被拆毁之后，没有任何用处的木头佛和菩萨被扔进河里。河水不是那种很急的河水，所以很长一段时间，那些木菩萨依然恋恋不舍，在那一段河面浮动。夏天放牛的孩子跳进水里，骑在菩萨身上尽情地嬉戏。本来，被投入清清的河水之中是它们始料未及的，与赤身裸体的孩童如此零距

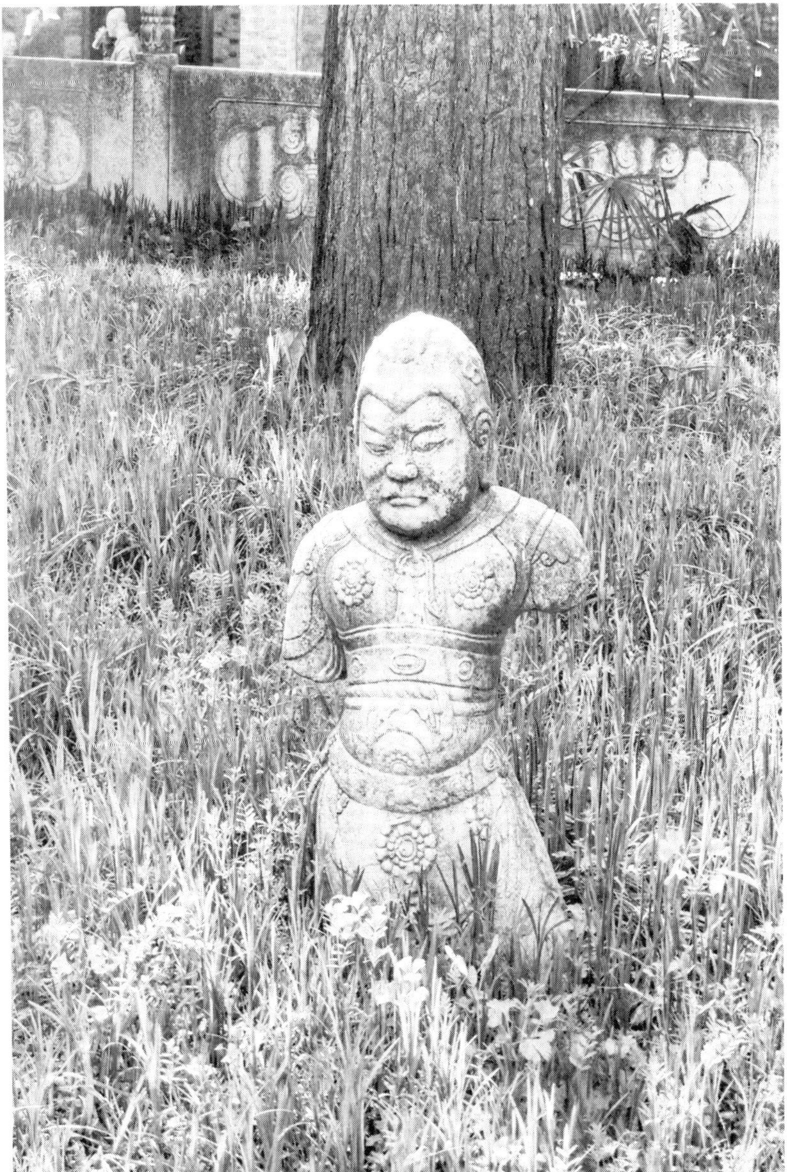

离接触，翻滚，拥抱，沉沉浮浮，在清水里时隐时现，更是它们始料未及的事情。在戏水孩童眼里，它们不是菩萨，也并不庄严，而是形同浮木，跟大水漂过来的木头一个样，不过是他们在水中偶遇的嬉戏物而已。大人多少有点心有余悸，至少还不敢把佛和菩萨扛回家中烧火。神祇是大人们的事情，与小孩没有关系。

这些戏水孩童中，有一个长大后成了县城党校的教员。在一次县直部门抽调干部到乡下开展中心工作时，我跟他共处一室。每个深夜，他都感慨万千，回忆了很多陈年旧事，尤其是"文化大革命"那些惨烈的事情让他悲叹，他对经历的那些险境记忆犹新。有一次，他经过一处坟墓，捡到一个被遗弃的婴儿，后来送给一个没有子嗣的农妇抚养。说到安宁寺的时候，他便向我生动地描述了当年清水戏菩萨的经历。我仿佛听到他们那狂野的欢笑声，看到木菩萨与肉身在清水里一同翻滚、沉浮、离离合合、起起落落的情形。他最后说："那时是娃崽，哪里晓得世间事。"拆了安宁寺，建了粮所和供销社最初也是他告诉我的。后来我才知道，当时的很多寺庙，都经历了相似的命运，绝不仅仅是一个安宁寺。

娃崽不知道世间事，来宝自然也不知道。老和尚圆寂了，它接受训练的寺院拆毁了，佛菩萨丢在清水里。而它，一度追随我的曾祖父离开故乡，凭着眼中那道亮光，在大苗山深处的云雾间奔走徜徉。

故乡是每个人心中隐秘的事物

月光下的那团白雾

父亲是个多少有点怪异的人。他的有些事情常常让我理解不过来。

他退休不久，有一段时间单独待在县城。有个月，县里晚发了半个月的工资，他居然砸锅卖铁，用以维持生计。我们是在接到他的电话后，才知道事情的严重性的。他说：再不送钱来，就饿死了。我们便开始紧张起来，并暗自摇头、感叹。一个老党员，一个拥有几十年工龄的老干部，居然晚发半个月的工资就会落泊到这样的地步，简直让人无法想象。

我是回到县城后才发现家里的旧铝锅和旧单车不翼而飞的。同时，父亲床下那个平常用来锤钉子的铁墩也不见了，那是父亲曾在机械厂工作的见证。显而易见，父亲的电话是在砸锅卖铁之后仍然无法解决温饱的情况下才在我们身边响起的。

此事，无论如何都会让人感觉到有点悲壮。

父亲留不住钱。钱像水一样哗哗地在他身上流淌了一会儿，就流往别处去了。我近年越来越发现，我对钱的掌控能力比父亲好不了多少。父亲常常自豪地说："我一辈子没进过银行。"说完后通常是笑。我不得不承认，这也是一种人生态度。

父亲的舅舅在离县城不到十公里的一个小镇上生活，父亲也常下乡到那个镇上，可他从来没有去看过他的舅舅。这种不闻不问的时间起码也有几十年。有一年，临近春节，可能是他的舅舅实在忍不住了，写了一封信，托人带到县城给他。信中的内容大体是经济困难，需要接济。父亲收到信后大为感慨，跟我们说，几十年没有见到他舅了。我那时已经参加工作，父亲便派我作为代表前往小镇慰问他的亲舅，我的舅公。我怀里揣着那封信和还在读警校的弟弟欣然前往，但我们找到舅公家也颇费周折。到了小镇，按照父亲指定的地点，一路探问，大家都说不知道，没有这个人。后来终于有人小心翼翼地问我们：你们是来干什么的，有什么事吗？我们说来看我们的舅公。对方又经过仔细询问后，才告诉我们：你们找对了，就是我们家。

原来，弟弟的警服吓坏了他们，他们以为是来抓赌的。老百姓像惊弓之鸟一样活着，我那一次算是长见识了，同时也感叹小镇赌风之盛。

我们见到了舅公，他那时已经八十岁了，瘦瘦高高，很像我们的小叔。我们转达了父亲的问候，并给了他两百块钱。

舅公的确很穷，他脚下的解放鞋早就失去了布面，只剩下两块黑色的胶底，像两只船，载着我们的舅公在人生道路上乘风破浪。只可惜，这两只无篷的船只能在陆地上滑行，所以，我舅公走起路来磨磨蹭蹭，步履维艰。我还发现，他没有袜子。舅公当时给我看了他的一首诗，我现在只记住一句："静坐草堂课二孙。"解放前他上过军校，还当过一阵子镇上的街长，算是地方上一个有文化的人。我还记得，他的房间里有一台锈迹斑驳的扬琴。街上的一些同好会时不时来跟他切磋技艺。看来，他穷是穷，但诗声琴韵这些高雅的东西倒是一样不缺。八指头陀曾有诗云："过时名士难求食""诗非晚节不精神"。如果用在我舅公身上，是有几分辛酸的贴切的。

没过几天，我们听说，那两百块钱，因为没有捡好，被他的儿子盗窃了。很快，那两百块钱，像两滴水一样，跌落在赌摊的海洋里，无影无踪。

看来，没有把儿子"课"好，光"课二孙"是行不通的。

后来我们就没有再见到过这个老人了，我的父亲，也自然没有去见他的舅舅。

父亲有个表哥（指姑表血亲）在离县城一百华里的一座小城市里工作直到退休，父亲出差经常路过这座城市，但是，他从来没有想到要去探望一下他的表哥。有一次，他俩终于在我的引见下碰面了，第一句话居然是："有五十年了吧？记得刚解放那年见过一面。"我记不清是他们中谁说的了，但无论是表哥说，还是表弟说，都让我感到惊讶。因为，他们当中的任何一方，都不是刚从海峡那边的台湾归来。

亲人间说不清楚的隔阂，我想我是没有理由轻易谴责的。毕竟那些年代发生了太多的事，人们心灵的承受能力一度达到了极限。因为说错一句话，引来牢狱之灾，甚至杀身之祸，因为跟某个人有关系，受到无端的牵连，这样的事情并不鲜见。在那种紧张的空气中，人人自危，遑论他人。大多数情况下人们三缄其口，于是便造成了人事音尘的阻隔。

这里有个例子：我外婆的父亲，一个旧时代的商人，因为不堪批斗之苦，折腾之辱，在禁闭他的房间里悬窗了断。窗棂离地面很近，要悬挂自己还真需要坚强的意志。然而，生活在小镇附近的一个村庄里的外婆，得到这个消息已经是两个月之后。

父亲还在单位当小领导的时候，几乎每年都回家过清明，因为有车子接送。他退休之后，自然跟那些小车无缘。要坐大车回去，他是断然不干的。于是，他便很少回去过清明了。

等到得了脑血栓、冠心病这样一些痼疾后，他更是找到了不回家乡的理由。

我感觉父亲的故乡观念是比较淡薄的。家乡的人事，不找到他的话，他极少过问。我不知道他年轻的时候对故乡态度如何，我只是看到了他退休之后的现实。

我记得小时候，他和朋友们喝酒，经常挂在嘴边的一句话是："哪块黄土不埋人？"我后来才渐渐体悟到这句话蕴藏的故乡观。

这些年，特别是前年脑出血治愈之后，他似乎对他的三哥，我们的三伯父——另一个脑出血患者，比较关注起来。在我看来，这略微缓解了一点他对故乡情感的贫乏和苍白。他隔三岔五会给他三哥打个电话，两人叽里呱啦地在电话里说一通家乡话，内容无非是希望对方注意身体，走路要小心什么的，大多数情况下，基本是各说各的，话的齿轮对不上马口。对于两个脑出血患者的对话质量，我想人们不会过多期望。

医院那个病房的那张床，头一年是我三伯父因为脑出血睡在上面。第二年，父亲脑出血住院，原本是住另外一间病房，后来转来转去，又转到三伯父住过的那间房，恰好就是那张床。我们不无玩笑地调侃说：这张床让他们兄弟俩包了。

幸好，都是轻度脑出血，住了一段时间院就都没事了。只是两人的口齿和行动变得不够麻利了。

到了春节，父亲还会托人给他三哥带去一个红包。里面有一张硬刮刮的五十元。这在以前是很少有的。

他对三伯父的记挂到底是因为同病相怜，还是别的原因，这颇费琢磨。他们少小就玩得比较好，到坡上放牛，在地里打红薯窖，上树掏鸟窝，下河摸鱼，都少不了他们。长大后又都嗜酒如命，不同的是，一个在农村嗜酒，一个在县城嗜酒，吵吵嚷嚷，喧闹着，让左邻右舍多少得不到应有的安宁。

"文化大革命"的时候，父亲有一次回乡被无端拘禁，关在一处地主老房子的楼上，处境十分危险。后来是三伯父在漆黑的夜里沿河边摸索，智过关卡，搬来援兵，才把父亲救出。三伯父不仅是他的三哥，还是他的救命恩人。这个话题，父亲在患脑出血之后开始时不时叨念。一个老人，他若是老叨唠什么话题，那一定是他最放不下的。

我从小也与三伯父比较投缘。我在县城读小学的时候,他有一次来县城办事和我共住一室。半夜我醒来,发现蚊帐里到处是蚊子,我一个劲地摇动三伯父的手臂,央求他起来打蚊子,睡眼迷蒙中,他翻了个身,丢给我一句话:"蚊子也要生活。"又沉沉睡去。

我的确是从那一夜后才知道,蚊子也要生活。

我工作之后,有一次下乡到我的家乡那个镇,不住镇政府招待所,而是去找三伯父同住。他那时不在村上,而是在镇子边的公路旁守打米机房。床铺在打米机房的一个角落,没有挂蚊帐,床上满是细细的糠粉。靠墙的床沿起码分布有两斤重的老鼠屎,都是生硬了的,当然也掺和了打米机房的细粉。为什么老鼠屎会像花边一样出现在靠墙的床沿呢,我估计是三伯父每天晚上随手往里面扒,扒来扒去,就扒出两三斤来了。它们颗粒分明、老少无欺地静静躺着,记录着我三伯父的日常生活。这样的情景,让夜访三伯父的我十分后悔,但也只能硬着头皮住下来了。在我的抗议下,三伯父清除了那两三斤老鼠屎。我听见床板唰唰声响了很久,最后三伯父说:可以了。

时值深秋,天气已开始转凉。我跟三伯父说,没有东西盖肚子恐怕不行吧?他"噢噢"两声就爬起来,把床角的那一堆烂布巾一样的东西推给我。我一摸,知道是蚊帐,但里里外外全是粉末,哪里盖得肚子?伯父见我为难,便起身走下床,把那一堆东西抱出门去了。我也跟着起来,站在门口看他。他走到马路的中间,那晚有月光，亮亮地照在他身上，只见他把那一堆蚊帐稍稍摊开后，双手就开始上下抖动，一下，又一下，动作愈来愈快，也愈来愈猛，有一种兴风作浪、排山倒海的架势。月光下，白色的粉末飞舞，升腾，越来越密集，越来越浓烈。渐渐地，三伯父藏身云里，只余下一双脚，最后，三伯父完全消失了，根本不知道他在做什么，马路上，只见一团白白的云雾，月光下浓得化不开的云雾！

我被这样的场景惊呆了，站在那里久久说不出话来。

那晚，我还是不可避免地感冒了。

三伯父在脑出血之前还挨了一次大病，是肠癌。那一次是父亲力主做切除手术，后来事实证明，手术是成功的。动手术之后的那一夜，我和堂弟阿武在医院病房"值班"。三伯父在床上痛苦地呻吟，处于那种半昏迷的状态，看来麻药已经不起作用了。我们也帮不上多少忙，于是便在床边谈起生意来。阿武雄心勃勃，说要养一批波斯猫，还说要开一个狗肉店，办一个什么厂，似乎那钱很快就会胀满口袋。我们讨论得十分热烈，基本上忘记了白天刚刚动了大手术，如今躺在病床上苦苦挣扎的三伯父。这时候，在昏暗的灯光中，我突然看到三伯父从被子里伸出两只手，举过头顶，做了一个体育老师经常做的暂停动作，看样子还十分敏捷。

我一怔，赶忙走到床前，伸头到他耳朵边问："哪样？三伯爷。"

他说了五个字，清清楚楚。天呀，哪里像一个半昏迷状态的术后病人！他那五个字，字字千钧，金声玉振，连没有走到床铺边的阿武也听得十分清楚——"别做发财梦！"

那次三伯父出院后不久，我还专程到家乡看望他。他越发瘦小了，皮肤完全变黄了，像一株营养不良的病恹恹的农作物。我还是第一次觉察到人与植物之间的神似性。我在吃惊之余，面有隐忧，三伯父显然是看出来了。他比较乐观，认为自己是什么黄疸病，没事的。他告诉我，他现在天天吃泥鳅。果然，吃了几个月的泥鳅，他居然又可以下地干活，又可以喝酒了，气色就像是没有生过病一样。他逢人便赞美泥鳅，说泥鳅可以做药。

如果说父亲对家乡的忆念集中落实在三伯父身上，应该也有另外一些记忆中的事物随着父亲的忆念一齐浮现出来。但我相信，那些事物绝对比不上三伯父在他心目中的位置。如果说在父亲的心目中，故乡是那团月光下的白雾的话，雾消散后，尘埃落定，站在路中间的，身上满是白色粉末的，可能就是我的三伯父，他的三哥。

亮堂堂的房子

母亲对家乡的忆念要比父亲深广得多，这大约跟她在家乡劳动生活的时间长有关系。她嫁给父亲后，从二十世纪六十年代一直到八十年代初期，都在我们家乡生活。父亲在外工作，母亲却在农村经历了合作社、联产承包责任制、分田到户等一系列的农村社会变革。在这漫长的岁月中，她历尽艰辛，把我们姐弟三人拉扯长大，父亲只是农忙时回来帮忙。母亲在乡间的生活，最令她引以为自豪的是，她肩挑日月，历经几个寒暑，起了一座房子。

在农村，起不了新房是会被看不起的。所以，我的母亲持之以恒，白手起家，硬是起成了一座三间头的土筑瓦房。只可惜，住新房没多久，我们便举家迁到县城了。就像一只鸟，刚运草衔木做好窝，却要飞到另外的地方重新筑巢。你说这只鸟会怎么想？它会围绕鸟窝飞几圈，叫几回？鸟尚如此，何况母亲。后来房子以低价卖给堂弟阿洋居住，阿洋婚后生了两个男孩，都说是房子风水好。

母亲常常忍不住要说到她的房子，特别是县城的房子显得窄迫，让人心烦意乱的时候，她就开始怀念她做的房子。说她是如何一锄一锄地挖泥的，她是怎样一担泥一担泥挑回来的，墙筑了一半，半夜下起大雨，她又是如何冒险爬上山墙，用蓑衣和塑料薄膜盖住泥墙的。母亲的叙述，总是简洁而有力，她会营造那种语言的紧张感，似乎一下子就能够抓住别人的心。她的情感流露也决不含糊，她可以使你快乐，也可以使你伤心。有一次，我发现我正读小学的外甥被她讲了几句就坐在沙发上抹泪不止，她不用骂就能轻而易举达到这样的效果，令我十分钦佩。我素来认为，我的母亲是有叙事天分的。因此，她对房子的叙述，我们没人可以置若罔闻。农村起房子是大事，这件大事，基本上是由我母亲一个人扛住的。父亲也会请一些人回来帮拉泥，但毕竟是少数时候，大量的工作是由母亲承担的。房子终于亮堂堂地立在我家乡的土地上，母亲以她的坚韧毅力完成了她的梦想，捍卫了一个普通农村家庭的尊严。

也难怪后来母亲说起那座房子时一次次感慨唏嘘，说那些泥土，全是她的血汗垒成。对房子的怀念，还会让她眼眶潮湿，苦水回泛。因为在建房子的过程中，她受了很多气。做事情都会有这样或那样的阻碍，何况是造一座大房子。一个女人，雄心勃勃地要在农村造一座大房子，阻碍自然是难以想象的多。周密的计划和惊人的毅力一样也不能少，还要调动各方面的力量。在我的记忆中，在我们还没有起房子以前，母亲常到起房子的人家里做帮工，默默地为她后来的事业做好必要的人力储备，这是富有远见的。事实上，没有任何障碍能够阻挡母亲建造一座房子的信念。我知道，那座泥房，到了后来，基本上成了母亲的故乡。她对故乡的怀念，定格于那座房子。那不是一座简单的房子，它是母亲重要的生命历程。

我每次回到故乡，都会认真端详母亲造的房子。它是如此普通，不显眼，但在我的童年记忆里，它却是无比高大的，亮堂堂的，像一座山，矗立在我们村子的中央。

村子里近年来涌现了一座座楼房，是砖砌的，但都没能吸引我的目光，最让我感到亲切的还是母亲起的泥房。这么多年来，我一次又一次离开我的故乡，又一次又一次地回来，之所以不感到任何慌张，正是因为母亲起的这座泥房。看到泥墙晒干之后质朴的色彩，看到屋顶鳞鳞的黑瓦，心里就定了下来。

如果在故乡再也看不到我们的旧房子，那么，无论我们多么风光地还乡，我们都会感到有点不知所措，感到有点恓惶。

被挤压得像弹簧一样的故乡

春节的一个晚上，从外地回县城过春节的弟弟喝醉了。弟弟喝醉并不是什么新闻，毕竟，我们家喝酒的传统需要绵延。每次弟弟喝醉，母亲就会去埋怨父亲，说什么好本不接，坏本不丢。这样的埋怨似乎没有什么道理可言，有点无奈情形下泄私愤的味道。如果是因为别的事情埋怨父亲，可能会引发吵架。父母互不相让，发生口角，磕磕碰碰几十年，这对我们来说已经习以为常。但因为这等饮酒事业传承受责，父亲的态度居然出奇地好。他脸上有光彩，笑容可掬，甚至还抑不住笑出几声来，没有任何反省的神情。那种欣喜的模样倒像是在检阅他的战果。

弟弟那晚是被几个人送回来的。一般情况下，喝酒的人要几个人送回来就麻烦了，一定是喝高了，并且高得离谱。我接到家里的电话后，马上往家里赶。到家的时候，我的堂哥阿六已经先到了。弟弟醉态十足，嘴里嘟哝个不停，在屋子里晃来晃去，无论如何也无法安静下来，还要不断地往外蹿。他在找他的小车钥匙，嘴里嘟囔着要马上开车回老家看三伯父，他满嘴酒气不断喷出这样的话来："你知道吗？我好久不回去了！我今晚一定要回去！阿六哥，一定是你捡了我的钥匙，赶快拿我的钥匙来，我马上开车回去。我现在马上回去……"不知是谁，在送他回来的时候已经把小车钥匙拔走，目的就是不给他开车。阿六哥掏出自己的摩托钥匙给他，他居然也知道那不是小车钥匙，这样胶着了很久，好几次也居然给他蹿出门去，我们费了好大劲才把他弄回来。那种近乎失控、异常热烈却又目标专注的情绪和混乱声响，不得不使我联想到一只意欲挣脱束缚、渴望重返森林的猛兽。

家里面乱成一锅粥，母亲急得直跺脚，但她又有什么办法呢？除了冲进房间一个劲地指责我的父亲。那晚上折腾了很久，弟弟找了一夜的钥匙，自然没有找到，后来总算可以躺到床上去了，但嘴里还在唠叨个不停，埋怨阿六哥拿走他的钥匙，又说今晚一定要回老家，去看望三伯父。又闹腾了很久，房间里才总算没有什么动静。他睡着后，弟媳出来说，今晚真的有点奇怪了，以前他也常喝醉，醉里也有话，但今晚好像他是认真的。话虽然是酒话，但真切得让人吃惊。他一会儿说要看三伯父，一会儿说对不起小哥，小哥的儿子成亲他没有回来，小嫂去世他没有回来，一会儿又说清明节没有回家，祖父祖母竖碑他没有回家，他离开家乡太久，发生什么事他都不知道了，谁结婚、谁生子、谁生病、谁过世，他都不知道了。总之，他觉得自己欠得太多太多，无法弥补，所以一定要回老家，一刻也不能等了，马上就要回。回老家岂能等到明天？一开始我也觉得那个晚上有点异样，总害怕会出什么事，心弦绷得紧紧的。经弟媳这么一说，心情顿时由紧张变得沉重起来。弟弟的话，尽管是醉话，但一句句也同样打在我的心坎上，以至于当时我也产生了一种茫然不知所措的感觉。我隐约意识到一个人和他的故乡那种不可分割的关系。

　　母亲那晚上好像也意识到了什么，她喃喃地说，那以后家里有什么事情都告诉他，能不能回来是他的事情。一直以来，因为弟弟工作的地方离家较远，回来一趟不容易，所以村里族内的事，母亲一般都不告诉他，好像有意为他人为地省略很多东西，但真的能够省略吗？我原来以为生活在城市的弟弟大大咧咧，什么都无所谓，但那晚弟弟醉后的一番情状，让我改变了对他的看法。一个人可以离开他的故乡，甚至可以忘记他的故乡，但并不意味着他的故乡就可以消失。某些特殊的时候，故乡会呈现出一种神秘的、令人紧张的迹象，仿佛被压制的弹簧一样突然反弹，爆发出来的力量大得惊人。

　　我不知道弟弟那晚喝醉后受到怎样的触动，那晚的风传播了怎样神秘的信息。他嘴里嘟嘟哝哝净是故乡的人事、年老的亲人、逝去的祖先，回老家的念头炽热而强烈。酒可以放大人身上的某种情绪，自然也包括我们对故乡的那种思念。

故乡牛坡上有个深窟子

小时候放牛经常路过那个深窟子,圆圆的,深深的,边缘长着一些杂树和藤蔓,下面有水,其深不见底。我不知道是不是我们现在所说的天坑,总之,那是一个让人产生恐惧的地方。即使是阳光灿烂的正午,它给人的感觉仍然是阴森森的,寒气逼人。有时候它会吸引我走到它的边缘,去小心翼翼地探视它,试图发现些什么,但深处突然出现的鱼跃或者蛙跳,又吓得我魂飞魄散,让我夺路而逃。我不知道为什么这种神秘的深渊会如此吸引我,让我不安,同时又让我产生不可名状的兴奋。

除了这个深窟子,让我产生这类体验的还有那些盛白骨的金坛。好长一段时间,在我们村庄后龙山的树林里,我们家灰寮的背后墙边靠着一个粘满碎土的金坛,没有盖子。盖子很可能是在起墓时被不小心打烂了。盖子在土里待着,是不会平白无故消失的。金坛里面有一些细碎的白骨。我们不知道那些大块的骨头跑哪里去了。我们做孩子的,大白天,经常恐惧而又好奇地朝里张望,屏住呼吸,看清楚那些碎骨头之后又夺路而逃。夜里,一想到那个曾经沉睡在泥土深处的金坛,想到金坛里空荡荡的空间和底部细碎的白骨,我总是吓得钻进被窝里面,大气不敢出。如果玩捉迷藏游戏的时候不小心靠近后龙山,猛然想到那个不动声色的金坛潜伏在前面,我的脚步就会打飘,就会无端地哆嗦和迷乱。现在想起来,我们的家乡若没有这样的事物,我们的童年会不会过得有点单调呢?

听大人说，这深窟子是有历史的。历代历朝，这一带发生的战事，比如族群间的冲突，死了人，来不及掩埋的，就丢进这个深窟子里。无论丢多少，这深窟子像宇宙黑洞一样来者不拒，让你统统消失——这简直是一张吞噬时光的大口。大人们的说法，更增添了深窟子的神秘色彩。我的想象也会去到那些发生在家乡的遥远的战场。遮天蔽日的硝烟，猎猎的战火，呐喊声四处回荡，然后是尸骨累累，堆积如山，有些被埋入土里，有些被抛入深窟之中。前些年故乡的一座土坡要辟为学校，人们挖掘出大量的白骨，它们被很有秩序地排列在土坑里，头盖骨统一放在几个大水缸里。毫无疑问，这是历史上一次大规模的杀戮留下的证据。人们发掘了这个硕大的坟场，同时也发掘了这个土坡名字的含义。曾经一代又一代的人口耳相传，叫这人头岭，但为什么叫人头岭，没有人知道。街上活到九十岁的人也直摇头，至少，历史的真相已一百年无人知晓。直到挖出了累累的白骨，才算揭开了一个谜。我的故乡有着多少这样的谜呢？它们等待被揭开，或者永远不可能被揭开。

深窟子，会不会也是痴情男女殉情的好场所？总之，它太深了，什么都可能会发生，只是不一定有人会告诉我。我只是一个在深窟子旁边成长的少年，一个怀着几分恐惧阅读它、接近它、逃离它的少年。因为不可知，所有心里的疑问也就保持在心里，让它随着人慢慢长大。我在梦里常常会梦到深渊，恐惧的深渊是梦中长盛不衰的一道风景。有时候会掉入这个深渊，但是在触动水面的那一瞬间会突然惊醒。我想，这一定跟故乡土坡上这个深窟子有关。它像一颗黑色的种子，早就植入我的生命的内核里。

　　这些年，因为在外工作，见到深窟子的机会不多了。但是，每年清明节回乡扫墓，总还是要路过它。它的四周已不再是童年时广袤起伏的青草牧场，而是无边无际的甘蔗林。所有放得下锄头的地方都被疯狂地开垦了，甘蔗林像一只巨大的野兽匍匐在我故乡的胸脯上，把我童年乐园里的一片片青草和叶子全部嚼光，连渣也没吐出一点点。幸好，深窟子还在。它比以前孤独了，再也没有放牛的孩子和老人走近它。我也没有再走近它，只是远远地看着，感到它仍然很深邃，仍然是一处让人恐惧的现实。它在故乡的土地上，是一个不可忽略的存在。故乡因为有它，显得特别深邃。读不透，却又让你无法挣脱，这也许就是我们的故乡存在的奥秘，也许也是我们生命本身的奥秘。

　　前阵子回乡给祖父母立碑，搭坐堂弟的摩托车路过深窟子时，我下意识地望了一眼，我看到深窟子已经不是原来的深窟子了，泥土几乎填到了顶部，只余下一个浅浅的大口，茫茫然地张开着。我突然感到有些怅惘，我不知道我失去了什么。我也不知道，我的故乡失去了什么。

沉寂中的轰鸣

我和舅舅走过那条不知名的、干枯的小河时，舅舅说，这里原先有个水碾。舅舅的语气十分坚定，可我似乎找不到一点儿水碾的痕迹。我见过一些废弃的水碾，至少不用别人说这是水碾，从那些残留的东西，比如一座圆形的平台，一堵沧桑凝重的墙，一道被流水不断冲蚀的卵石垒成的堤坝，甚至一两个被打断的圆形碾盘，我就能下结论，这是一个荒废的碾房。可眼前，哪有水碾的迹象？空落落的河道，河岸上青草开始吐出尖尖的舌根。当我仔细地察看地形时，终于还是发现了一丝蛛丝马迹。上一洼凹陷的圆形的坑，隐隐透出一丝沉沦灰暗的气息，坑不大，大概就是碾房留下的全部遗迹吧。岁月淘走了一切可以唤起人们想象的东西，恢复了这里的原始寂静：泥土、草、卵石……只留下这个谁都无法把它和碾房联系起来的坑。我疑心舅舅的线索也是来自别人的记忆和传闻。世上许多东西是靠记忆和传闻存在于人们的意识深处的，实物早已荡然无存。实物的存在有可能是一瞬间的事情，而它的存在若是触动了人的意识，那它就会像无形的毒蛇和野狐狸一样纠缠人的一生。

我记得舅舅那时还说，守水碾的人是一个军官。他为什么来守这个荒僻的水碾，从什么地方来，从什么时候来，几乎没有人晓得。他沉默得几乎不和任何人说话，除了守水碾，就是打柴火到圩镇去卖，借此维持再简单不过的生计。舅舅知道的大抵如此。我们当然可以这样想象，这个守水碾的人，他孤独得有点像守草料场的京师八十万禁军枪棒教头林冲。林冲在山神庙牛肉送酒度过他的风雪夜，这位守水碾的老人又是如何消受他人生的风雪的？是否也有一壶酒，默默地点燃心中蓝色的火苗。只是林教头庙前潜伏着杀机，他的朋友陆虞侯正面对着漫天的火光发出胜利的欢呼。守水碾的人是不是也会遇到像陆虞侯这般无耻的小人寻迹而来，潜伏在水碾四周，扑闪着一双邪恶的眼睛，抚摸着冰冷的枪口，伺机完成主子下达的任务。有可能发生在那些个星光灿烂或雷雨交加的黑夜的故事，我们不得而知，毕竟已经离我们十分遥远。

我和舅舅走过那条枯河已经是多年前的事了，可舅舅那几句简单明了的话语依然留在我的记忆深处，在我毫不设防的时候向我踢踏而来。几句话，毕竟以最艰涩的可能性暗示了一个人的一生。几句话，留给我一个十分遥远的想象空间。我也没有多问舅舅，想必他也不会知道其他更深远的事，若是知道，他一定会告诉我。在这种事情上，舅舅往往对我毫无保留。

舅舅的话语浮出记忆的水面的那一瞬间，我会猛然回到那条无言的枯河，回到那个圆形的洼地。到了后来，舅舅的那几句话完全融入我的生命中，也就是说，我完全可以凭一念感觉就链接舅舅在叙述时，我的想象世界里浮映出的那个无比荒凉的场景，那个被流水夹带沙石淘得一干二净的碾房遗址。

上天赋予我一双与其他人相比更悲凉的眼睛，因此，我的眼前起起落落的物象大多是一些荒凉透骨，被人类遗弃的废墟。这座湮灭的碾房只是其中的一种。这些起起落落的物象总是像阴影一样纠缠着我，我在阳光下站立的时候，它们尤其明显。但我也从中得到一些莫名的愉悦。

水碾房荒凉的物象最容易使我联想到它主人的最后境遇。他守护着古老的碾房，度过了他最后的岁月。这小小的场地是他最后的归宿，是他生命中的最后战场，甚至是他终生固守的那道防线，那个不允许任何人以任何理由肆意践踏的领域。本来就荒僻的碾房在夜晚一定愈加荒僻，村庄遥远的鸡鸣如期向他报时，一盏桐油灯燃起的昏黄是他全部温馨的依托。他或许会听着水声在枕下低低地吟唱，兴致一来，说不准会哼上两句年轻时哼过的小调，想起那个爱过的女人，对女人的想念还有可能使他热血沸腾。当然，这是我们的臆想，兴许他一辈子没碰上一个令他热血沸腾的女人。这种事对许多男人来说是常有的，不足为奇。在那无比深邃和漆黑的夜里，他一定也常有梦，他可以斩钉截铁地锁住他的身体以及他与人往来的欲望，锁住他的历史和所有鲜为人知的故事，但他无法锁住他自己的梦。噩梦，或者好梦。事实上，在碾房倒塌前的许多个梦里，他的碾房就已经倒塌了无数次，并且发出一阵阵激越而疯狂的轰鸣，一次比一次猛烈，一次比一次具有震荡力。

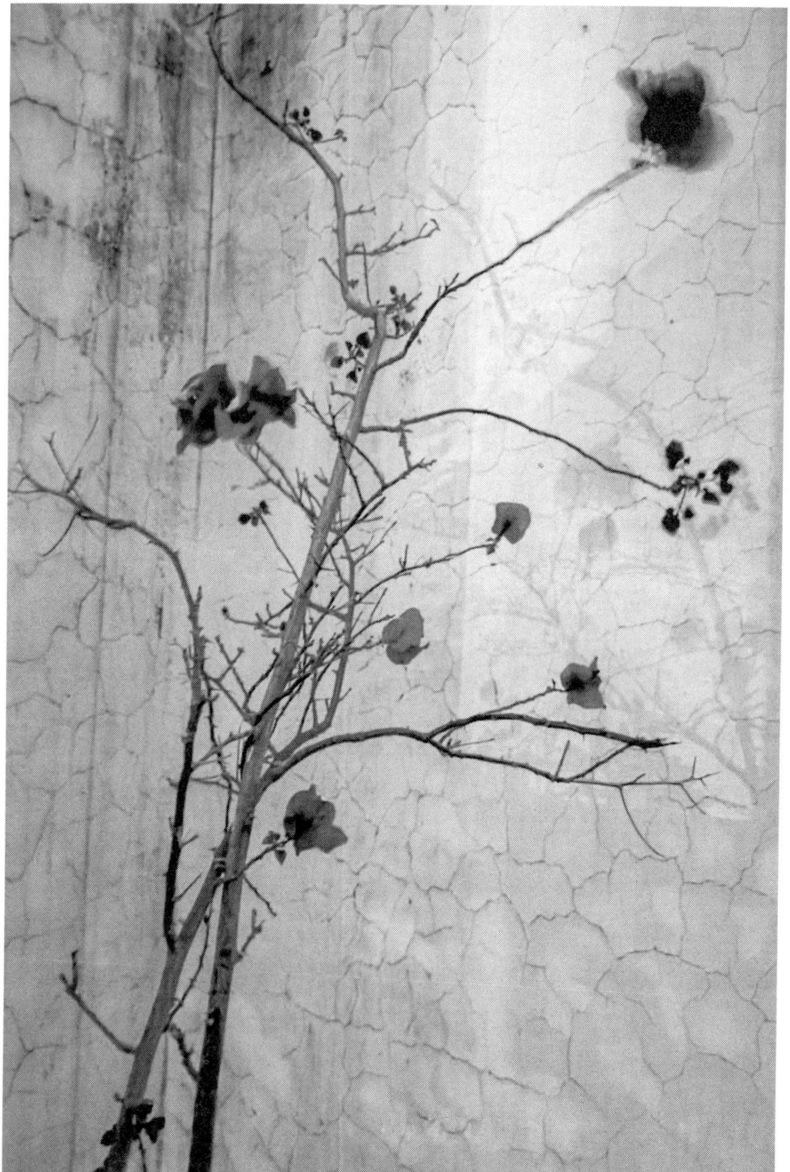

在一个梦中他回到杀声如潮的战场,听见鼓角在空中搏击,听见刀枪鸣叫,战马嘶吼,血光猛然漫过他的双眼,湮灭了他所有的光明通道。这时,他会伴随着一声像是从屋外传来的叫喊忽然惊醒。待到凝神静气之后,他听到屋外呼啸的水声,涨水了,他自言自语地说。然后他用那只风霜鳞鳞的砍柴的手、拉水闸的手拭去额上的冷汗,再按住日渐干瘪然而依旧硬朗的胸口,抚慰那颤抖着的心灵以及整个身躯。紧接着我们可想而知,他会发出一声长长的叹息,这叹息疲惫得催人泪下,悠长得有如世纪的回声,它穿透了碾房并不厚实的墙壁,穿透了滔滔的水声,也穿透了那样一个黑沉沉的夜晚。这一声长叹饱含着让人琢磨不透,并且永远无法彻底洞悉的情感。他的一生中所有悬而未决的问题或许就潜伏在这声深沉的叹息中。

这叹息同样考问着所有愿意想象它存在于那样的夜晚的人们。

这叹息才是真正滚动的碾盘,它碾出一道道纹路,深深地刻在老人的脸上。

这叹息才是真正的河流,它让老人漂浮在一个无比苦难的层面,像一条奄奄一息的鱼。

就在这样的叹息发生了很多次之后,他直挺挺地倒下了,像一棵倒下的树。

我们完全可以这样设想:在生命的最后时刻里,他拼却最后的气力拉开沉重的水闸,让沉重的石碾发出战车般的轰鸣。这一次没有碾米,而是碾他最后的时刻。他是战士,战士应该死于沙场。他是在飞奔的石碾声中倒下的。在他倒下后,石碾恪守着它永恒的圆圈一路轰鸣不歇，一路杀声震天。

这只是一种设想，另一种设想有可能更加符合事实。也就是说，他是在梦里跌入那个拒绝一切梦幻的、绝对黑暗的深渊的。

没有谁听到他最后的呼叫，甚至他自己。

战士倒在自己无声的战场里，惨烈得没有一个观众。

第二天，挑谷子来的人又把谷子挑了回去。从村庄延伸向碾房的小路渐渐荒芜了。不言而喻，碾房失去了这位谜一般的老人之后，就失去了一个与一切死寂对抗的孤啸着的灵魂，这条河流失去了它最冷峻、最奇峭的悬崖。

我的所有想象也许没有一点是符合事实的，这种可能不是没有，但有一点绝对是事实——这位逃离战场的隐士的所有悲壮和寂寞的生死，都和碾房一样被湮灭在岁月底层。

这种湮灭的真实在我们的世界里俯拾皆是。它往往以一种表象的荒凉叩击我们脆弱的堤岸，激发我们深夜的潮水。

死亡故乡

不管我走了多远，也不管我经意或不经意，在我身后一直悬浮着一条归途。

一条归向故乡的路途。

一次次坐上例行公事的汽车返回故里，大都是去经历亲人的故去。这自然也包括清明节在内，只不过那是经历一种遥远的故去罢了。我越来越体会到"故乡"一词的分量。它似乎与死亡有关，与遥远的死亡有关，与迫近的死亡有关，也与未来的死亡有关。一个"故"字，道出了多少人生的意味，牵出了多少沉重的话题。中国的文字向来就是这样触目惊心。难怪仓颉造字的时候，天地惊而鬼神泣！并且我认为，鬼神不是啜泣，而是嚎啕大哭——至今，旷野的风中，仍可以听到它们的哭声。"近乡情更怯，不敢问来人。"这是游子归家的心态。他为什么"怯"，又为什么"不敢"？他害怕听到不好的消息，害怕他离开时的那一片青青桑林，回来时已经变成沧海。他害怕失去，害怕刚刚抖落一身风霜，旋即又披上一层厚厚坚冰。并不是说饱经了磨难就可以坦然面对人生，有时候刚好相反，生命的不可捉摸和复杂性正体现于此。经历一百次人生的考场，有人仍然害怕考场，就是这个道理。考试已经把心灵考得十分敏感、脆弱。

　　人长大之后，体验也不断深切，有时候，深切得可以切入骨髓，叫你茫然不知所措，叫你永远无法挣脱。有人说，出来工作的人，把一大堆坟冢留给家乡的兄弟，这不公平。其实，出来的人真能够在那个微雨飘洒的季节潇洒自如吗？谁不是背负着自己的故乡四处漂泊？你看他沉静的眼光里有一种翻越重山的渴望，那一定是想家了。

　　我的那种成年人的情绪大抵是在归途中开始产生的，并且在归途的风雨泥泞中不断饱满丰硕。故乡的召唤，像一声穿透灵魂的叹息，把人活生生地朝她的怀抱中扯。不管你是滚打，还是爬行，你都会不顾一切地朝一个熟悉的、梦缠魂牵的地方奔驰，直抵内部。

　　我一次次为故里而奔驰。我不愿回去，也得回去。这使我对人的思考多少带有些宿命感。我的生命与那块土地联系得太紧迫，我的血脉打上了那里的烙印，我的生命里一定积淀有那里的某些活跃敏感的信息。那里也一定有一丝羁绊牵系着我，随时扯动我跃动的神经。先是大伯奶谢世，我从县城赶回农村。在此之前，我回乡时曾给老人家买去香蕉。老人神智已然不清，吃了香蕉就骂人，骂身边的人不孝顺，没完没了数落了一大通。旁边的人被骂后便责怪我，我买了东西，错的还是我。现在她去世了，不会骂人了，一切显得多么安静。我在她灵前烧了一炷香，呆立片刻。

面对死亡，我一直十分茫然，不知所措。出殡那天，我举着一根细细的竹竿走在队伍的最前列，竹竿上是飘荡的纸幡，还有一些没有打落的青幽幽的竹叶。我那时恰好病目，火热的太阳刺痛了我的眼睛，泪水艰涩地洒在悠长的牛坡路上，洒在我的影子里。

四年前，我最小的叔叔去世了，他有一个很长寿的名字，但他却不长寿。四十岁出头就匆匆撒手人寰，留下三个孩子。叔叔一辈子是个老实人，脾气又犟，老实人吃亏的真理毫不留情地在他身上应验着。叔叔做事认真，但生活窘迫。他从不叫苦，从不喊累。他总是一往无前地做他的事情，目光执着，步履坚定，腰板挺直。他插田慢条斯理，横竖成行，强调什么光合作用。他做木工，精雕细凿，很少用现代化的钉子。别人一天可以完成一个箱子，他要做上好几天。上油漆也讲究时间、气温，决不马虎。他常挂在嘴边的话是："慢工出细活""十快九马虎"。

我们从乡下搬到县城，住进我父亲工作的那家工厂的一间灰扑扑的老屋，也就是搬家那一天，叔叔随车子来过一次县城。我记得那天他说，房子太旧，门窗老色，没有新鲜感，不能久住。他精心做了一张长条沙发送给我们，沙发十分坚实，放在古旧的堂屋中，竟成了最为鲜亮的东西！多年来，这张木头沙发大人们坐，小孩们跳，竟没有些微的损伤，色泽也亮丽如初，没有些微的变化。叔叔精湛的技艺已经赋予沙发一种持久的生命力。时下某些家具店里那些粗制滥造、偷工减料的沙发是没法跟叔叔的沙发相提并论的。现在，沙发随着我们的搬迁而搬迁，是我们最忠实、最宝贵的家当之一。在纯净的双灰粉与碧绿的地板砖构成的空间里，一张长条沙发木然地横放着,暗暗发出沉静的光芒。而我的叔叔永远地去了。岁月淡化了我们的悲哀,但叔叔的形象呼之欲出。

在乡村生活的那些年,我脸上满是雀斑,他说我缺碘。如今我们大力宣传碘对人体的重要意义,早在十多年前,我的叔叔,一个乡下的农民,就已重视这种元素了。叔叔做木匠时常常找不见他的斧头,这是很多木匠的通病。这种情况下,叔叔不急不躁,他蹲下来,慢慢卷上一筒土烟,吞吐那么几口,待心情完全平静的时候,叔叔发现了他顽皮的斧头。叔叔就是这样,沉缓、从容,对生活有主见,谈不上有什么抱负和理想,他只是一如既往地生活着、劳动着,靠自己的双手撑出一片属于他的天空,从不怨天尤人。

叔叔的死是我经历过的最痛心的几件事情之一。他扎竹排到河里捞沙,然后挑到镇上出卖。沙子很廉价,围绕沙子的劳动也是很廉价的,就好比清汪汪的河水。但叔叔却借此度过了青黄不接的岁月。最终,也是那些沙子害了他——那些手感极好、细小均匀的沙子害了他。世上的偷窃者是罪恶的,他们往往会造成他们料想不及的严重后果。叔叔的竹排被人窃去了(偷窃者连几根捆绑在一起的竹子都不放过)。竹排失去之后,叔叔不声不响地又忙于做新的竹排。他去邻村买刺竹,交了钱后,刺竹需要自己去砍。叔叔先是扛回了一根,喝了一碗稀粥之后,他又出发了。他走出村庄,穿过田野,上了一个低矮的土坡。他爬上竹枝,大概是为了砍掉竹子的尾巴和竹子间纠缠不清的枝条。他独个儿在空中劳动着。后来,有人发现他跌倒在竹蔸脚干涸的水沟里,头部在下面，斧头落在身边，水沟里甚至还有几支从他破旧的衣裳口袋里掉落的劣质香烟。村里人到镇上请来的医生赶到后，叔叔也终究没有能够再站立起来。

我村上的兄弟把身子还暖和着的叔叔抬回家，那是一天中的傍晚时分，叔叔的脚第一次上不着天、下不着地，在我故乡的风中轻轻摇晃。

噩耗传到县城，我满怀凄恻地从县城赶回到故里，那是一条多么阴冷灰暗的归途啊！叔叔冰冷地躺在他时常劳作的堂屋里。就是这样没一点商量的余地吗？我一次又一次痛苦地询问着。给叔叔送葬的人很多，邻村也来了不少人。处世无半点欺心的叔叔去世了，我听到人群中传播着一种无声的唏嘘。那是惋惜，是痛惜。

大伯是个聋子，叔叔去世没告诉他。事情过去好几天之后，住在新村的大伯才知晓。也不知道是哪一个告诉他的。他一个人到牛坡去寻找我的叔叔，他边走边哭，还不忘记用满是皱褶的手不时擦拭泪眼，抬起头，辨认哪一坯新泥埋了他的弟弟。那一天的牛坡，人们就这样看见了一个奇怪的老头，他是那样悲痛欲绝。善良的人们，多少会猜测出已经发生了什么事情。谁也不知道他后来是否找到了叔叔那个坟墓。牛坡这么空阔，坟墓这么多，况且，一不小心，暮色就降临了。

经历亲人的死亡是一段刻骨铭心的历程。这里边有一种沦陷的伤痛。像河滩上的沙子，水一冲，分崩离析，再也难以聚合。幸亏飞逝的光阴，有让人逐步学会遗忘的功能。累累的坟冢，整合着我们的悲伤，同时也淡化了我们的悲伤。把这一次死亡和以

往众多的死亡排列在一起，把它纳入一个宏大的背景和世界中，那么，近切的会变得有些遥远，激烈的会变得有些宁静，重要的也就会变得有些次要了。就好像一滴滚烫的水跌落一桶冷水中，由于它体积太小，它的热度很快就会消退。但那桶水无形中壮大了，日积月累，它将越发给你一种冰冷的感觉。死亡是一个无比深邃的世界，它以如许冷漠的表情牵引着你，无论你走到天涯海角，它都不紧不慢地为你安排归途。它在你看见和看不见的地方延伸着，横亘着，亲切而又遥远。它是构成你故乡的重要元素，这元素博大精深，比梦还飘逸，比血还黏稠。没有它，整个故乡会陷落，

会黯然失色,会漂泊无根。故乡,是一个人庞大而幽微的系统,它记录有你生命的密码,你得受它萦绊,同时又获得它的滋润。

归途是人生无法逃离的影子,牵系着我们所能承受的幸福和痛苦。前进的路有多远,归途就有多远,前进的路有多艰难,归途就有多艰难。一进一退,是人生的必然的动作。完成这两个动作的时候,有人完成得很优美、很轻松、很洒脱,有人完成得很悲壮,也有人完成得跟上述情况都不尽相同。

而归途的那一头,是我们的故乡。

寂寞的坟碑

在我住的这座老屋边,有一块没有根的坟碑。我说它没有根,是因为它已脱离泥土,像一个无家可归的游魂,闲置在江岸上。它仍然有用,它被人移到水龙头边上,用来垫脚。

这是一块普通得不能再普通的坟碑,简直就是一块石头。碑的底部呈三角形,是原先埋在地下的那一部分。因为是埋在地下,故而没有打磨,粗糙的石纹依然可见。碑的文字大多已漫灭,可辨者仅有数字,如"清故",如"光绪",其人姓氏仅余半字,类"冯",颇费猜测。可以明确下来的是,此人是清朝故去的,这块坟碑是光绪年间所立。字迹的模糊不清多半是因为人们踏踩太多,为形形色色的鞋底所磨损。

大多数踩上去的人恐怕都没有细想过。这是一块太普通的坟碑,普通得有时候人们忘记了它的存在,踩上去,只道踩一块石头,而不是坟碑。它没有奇特的雕饰,没有森严的气度,无从给人以威压。人们的漠视和健忘,使它褪尽了复杂的历史,还原成一块普普通通的石头，与江边所有的石头一个样。

然而，它毕竟是坟碑。人们稍微注意一下它，它就活脱脱是一块坟碑。即使打碎了，用来铺路，只要还残留一些字迹，保持一定形状，人们就能肯定，它是一块记录死亡，与死亡为伴的坟碑。它自从做了坟碑，就注定了永远做坟碑的命运！

竖起的坟碑，似乎可以俯视大千世界，芸芸众生。而倒下的坟碑，就只有面对悠悠苍天了。

云彩不会落在它身上，流萤也不会在上面驻足，滔滔江水与它平行，但不会给它带来一点信息。只有徐徐清风，皓皓明月，无私地铺泻在上面。这是一块多么寂寞的坟碑啊！其实世上的坟碑大多是寂寞的，不寂寞的毕竟是少数，清明的爆竹声，冲不走浓浓的寂寞。集合在一处的，林立的坟碑也不见得会热闹起来，相反，它们集合着比个体寂寞更寂寞的气息，那种几乎可以和幽灵进行对话的气息。

人类都是通过物来记载自己的生与死的。而这些物，本身是无辜的，本身并不负载什么。因为人类的参与，才使它们格外沉重。有人写书，有人绘画，有人制造各种器物……无非就是为了记录生的思想和生的情趣。生得默默、死得默默者，后人也大多给他竖一块坟碑，用以记载他。漫灭不可辨认的坟碑，与那些为蛀虫侵蚀、残破不堪的书籍具有相同的命运。

我的叔叔，一个乡下的木匠，他曾经告诉我一件事：他到邻村买了一棵老椿树。卖树的人是种树的人的曾孙。一百多年前，有一个人从遥远的地方迁徙到我家乡的那片土地上，他盖起自己的房子，并在门前种下一棵椿树。他成了这一门的开基祖。开基祖，在我们那一带人的家族观念中，地位最为尊崇，皆因其拓土开基，功不可没。对他的祭祀，尤其隆重。这个种树的人，他根本不会料到，一百年后的今天，他的后人如此寒碜，居然要卖掉他种的唯一一棵树，目的是给他竖一块坟碑，奠定他作为一个开基祖的尊严。

要是当初他没有种下这棵椿树呢？

他不是，连一块碑，都没有了吗？

我的叔叔花了四百五十元买下了这棵椿树。加上雇砍伐工、搬运工和请运输车的费用，我叔叔一共为这棵树开支了五百五十元。五百五十元，买下了这棵木质精良无俦的百年椿树。

叔叔因为参与了整个劳动过程，他的身骨酸疼了一两天，可见这棵椿树之大。但叔叔依然十分欣慰，因为椿树是上好的家具原材料。这棵老椿树，是他买到的最好的一棵椿树。

树轰然倒地的那一瞬，卖树的人，那个年逾花甲的农村老汉，那个已走入生命的黄昏、急切想处理好一件事情的老人，他的心是否抖动了一下？他的眼光呢，是否也凝滞了一下？叔叔没有说，当时他很忙，大概没有注意到。村庄的尘土被扬起，很高很高，甚至超过了椿树原来的高度。当然，这也不是我的叔叔所关心的。

买树的人身骨酸疼了一两天。

卖树的人了却了一桩心愿。

种树的人从此长眠的那片土坯前竖起一块像老椿树一样寂寞的坟碑。

百年的守望,从木质换成石质,诠释着一块故土的木石前盟。这是一块普通坟碑的背景。

而流落在江岸上,这块同样普通的坟碑呢,它的背后,隐含着怎样的来历?它一贫如洗,光溜溜的,不仅失去了一切故事,还失去了它守护的那一坯泥土和那一团春草。

有一些坟碑只记录一个人,有一些坟碑记录好几个人,记录上百人的坟碑我也见过。在一个偏僻的山乡,我在当地人的引领下寻访过一块大坟碑,上面记录着一百二十人的死。那个大坟,当地人叫"百二堆"。碑文、碑联仍清清楚楚。碑文大意是,当地圩镇附近多古墓,年代久远而无人祭扫,以致破损严重,某年某月某人做善事,将一百二十副枯骨捡于一处安葬云云。碑是光绪年间所立。碑心刻有四个大字"永慰幽栖",笔画凝重如同叹息。碑联有两副,其中一联云:

念荒冢之多残,冷月凄风,饮恨九泉谁血食?

捡枯骨而主瘗,平原茂草,同安一穴赋招魂!

有人据碑联的隐微含义推测,真实的情况并非如碑上所言,而是当地发生了一件"惊风雨,泣鬼神"的大事,百二十人罹难,时过境迁,生者为之营葬,假托捡荒冢枯骨。这样,可免于当时的政治迫害。这种猜测,应当说是有一定道理的。只可惜翻检方志,并无此事蛛丝可寻。

而荒野读碑,摩挲着"冷月凄风"和"平原茂草"时的那股洪荒旷野的苍凉情绪竟长久驻留方寸之间,挥拂不去……

土城童话

那时候不知道土城的历史，知道的人也没有说起。

对孩子们来说，土城是另一个世界。城墙很高大，上面长满野草和野菜，某些段落上竹子青青，杂树葱茏，这是很荒芜的土城。

骑在牛背上的时候，路过土城的机会就更多。但只知道这是毫无声息的城，乌鸦叫过之后飞走，斑鸠啼鸣几声也离开，偶尔城内会升起几缕青青的烟，隐约透出土城的神秘。土城里都有什么呢？我不知道，也没人告诉我。

城墙上有花开的时候，总勾起我的心事。一种孩子的好奇和向往，不时驱使我去探求城内的世界。土城有个很古老的门，阴森森的，像一张大口。大白天走过的时候都让人有一种惧怕的感觉。日晒雨淋，城门上密密的青砖已烙上几条阴暗的裂痕。门顶上压一层厚厚的土，土上是一棵树。城门随时有崩塌的危险。很久以前就是这样了。

牛在墙根吃草是经常的事。牛永远上不了墙，而我终于爬上墙了，才知道墙内的世界并不神奇，屋舍俨然，阡陌交通，和外边的一样。

土城在童年的世界里不再是谜。

土城里的人们一样地活着。

土城是通过阴森的城门与外界联系的。

那个时代已经很远了。不过，某些情节老是刻骨铭心。灵车引着穿丧服的人们像鱼一样游出城门，天空中回荡着凄惨的哭声。夜间会有游曳的鬼火，在墙边煽动着一种灾难的预兆。邻居老奶奶每次讲到它都会颤抖。这些，我还记得。后来有一天近城门的某段城墙突然垮了，很多人便蜂拥而出，他们举着小旗（记不清是红是白了），喊着口号，并与墙外的人们会合起来，向圩里进发。回来时旗子零星地丢在地上，还有一些纸花。这是很久以前的事了。

后来有个老奶奶疯了，天天抱着被子跪倒在墙外的路口，嘴里喃喃地说着离奇古怪的言语，似乎有一句是："老天呀，原谅我，是我错了……"我不知道她的身世，也没有问，只听说她的儿子在动乱时代被打死了，也是被墙内的人打死的。

土城寂寞地矗立了许多年了，大叶芭蕉仍无声地站在城墙上向行人招手。竹子很青，草很悠。墙上花开花落无人问津，只是靠近河边的那一段城墙挖了越来越多的孔，孔里寄放着盛白骨的金坛，我弄不清这是什么葬礼，也不知道是什么时候开始流传的。

再后来听说城门被国家规划为"重点文物保护单位"，人们敬而远之，视为圣物。有老者拄杖而立，呆望城门。

几年不回故土，难免思念土城。友人来信说土城别来无恙，我便放心。只是有些事，到今天仍弄不清晰，只好藏之于记忆深处，让它隐隐约约罢了。

石龟行走在记忆的洪荒旷野中

在我橙黄色的书柜里，在一排色彩斑斓的书籍列队立正的前边"空地"上，一只黑色的石龟一如既往地昂起它高贵的头颅，一动不动地行走在它记忆里的洪荒旷野中。它那起伏的喉管像是在夸张地蠕动。我一直怀疑这只石龟是在一次运动中，或是在一次长长的吐纳中凝固为石的，它一定有着一个难以破解的行动或步骤尚未完成。我时常凝望着它，直到眼神迷离，石龟沉入记忆之湖泽，而另一只石蛙浮出水面。在我的家族史中，一只背负着一片落叶的石蛙像一个神秘的符号潜藏在某个角落，随时都有可能一跃而起。我无缘见到曾祖父的那只石蛙，我只是在石蛙遗失数十年后，在宜州古隆河边拾到一只石龟（头身宛然，见者无不称道）。石蛙的故事在我的家族中流传很广，我不断地听说，从小到大。最能引发我兴味的是那一片蛙背上的落叶，它不断激活我的想象：在天荒地老的那一刹那，叶落在蛙的身上，惊心动魄的这一接触产生了雷电。顿时，青幽幽的闪电流布了动物和植物的全身，伴随着一声沉闷而略带焦味的鸣响，一件天造地设的艺术品形成了！在它的上空，升腾着一缕袅袅的青烟。

龟、蛙在所有的生灵中地位不高，又特别容易为人类愚弄。但它们生命力很强，不易灭绝。它们仿佛地气所凝，充满着阴沉、潮湿，匍匐中流淌着坚硬的寂寞。

说到石蛙就一定要说到曾祖父的挚友谢思卿。那石蛙正是谢思卿所赠。谢是融水人，民国十三年（1924年）任罗城县长。民国十年前后，罗城地方匪乱猖獗，占山为王、打家劫舍者风起云涌。在这种动荡不安的情势下，罗城县长一职频繁更替，谢思卿也仅仅做了一年。一个知情者告诉我，谢思卿是在一个月黑风高的夜晚离开罗城县城的，没有人觉察。白天发生了一件伤心的事情，他当时唯一的女儿失足坠马而死，失去爱女的谢思卿在悲痛之余处死了随女儿出门的那个幕僚。这是一个丧失理智的举动，谢思卿随即陷入深深的懊悔之中。他思前想后，眼前分明晃动着幕僚亲属寻仇而来的身影，愤怒的脚步已经逼近，他退却了，决定一走了之。

在失去爱女之前，他在一夜之间失去了妻子和三个儿子，这又是一段揪心的疼痛。融水一个叫民洞的村庄是谢思卿的故里，那里世代居住着谢姓和覃姓，两姓因采矿发生纠纷，引发激烈的械斗。这类事在当时的民间是屡见不鲜的。覃姓败后不服，用重金请来生苗（旧时汉人对苗族人的称呼），生苗战斗力极强，在一个夜晚一举攻克谢庄营垒，纵火烧毁其门楼、房屋，杀死谢氏族人。烟火缭绕在民洞的山间，三日不绝。那是一场惨烈的战斗！

惨烈中又带着几分落寞。毕竟大山深处的战斗，像野花开在山谷中一样，自生自灭，没有观众，也无人评说。这一役，谢姓死伤惨重，谢思卿的妻子和三个儿子就是在那样一个被熊熊烈火照亮的夜里丧生的。当时谢思卿带女儿在外做官，幸免于难。战火中余下的谢姓族人自然不会偃旗息鼓，他们不时回来偷袭，覃姓不得安宁。数年之后，民洞一带田园荒芜，炊烟将尽，鸡鸣寂寥。厌倦仇杀的谢覃两姓终于议和，约法三章，保证日后永不械斗，相安和睦。这已经是后话了。

失去亲人的伤痛接踵而来，谢思卿彻底陷入了毁灭性的孤独中。他穿越了苍苍莽莽的九万大山，可想而知，在黑暗、潮湿，充盈着瘴气的森林里一声声呼喊着他的不仅有冤魂，还有他妻子、儿女的亡灵。他是以怎样灰暗和绝望的心情越过他人生的黑色山峦的，恐怕永远没人猜得透。山间明明灭灭的萤火，无法给他光明。他要找到光明，就只有战胜自己。谢思卿最后在贵州的一支旧式部队里混迹，凭着他丰富的阅历和坚韧不拔的个性，他很快升为营长。做了军官的谢思卿重新燃起温情的火焰，他娶了一个美貌的少数民族女子为妻，不久，他生命中的最后一个女儿出生了。他为女儿取名宽凤，说她是一只让他宽心的凤凰。宽凤像一株修竹在山谷中静静生长，她给谢思卿的凄凉老境带来莫大的慰藉。老人的所有钟爱尽倾于这线最后的血脉上。

宽凤现居桂林，已近七十岁。我见过她老人家的一帧照片，摄于象鼻山前。一看就知道是曾经的闺秀，保持着一份与生俱来的娴静和优雅。

大概是在临解放或解放初的某个时候，已经解甲归田，住在一间茅草屋里的谢思卿把女儿许配给我的二伯父为妻，这完全是缘于他与我曾祖父之间的深厚情谊。宽凤在我们家没待多久就回融水去了，这多半是因为我的三伯奶（即她的家婆）过于挑剔，对一个从小就承受父母宠爱的大小姐看不顺眼，加上二伯父生性懦弱，无力与现实抗争。

见过年轻时候的宽凤的人都说她很美，是山中的凤凰，见过那只石蛙的人都说它很生动，是神奇的灵物。而这一人一物，谢思卿却如此慷慨地馈赠我们家族，他和我的曾祖父是何等的投缘啊！友谊的力量有时候是不可思议的。可我们家族似乎无缘留住这两件真诚的礼物。宽凤受不了委屈，走了。据说二伯父送她回民洞山里，洒泪而别。而曾祖父死于1960年，在那段三年经济困难时期之后，石蛙也跃出门槛，消失在茫茫的夜色或迷雾中，从此不知去向。有人说是我们的某某亲戚拿走了，因为在他家里曾见到过，可他似乎并不乐意承认。至于谢思卿何时离世，离世时是何等景况，我没有去进一步询问，似乎懂得的人也不多。

谢思卿的故事总是会在我身边流淌的时光中翻来覆去。像微尘，光线暗的时候看不见，一束光射过来，它又在光中活跃无比。又像是下大雨前飞临我身旁带翅膀的蚂蚁，充满着焦灼不安的生机。他的一生，算是浸透了痛苦之液。历尽艰危，饱经沧桑。幸得一脉尚存，足慰九泉。其挚友之曾孙如我，亦时时为其伤痛的旅程而震撼，在怀念曾祖父的同时也无尽地怀念着他。

石蛙背上那叶片承载的时光流转了几十年。在我的书房里，石龟以永恒跋涉的姿势与我无言地对视。窗外的溪涧时常在深夜里传来几声隐隐约约的蛙鸣。古老的石蛙隐匿了，而石龟现出。生命的符号在我们的旷野里生生不息。我们不断地繁荣，又不断地荒凉；不断地热闹，又不断地冷寂；不断地失去，又不断地找回；不断地流泪，又不断地欢笑。而旷野的月光一如既往地清朗。心中有了无限的旷野，我们才想到要去建构精神的大厦，去倾泻动情的言语。无垠的旷野是生命的反光镜，依然有生命力的元素或者生命逝去的痕迹都在上面呈现无遗。

我似乎读懂了石龟在过去的时空里行走的艰辛和执着，它昂着头，凝望着前方，前方永远是无法蹚越的彼岸。

江流无声

我曾有幸在这所校园里最靠近江水的那一幢,几乎是校园里最古老的平房里住了三年。江边危崖上的老屋,那静悄悄的岁月,时时让我产生无穷的怀念。白天和黑夜,都可以听到枯叶从树上脱落的声音。在我的门前,我还发现了红色的蜘蛛,我第一次感到蜘蛛也可以如此的美丽。

我骨子中已挣不脱那老屋的情缘。深夜,我独自伫立在门前那几块水泥板搭成的平台上,看那片幽暗中微微发光的江水静静地流淌。夜晚的江面,像一块刚刚出土的、斑驳陆离的古镜。它已映照不出人的容颜,它只记录着大地中深邃无比的沉沦与沧桑。那些遥远而温馨的故事它也只能暗藏心底,再也无力用光华呈示其中炽热的欢欣!

在那些个靠水而居的夜里,我的笔无声地记录着我的一层层心情。如今,在一本失而复得的小本子上,我读到了那个夜晚。

这江岸熄灭了灯火,剩有我这一束。大大小小的飞蛾在我的

纱窗外，靠近灯火的地方爬行着，飞翔着，旋转着。侥幸入室的这一只亦匍匐在灯火下的窗纱上，摊开它骄傲的翅膀，一动不动地静默着，像是在完成什么仪式，或思考什么永远悬而未决的问题。

另一只飞蛾大概被囚禁在窗玻璃和窗纱之间，不时抖动它的翅膀，传出扑扑声，与窗外不知是从哪个时候开始产生的稀稀落落的雨声应和着，它一定是处在一个进退维谷的境地。我的窗帘，画着吹箫女人的窗帘不时在它刮起的旋风中抖动一下，又一下。那只飞蛾艰苦的挣扎始终唤不起我的一点怜悯，它的不停抖动只能激起我莫名的厌恶与烦躁。"这是一种沉不住气的东西。"我同时对自己说这句话。我试图在一声声翅膀疯狂拍击的音响中消除那些厌恶和烦躁，认认真真地匍匐在我的书桌上，力争像那只已经入室的飞蛾一样从容。书桌上有几本堆着的书，一本字典，一套《二十五史精华》，还有一个塑料杯子，一把紫砂壶。我的书桌碧色，圆形，边缘是一圈乌黑的边饰，越到深夜越发亮。哦，还有一串我时常佩戴在身上的钥匙，白天我尾随它们进入一扇又一扇的门。有些门得重复进入很多次，每次出门又都得锁上。而钥匙对锁头毫不厌烦，它们在我手中旋转，有几把已经开始变形。

我对这种朴素的摆设十分满意，它们像冬天的草垛一样，静静的，一动不动，根本不像窗外那些狂躁不安的飞蛾。

自从买了电视机以后，我那油漆无情剥落的方形书桌便被这硕大的机器占领。我被它驱逐到这张碧绿的吃饭桌旁，并逐步习惯地把吃饭桌当成书桌。我面对着它度过许多不眠的夜晚，抄古书、写作、读书。有时候也摩挲几下，拍打几下。声音不薄不厚，无色无味。我生活的空间狭窄而富有，不然，这许多虫子为何如此热爱我的窗子，如痴如醉地和我共同享受荧荧的光芒。

那天夜里行文至此，似乎心情已经平静。我落下了日期，算是打住。但在这小本子里，紧接着有一页，写得满满的，最后也是落下相同的日期。这说明我言犹未尽，不吐不快，或者又有什么东西进入我的内心，左右我的感觉。

于是，我又开始从那些粗糙笨拙的文字中辨认那个夜晚生动的影子：纠缠不清的虫子。我终于走出门口，打开窗玻璃，放飞那一份无望的挣扎。飞蛾们没有停止在我的纱窗外飞翔、爬行、旋转，不时发出噚噚的撞击声和扑扑的翅膀抖动声。我在屋檐下发现那一群虫子里还有一只天牛，它身上带着白色的斑点。它在墙上爬来爬去，像是十分焦急。我还发觉一只蝙蝠在屋檐的灯光中画了一道弧线，然后迅速消失在黑暗中。而屋内的这一只地位优越的飞蛾，亮着大方的翅膀的飞蛾，始终不为同类所惑，纹丝不动，木然犹如我窗子上的一种昆虫画饰，完全是一种静止的物象，仿佛一个坐化涅槃的高僧。

那天夜里，我没有交代那些零零星星的雨是什么时候停止的。也可能根本就没有什么雨，是我的听觉产生了迷乱。除了这一页，看来再也没有写下其他文字了。我在校园的这一角回忆那一角的夜晚，空间的距离是短了一些，但时间的距离并不算短。那些个夜晚毕竟离我很远了，而且永不重来。想起那间老屋的寂静，又身不由己地想起那些乱七八糟的昆虫和小动物，那些疯狂的飞蛾，那些潜伏在窗前伺机行动的贪婪的壁虎，那些色彩宛如枯叶、动作粗鲁可笑的蟾蜍，那些在房梁上潮水般卷过的老鼠……

现在，我住在校园的另一处平房，离江水稍微远了一点，已经感受不到江水在夜阑人静时那种微弱的呼吸。我搬进这房子后另外买了一张桌面宽敞的书桌，今夜我凭着它写下了对那个夜晚的回忆。我的那张碧绿色的圆形饭桌就在我身后不到两米远的地方支立着。不同的是，桌面上盖了一个竹编的圆形盖子，通风透气，显得生活味十足。竹编盖不到的桌子边缘，那黑色的纹饰，依旧光亮如初。

隐伏的村庄

一转眼,我在中越边境的大新县五山乡扶贫已经满两年了。这两年来,相当一部分村民的房子装修得越来越漂亮了,有些屯的活动场所也得到了改善。但田野依旧,岭树依旧,山色依旧,天空依旧,这些在我看来没有多大的改变。

两年前的一天,我从南宁到大新县城,经过全茗镇进入五山乡境内。全茗镇平地多一点,进入五山乡境内,山越来越多,平地明显减少。一路上可以看到山边依然绿意青葱的农作物,主要是玉米。毕竟是从未到过的地方,我心里七上八下的,害怕会到达一个彻底荒凉的地方。想到两年半的时间将在那样一个地方度过,内心的无力感油然而生。离开一个熟悉的环境到一个陌生的环境,适应和建立新的人际关系,心中真的是一点底都没有。从繁华和喧嚣的地方到寂寥的乡间,从首府的机关工作人员到驻村干部,这种环境和角色的转换对我意味着挑战。我能否在这场内心的战争中获得胜利,或者打个平手,或者丢盔弃甲，望风而逃，不得而知，真正来了才知道。我自幼生长在乡野，但我发现我现在已经无法适应乡野的孤独。我有点埋怨自己当初的决定太草率，没有经过仔细的利弊权衡，没有想到后果。但凡事都精打细算，人生又有什么意义呢？这样的自我安慰显然只足够支撑一小会儿，我仍然对前路感到茫然，对自己先前毫不犹豫做出的决定感到后怕。两年半，这时间说起来不长也不短。不同于平常的旅游和采风活动，这是真刀真枪的驻村工作。我是个后知后觉者，就连后怕这样的体验，也来得很迟很迟。

刚到五山乡时，前面几天特别难受。我感到一种被抛置的荒凉，一种久远的孤独感。清代两江总督于成龙初仕我的家乡罗城县时，夜晚一个人赤着脚，披头散发，一手拿着书卷，一手拿着酒杯，高咏唐诗，伤情处，已不知杯中之物是酒是泪。我非圣贤，但这样的体验算是有所触及了。

我小时候生活在农村，一直到十二岁。但那是童年的农村，满是草露芬芳的记忆。我离开农村已经很久，就像鸟儿离开天空很久一样，尽管翅膀还在，再次飞翔的时候，难免会有几分惶恐和不安。即便还会飞，但要适应一段时间，拍打几下翅膀，鸣叫几声。拥有乡村童年的人都会有类似的感觉，乡村是我们幸福的乐园，是记忆里广袤的田野，是我们跟一切事物初相识的重要场所，是初心诞生的地方。在那里，我们获得第一口空气、第一口乳汁、第一口清水；听到第一个故事，结识第一个文字；看到第一滴眼泪，听到第一声叹息。到处都是甘甜的乳汁，到处都是青草，到处都是亮汪汪的水。天上是无穷无尽翻涌的云，站在夜晚的晒坪上可以看到满天星斗和冰莹澄澈的月亮，可以听到清脆透亮的、湿漉漉的蛙唱虫鸣。露水的清晨，迷雾的黄昏，森林、草坡、菜园，一切都是那样的美丽。

离开村庄后每次返回都是匆匆忙忙，很少能在故乡的村庄凝神静气仰望星空。过惯了城市生活，内心那片田野渐渐模糊、隐伏。这次驻村扶贫算是对乡村的一次回归吧，尽管不是生我、养我的那个乡村。短暂的不适也就三四天，我很快就摆脱了心理上的孤独感，不知不觉融入了乡村的生活。

那天从县城经全茗镇进入五山乡境内，第一站就是就职的三合村。三合村的十个自然屯零星地分布在县道的两侧。要经过三合村才能够到达乡政府，三合村村委就在路边，村委离乡政府两三公里。也就是说，未到乡政府，我就看到了三合村的房子。当时很震撼，这么一个深山里，居然处处是林立的楼房，像市镇一样。这哪里是需要扶贫的贫困村？几乎是清一色的砖混结构的两层楼房，有些还是三层；有些简单装修，有些已经装修得富丽堂皇，闪闪发光。从楼房来说，跟县城旁边的房子没有什么区别。这就是农村城镇化的外在表象吗？

后来我才知道，这里的耕地极为有限，缺少地表水，也没有形成疏通渠道，一下雨就内涝。村民早就意识到靠土地刨食，过上富裕生活的难度很大，于是劳务输出成为最佳选择，县城里最苦最累最脏的活几乎都是五山人在干。他们在县城打工，不时回来照顾村里的田地、老人和小孩。挣了钱,他们舍不得花,首先想到的就是盖一间好房子。当地有一句话这样描述五山人:"挣了一块钱,一毛钱用来吃饭,九毛钱用来盖房子。"因此村里的很多楼房被叫作打工楼,更有甚者,被叫成"血楼"。因为有些村民,为了盖房子甚至去卖血。幸好,卖血建房的历史已经一去不复返了。由于地处中越边境,不少村民装修房子会请越南工匠来帮忙。一方面是越南工匠工价低,用的材料可靠;另一方面是他们做工精致,样式美观。三合村很多楼房都有美丽的图案,有缤纷的色彩,属于越南风格。越南曾经是法国殖民地,所以越南的建筑风格带有法国建筑的特点。这样的建筑风格,被越南工匠带到了三合村。

位于公路边的种老屯有一方美丽的池塘,池塘上的那座凉亭,色彩艳丽,柱子结实,一看就知道做足了功夫,正是请越南工匠建造的,池塘边敷上彩色油漆的坚固的栏杆也是。屯里的人告诉我,油漆几年了都没有褪色。为了做这个小小的工程,越南工匠在村里住了好几个月,他们并不赶工,尤其不会因为工价低而草率应付。他们遵循建筑的规律,每一道工序都保证足够的时间,很多材料都是从越南买过来的,包括油漆。

种老屯池塘与新建篮球场之间有五十米的道路没有硬化,还是泥巴路,下雨天村民要到球场很不方便。我了解这个情况后,发动青年作家搞了一次募捐活动,共筹措了三万元,建了一条"青年作家路"。路铺成之后,请著名作家鬼子书写路名,打算刻在一块从山上抬下来的大石头上。这是一块有故事的石头。种老屯有个老人在山上凿了一方大石头，打算在他百年之后下葬时用作压墓石，以守护他安息后的宁静。但是等到他去世时，他的后人似乎没有办法把这块巨石抬下山，于是这块石头便被抛弃在山上，日晒雨淋，渐渐积累了历史感和沧桑感。我在征得他后人的同意后，组织三十个村民从山上抬下了这块石头。抬石的场面十分壮观，触动了人们阔别已久的乡村集体劳动的记忆。为了保证书法在石头上呈现的准确性，我们决计请石匠手刻。经过半年的寻找，我发现整个大新县已经找不到能够手刻的工匠了，这门手艺已经消失。现在流行电脑刻碑、电钻刻碑，一切都走技术、走便捷，讲速度、讲效率。后来好不容易找到一个八十多岁的老头，他颤巍巍地坐在石头上，说他可以刻，但我们还是不敢把任务交给他，毕竟刻碑是技术活，也是力气活。民间各种工艺在急遽消失，手工刻碑这门技艺也一样。

电钻的声音是机器运转的声音，声嘶力竭，是噪声，而手刻的声音叮叮咚咚、铮铮钪钪，那是美妙的田园乐曲，那才是我们久远的乡愁。

后来终于通过各种渠道找到了一位刻碑的师傅。他是与大新毗邻的天等县人，在南宁市某师范学校当美术老师。刻碑是他年轻时候的副业，应该说也是他祖传的一门技艺。尽管他后来考上了艺术学院，当了老师，但是这门工艺他没有丢开。刻碑师傅来种老屯工作了整整两个工作日。整个村庄，早晨、正午、下午和黄昏时分，人们都能听到钪钪铮铮的金石之声。全村的老人、小孩、怀抱婴孩的妇女，都跑去看李茂存师傅刻碑，都觉得很新奇。那些手上抓着一把青菜的，竟然静悄悄地带着微笑在旁边坐了很久。老人们拄着拐杖，站在旁边看得入迷。显然，乡村的事物和熟悉的声音又回归了。

我查阅县志知道，过去这一带的石匠很了得，至今村中仍然遗留有不少做工精致的石水缸、石盆、石猪槽，残存的石柱上刻有精美的图案。这说明，自古以来，这里就不缺少金石之声，只是后来丢失了。那些牵牛耕种回来的人，也会和牛一起，站在李师傅刻碑的路旁，仔细观看一番才安心回家。那些挑担子的、奶孩子的，也不会放过这样的机会。大家都被这种钬钬铮铮的、熟悉又亲切的声音吸引，从四面八方会集而来。甚至别的村屯的人，也有赶来观看的。不是同时来，而是来了一批走一批，来了一个走一个。这种手工刻碑充满着劳动的迷人气息，仿佛花香一样弥漫在村庄四周。原来令人何等熟悉的事物，现在消失已久。重新来临，大家都感到如此陌生和亲切，唤醒很多遥远的记忆。

李师傅向我介绍，他来刻碑之前检查了原来碑刻的金属器具，那是他从乡村带到城里的，多年不用了，有点生锈。他很担心这些锈迹斑斑的工具完不成这次刻字任务，于是他通过网络购置了一套全新的刻碑工具。从图片上来看，这一套刻碑的工具非常精美，文字介绍也妙笔生花。他收到了快递过来的工具，满心欢喜，因为的确是很漂亮，每一种规格的錾子都有，完全是对过去那一整套刻碑工具的复制，形式上不存在任何问题。他很高兴地带着这套崭新的工具以及奔向乡村的快乐心情出发了。同时也留了个心眼，在旧工具中挑了一把小錾子一同带来。到了真正让那些崭新的工具接触坚硬的石头的时候，他发现，那些新买的工具好像不怎么给力，刀口很快翻卷。用磨刀石磨了再用，还是不行。不能怪工具，对吧？是因为这里的石头太硬了！这样的工具只适合刻软石头！李师傅边敲锤子边觉得好笑，幸亏没有笑出声音来。当然笑出声来也是情有可原的。那些看起来如此精美的工具居然如此软弱，不堪一击，无法对付那块坚硬的石头，李师傅感到很遗憾。

最后还是二三十年前那一套老工具中的那一把生锈的小小的錾子发挥了作用，那把小小的錾子才可以对付坚硬的石头。能用的就是那把錾子，那把生锈的錾子！从这个刻碑的工具，我们就知道现在商品经济得到了迅猛的发展，各种物质都不缺乏，但是这些发展的背后，隐藏着某种虚弱和不真实。我们失去了一种担当、一种诚信，只能做到外观上的美丽，但是无法保证内在的品质。因为我们要急遽发展，争分夺秒，我们要全面铺开，所以也就顾不上品质的降低了。我不知道别的产品有没有这种情况，但是这个刻碑师傅，他新买的工具无法使用，而最后完成刻碑任务，得靠过去的一把小小的生锈的老錾子。这绝非虚构！那一把小小的錾子，孤苦伶仃的样子，很寂寞的样子，根本看不出它内在的坚定和力量。但是，它拥有足够的硬度和气度，不仅完成了气势磅礴的五个大字的镌刻，还完成了落款小字和印章的准确呈现。碑刻好后要填上深绿色的油漆，最后村民选择的也是越南油漆。

房子可以很快地城镇化，但是农村社会不一定跟得上它的步伐。它们似乎是各在各的轨道上行进，有交叉，也有遇合。村道上有外出务工者开回的小车，也有牧归的老牛；有推着儿童车带小孩散步的村妇，也有挑着玉米秆、青草、带秆的谷物回家的村民。三合村保留着可贵的惜物传统：玉米秆收回家，用简易的机器轧成粉末用来做猪饲料；楼房前后摆放着蒙着尘土的古旧的农具、盛着雨水的石器，它们没有被遗弃。有形的城镇化的背后，隐藏着一个仍然没有逝去的村庄。那个村庄在崭新的楼房间穿行，在铺设水泥的村道上穿行。像风一样，渗透在簇新的村庄的每一个角落。豪华精美、色彩艳丽的楼房前面，倚放着刚从山上砍下来的木柴，木柴上还留有青青的树叶。

我喜欢寻访村庄中那些壮族干栏结构的老房子，现在已经没有人居住了，在风雨中摇摇欲坠。传统房子是上面住人，下面住牲口。石头的基础，木头的框架，再辅以竹子和稻草，敷上泥巴做墙壁，然后盖上瓦。这些老房子透出一种纯朴的气息，它们的气息跟现在的砖混结构水泥楼房很不一样。有些老房子墙壁漏风已久，都没有补上泥巴。《诗经》里面说人们到年底要用泥巴来补房子，我就想，或许这些老房子在《诗经》出现的时代就已经有了，它们在中华大地上存在了几千年。现在这些寂寞的、空空荡荡的老房子已经没有人给它们敷上田野的新泥了，但是我仍然非常喜欢它们，觉得有文化内涵，质朴原始的模样可以涵养心灵的生机。

一个地方的传统住房必然有一个地方的特色，它的形成不是一朝一夕的。当地人在几百年、上千年里，结合当地的地形、地质、土壤、气候、材料等方面的因素，不断改进，最后确立了最适合人居住的结构样式。它们能够抵御各种自然灾害的侵蚀，是经得住时间推敲的。但是急遽的城镇化，容许不了村庄宁静的吐纳，已经把老祖宗留下的房子强行驱出历史舞台。许多泥瓦房都被视为危房，必须推倒重建。我们也看到，由于粗制滥造，很多水泥楼房刚建好就开始漏水。相比之下，有些住了上百年的老房子，都还没有出现什么大问题，并且冬暖夏凉。

除了这些零零星星的老房子，三合村给我印象最深的画面是傍晚路上的归人。有从山上、野外放牧赶牛回家的，有从田野里劳作归来的，有从地里干活回来的……他们有一个共同的特点：没有一个回家的人是空着手的。他们都要拿着一些东西，一根木头、一截竹子、一把青菜、几株野菜、一捧青草、几片树叶，或者一条青枝。总之，他们都不会空着手回家。

我想到那些燕子，为了建自己的巢，飞到外面衔来一根根的小树枝和草，三合村的人也像那些可爱的燕子一样，用心、用情，从外面衔来一根根的草木，细心地建设、呵护自己的家园。尽管他们都已经住上砖混结构的楼房，他们拿回的东西不一定用得上，甚至与他们楼房的精致装修、冰箱家电等极不和谐，放在楼房里面多少有点尴尬，很可能只能放在楼下的杂物房里，或者倚靠在菜园边，但他们依然保持着这样的习惯。他们拾掇这些从野地带回的东西，一方面是在丰富完善他们物质意义上的村庄和家园；另一方面，我认为他们是在不知不觉中维护着他们精神意义上的村庄和家园。无论村庄怎样改变，都不能缺少这些从旷野中带回的、有大地温度的基本素材。这些与人类日常生活息息相关的东西，它们不一定能在物质上发挥太大的作用，甚至已经用不上，只能默默地被储备、收藏，但是在精神上，它们一直是重要支撑。这些不起眼的一草一木，构成砖混楼房林立的当下村庄里另一个隐伏的村庄，那是他们的精神故乡，那是夜晚给他们睡得安稳的东西，那是滋养生命的重要事物。

生命中总有些仪式不能省略

在一个事物越来越容易被随意改写的时代，一个追求简化、便捷的时代，什么东西都可以被嘲弄，严肃的行为遭遇尴尬的时代，生活在广西西北部九万大山南麓的毛南族人，用他们古老的还愿仪式向我宣示他们不易被更改的孤独。按照习俗，获得子嗣的毛南族男子，都要请法师做一场还愿仪式，以表达对圣母娘娘的感恩。仪式有严格的程序，不能随意省略。尤其让人震撼的是，父亲或者祖父这一辈因为经济原因做不起还愿仪式的，他的儿子或者孙子要帮他做，这叫"替父、祖还愿"。总之，这一课补定了。还愿仪式上，古老的傩面、道袍、法具、供品、经书、布幔、纸花、画像、对联，古老的舞蹈动作、步伐、节奏，都在烘托着另一个世界，那个世界也许就存在于我们的身边，甚至与我们的时空交错重叠。我们有我们的热闹，他们有他们的快乐，只是我们毫无察觉。

这是一个偷工减料的时代，人们急切地渴求获得利益，能下的功夫一省再省。"忽悠"和"敷衍"是两个重要的关键词，一些带有时光品质的物事已经很难被创造出来,一些有价值的传统正在分崩离析,随风飘散,自然包括那些深藏在各种习俗中与生命有关联的仪式。

  雕刻傩面需要极其耐心细致的劳动,刻刀语言的轻重疾徐,要恰达好处,需要有与神对话般的专注,需要漫长的时间。编织花竹帽需要近十个工序,每一步都不能操之过急,就连上山砍金竹和墨竹的时间,都有严格规定。仿佛一份思念情绪的酝酿,花竹帽在时光中孤独起舞,直至灿烂绽放,体现了一个南方少数民族情感表达的优雅与含蓄。花竹帽上精致的纹路呈现了毛南族人内心的诗情画意,不愧为毛南族的"族宝",是毛南族男女青年的定情物,它的质地符合人们对爱情的期望。为什么不用这样的材质和技术编织别的工艺品以迎合花花绿绿的时代发展,而是一味亘古不变地编织花竹帽?这又是他们的执着,他们的笨拙。花竹帽是毛南族的定情圣物,是戴在头顶上美丽而高贵的东西,是毛南族的"大佛顶首楞严",是佛头顶上的光。毛南人固执地捍卫着头顶的庄严和美丽,仿佛捍卫着头顶上的星星和月亮,不必迎合花花绿绿的世界,傩面上天荒地老的表情也无须更改。

  还愿仪式上,戴着傩面,穿着艳丽道袍的毛南族法师遵循着"起伏碎步"等古老的步伐。他们焚香、作揖对拜、交叉转身,在虚空中比比画画,衣袂飘飞,旁若无人。他们的身体语言符合傩面神灵的性格。我惊奇地发现他们就是古人,从古代的时空走出,突然之间降临到我们身边,完全没有意识到时代已经更改。傩面仿佛不是戴上去的,而是他们有温度的脸。他们像古人一样彬彬有礼，问询、寒暄，像古人一样庄重地坐着，严肃地讨论问题。守古制，透出一种说不出的优雅。神就应当有神的模样，不能乱了套。当然，仪式中也有戏谑的成分。比如家仙破竹子，做木工，劳动场面生动出彩；瑶王出场，表演摆胯、顶胯，令人捧腹，很有上古时代天真活泼的气息，可以感受到大山深处毛南族人的乐观精神。他们的对话也逗趣幽默，极有教育意义。

还愿仪式上的男主角一脸虔诚，怀着对圣母的感恩，对神灵的敬畏，每个环节他都认真对待，服从安排。他的脸上透出一种无依无靠的孤独感，甚至有点茫然。似乎他没有主见，完全听凭神的意志。在空阔无边的命运之中，他只相信圣母的佑护，对生命的到来充满感激之情。

毛南族每年六月都举行盛大的分龙节，以古老的仪式祭祀为他们治病祛难、行无畏布施并教会他们饲养菜牛的三界公爷。他们的感恩以仪式化的形式表达，经久不衰。不懂得感恩的民族必然会缺乏凝聚力，不懂得感恩的人生显然会杂乱无章。生命因为仪式而庄重，古制、古礼、古风，其实初衷均为捍卫生命的尊贵和庄严。古人行事慎重，做事情第一要素是讲究质量，迁移一座祖坟至少需要一个月时间。而现在的人，讲究效率，恨不得半天完成。许多庄重的事情都做得生吞活剥，草草收兵。我曾听到过这样一句话："你对祖宗马马虎虎，心急火燎，你还想要祖宗保佑你？"这的确是点中了现代人的筋脉。

生是庄重的一件事，死也是不能随便打发、草草收场的一件事。而这样的感受，是我在毛南族聚居地环江行走时变得真切的。我第一次到环江凤腾山看到毛南族古墓群，完全被那种满山遍野气势雄浑的古墓坟碑震撼了。每一座古墓的墓碑和墓石都雕刻精美，有一些墓碑上还雕刻了立柱、重檐楼阁，毛南族的先民把死亡这个归宿提升到了艺术的境界。谁敢说南方的少数民族没有文化，没有品位？大山深处的人们，生得寂寞，死也寂寞，有大量的时间可完成他们想要的那种效果。并不富裕的他们，用日积月累的财富，在生前就准备好他们的坟墓和墓碑。异草奇花、人物、神人灵兽、宫殿、琳琅文字在石碑和墓砖上出现，共同呈现一个活泼灵动的艺术世界。或许在他们的潜意识里，人一定要留下一些认真对待的东西，比如一座坟墓。最后的归宿地，焉能潦潦草草，不负责任？与山间草木鸣虫晨昏与共的时候，得有一样拿得出手的物件，作为曾经是万物灵长的一个交代。在滔滔星光月华之下，得有一些琪花瑶草、灵兽神仙从石头上醒来，为这个世界的黑夜献出它们的生动；得有一些诗联吟哦从石头中走出，应和大自然的节拍，与山鬼的语言共鸣，回响在山谷之间。

死生亦大矣！

汉家典籍的警语，在遥远南方的万山深处，在苍莽森林之侧，在悠悠汉代古道旁边，被一个叫毛南的少数民族演绎着，恪守着。

我们的血脉深处需要保留一些遗世独立的仪式，甚至是生存方式；需要对急剧发展的时代保持一些不认同，对慌乱奔跑者冷眼旁观，不一定要跟着跑；需要沉浸在过去的时空，品味生命的大宁静。花竹帽本是挡雨用的，也可以做得十分精美。戴着它走过青青的田埂，穿越山中浓浓的雨雾，是对雨的尊重，对雾的尊重。为什么油纸伞里有古朴的乡愁，因为油纸伞也很顽固，不愿意随便更改材质。它顽固地守护时光的质地，寻找丁香花结成的淡淡忧愁。

为什么我们的镜头都会深情地对着古老的村庄？那些泥巴墙，青青的瓦，那些与古树、山水融为一体的老旧的建筑。这样的村落可以滋养我们内心的生机。而现在，古村落在不断溃败，消失。大量千篇一律的砖混楼房在村庄恣意生长，却成了我们照相机逃避的对象。就连云朵飞过我们都为云朵惋惜，因为我们找不到可以匹配云朵的对应物。大多数村庄的楼房显得零乱，完全没有古村落的那种凝聚力。那些毫无表情的楼房似乎对这种无序也十分懊悔，想走回头又不太可能，像是被皮鞭驱赶的怪兽。其实，所有的无序都是内心的无序，对仪式不再敬畏之后必然走向这样的现实。

我曾有幸探访过环江明伦北宋牌坊。那全是用山中的青石砌成，一前一后雕刻十分古朴精美的两座石头牌坊是过去的某种精神气质留在风雨中的仪式。远处玉米地上的华表，华表上站立的石雕小兽，都表示仪式的环节不可以随便省略，天地山川都有其互相呼应之处。古人建造的每一座楼宇坛城皆是妙用造化，顺应自然。

同样在明伦镇的牛角寨，其魅力在我看来，是依然保留了山水的某种仪式或者完美格局——上有高天流云，下有千仞峭壁。飞瀑烟岚，翠微沁人。悬崖有倒挂的古树，石壁上有牛角状的化石，谷底有远古时代从山顶上滚落的巨石猛烈撞击留下的痕迹，当时震动五岳三山的雷鸣电闪早已化为穿梭而过的欢快的溪流。树木间纠缠不清的苍藤，石头上生机勃勃的青苔，厚厚的落叶，深不可测的幽潭，腐朽的巨木，虫声鸟语……我仿佛走进了李白、杜甫、王维的诗篇里，那古人吟唱的一切景象历历在目。那些诗篇之所以流传千古，是因为它们遵循了山川大地的仪式。诗人的文字排成仪式般的阵列捍卫了这样的山水仪式，他们并没有随意更改。

牛角寨并没有一块摩崖石刻，但它依然向我们展示了它的文化，它与中国文化息息相通。有生命的文化必然会吸纳大地山川的精华，让大地山川的浩茫之气贯注在文化的肌理里，让大地山川的纹路色彩排列成惊世文章。"不露文章世已惊"，鲜为人知的牛角寨正是这样的格局。好的文章不会是远离造化自然的，道法自然，千古不易之真理也。我深切地感到这样的情境古人感受过，陶醉过。他们一直沉湎于与自然的悠然心会，玉鉴琼田，纵一苇之所如，诗愁浩荡千顷，斜阳暮草茫茫。

我甚至感到，我的惊讶，是杜甫的惊讶，是李白的惊讶，也是王维的惊讶。我一个人走在弯弯的溪涧旁边，对着巨兽般的石头发呆，为涧边幽草所迷醉。其实不光是我来了，李白也来了，杜甫也来了，王维也来了，许许多多看不见的他们都来了。我看见如蛟龙相缠的青藤，他们之前都看到过，现在又跟我一道欣赏，一起沉思默想。我想不起他们曾经写过什么诗句，只是感觉走在他们的诗句里。一阵风吹过，落叶飒飒。他们开始低声吟诵起来，诗声与溪声合唱。惊起一只飞鸟扑棱棱飞走，在高空中发出清亮的鸣叫。

我甚至觉得，在我离开牛角寨之后，他们并没有离开。我只小饮一两杯山中美酒，而他们竟然忘乎所以抱坛沉醉。他们仍然与山间的清风嬉戏，共岩畔的明月徘徊。他们还会邀上王乔和赤松子一同遨游。我还有俗务俗虑，驱使我从幻想中苏醒，面对平庸而冷漠的现实，而他们，早已化为他们作品中的那股元气，可以自由往来，随时随地徜徉在他们发现的山水妙境。他们峨冠巍巍，衣袂飘飞，白发三千丈，根本用不着理会时代发展的步伐，甚至还佩带着长剑，身上缀满薜萝香草。

从环江回来后，我一直沉浸在一种静静的感动里，好几天走不出来。我甚至不知道究竟受到了什么触动，似有点无缘无故，却又真真切切，真实不虚。久不久脑子里会映现那些傩面，那些灿烂的道袍，那些微微颤动的正在编织的花竹帽，那条青苔斑驳的汉代古道，那个隐伏在崇山之间，气象万千、元气淋漓的牛角寨。

直到今天晚上，我终于找到了感动的理由。

我们的生命中，总需要保留一些遗世独立的仪式。

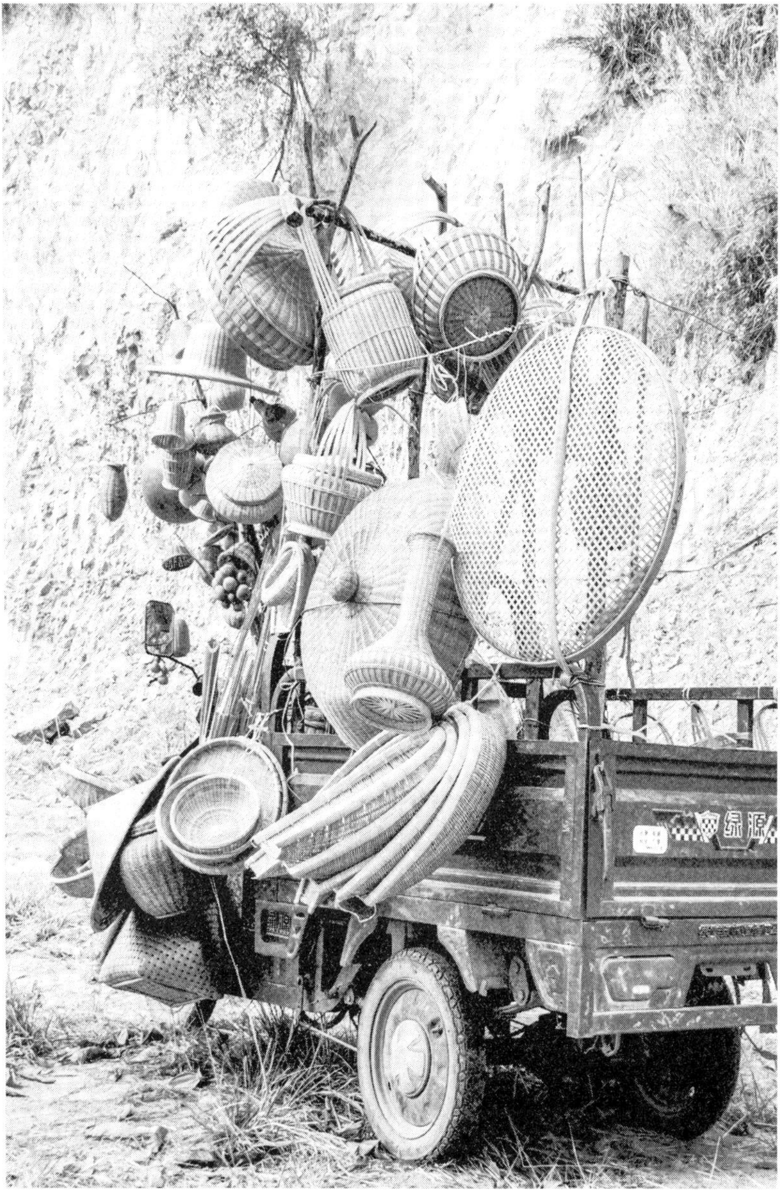
绿源

第二辑

仿佛一道电光

那一朵被叫作天香的花儿,那些僻静的村落,那些神情寂寥的古镇,那些荒弃的庙宇,沧桑斑驳的古道,将在这一道亮光中露出笑靥,敞开心房,缓缓开始诉说。

青砖物语

我每天都得面对一堵普通的墙,不高不矮,毫无异彩。墙是红砖砌成,看它或者不看它,都是一片模糊的红光。有一天我猛然发现这墙里有一块青砖,这是认真观察的结果,素来粗心大意的我未免被它触动了一下。这是一块方砖,以手抚之叩之,坚硬无比,它周围的红砖显然已经开始糜烂了。我们是无法要求一堵裸露在风雨中的墙永葆青春的。在我的印象中,铁青的砖一直比红砖坚硬。铁青本身就有一种力度和幽古的意韵。青砖的形状并不十分整齐,它的角也有凹陷,但那是红火炼就时就已经烙上的。圆润如同波浪,伤痕如同柔痕。这青砖保持着当初烧制时的形状,红砖却做不到这一点。红砖像一种颓废的意识正在慌乱中丧师失地,它们崩溃的那种神情十分令人沮丧,劣质的制作,是现代人某种不可告人的性情的再现。而古人呢?古人不语。只从古代凌空丢来一方青砖,像丢来一只青鸟,丢进这堵墙里,丢到我的眼前,凝固成一个坚硬无比的符号。

我禁不住要思考一下这块青砖的来历。这大概要涉及这江岸的变迁，大多数的变迁我是不知道的。这一堵墙静悄悄地横亘在江边，在菜地的一隅，在老屋和老屋的间隙间，在夜晚昏黄的路灯下，在虫子鸣叫的范畴里。以前呢？以前这江岸是什么？是公园。年长的人都知道，两座拱桥，架在入江的溪上。人们说是公园的遗物。很久很久以前呢？又是什么？有一座古老的别墅，别墅有一个很美的名字叫金谷，金谷中有卧云阁。此外，这江岸还有观音阁、澄碧庵，都是很好听的名字。这些名字也许在另一条江岸上也曾像流星一样闪烁过。这些名字十分经典。古书上记载金谷别墅破败以后，主人把它舍给佛家，佛家起了一个名字，叫玉皇阁。这些曾经辉煌又一度寂静萧条的殿宇都因为这样或那样的历史原因近乎湮灭无迹。它们得出了一个残酷的结论：只有脚下的江水终古奔流不息，是造化里真正的英雄。那么，这堵墙里，这一块幽幽冥冥的青砖，到底是哪一个朝代的遗物？是宋朝，是明朝，还是清朝？到底它来自哪一座临江的殿宇，是哪一座殿宇最后的呼吸？它被丢弃在无边的荒烟里，究竟是缘于哪一阵风，哪一场雨，哪一次致命的大火，哪一束闪电和哪一声雷鸣？它又是被哪一位民工在砌墙时随手拾起，活生生地塞进红砖的怀抱里，镶进一片忙忙碌碌的红光中？因为拥有自己的质地、色彩和语言，多年来，它竟没有迷失自己，锁住自己的岁月，以冰冷的面孔独对仓皇的季节。

　　这江岸还有古老的坟碑。横置无根的坟碑又似乎暗示了这一块青砖另一种可能的来历。它或许是墓门的一块砖，曾经是幽冥的使者,在某次臆想的盗墓中散落荒草。

  这古老的遗物确实让人浮想联翩。它也曾映照过一张动人的容颜吧!朝如青丝暮成雪。它也曾围拢过前世的幽情吧!围拢过男人和女人的故事。或者,是哪一位高僧面壁时,呢喃曾经枯索地在这一方青砖上爬行过,却无论如何也穿透不了那一堵厚厚的墙,声音只能在他心中回荡。或者是哪一只柔荑般的手轻轻抚过,细葱般的手指只抚摸青灯黄卷、门和砖石,只抚摸清风明月,不抚摸俗物。也曾守护长久的空寂吧!万籁俱寂的夜晚,远空只有几粒微茫的星子,而近处萤光点点,一闪一闪地爆炸激情。无声的爆炸,震动的是自己。在无人收拢、微微颤动的微光中,又是哪一只萤火、哪一次爆炸忽然照亮了这一方青砖的容颜?在许多像月光一样流逝的日子里,月光只能映照它的一面。月光也只是无意地映照。

  今夜没有月色,只有夜阑的灯火映照着我。窗外突然雷雨大作,闪电照彻了我的窗子。我的目光越过夜晚的重重障碍,重新审视那一面墙里的那一块青砖。它不再跻身密密的红砖,而是独个儿飘浮在空中。方方正正,幽蓝幽蓝,像是要随闪电而去。

拉住你的手,这样的夜晚才不会迷路

2000年11月5日,宜州掘出明代东门城楼遗址。

——题记

许多时候,我们徜徉在古城墙早就倾圮的江岸上,寻访寥落的几块砖头和基石——那些受过重创的历史残片,梦想会找到一个符号,两个文字,好编织一段年代斑驳的苍凉遗事。而这样的收获极小。夜晚,与江水在不同的高度被随意放逐的时候,我们找寻的更多是一种感觉。而往往在这种时候,黑夜中的江水成了谁家姑娘多情的眼眸,无情地撩动我们的思绪。

它在我们看得见和看不见的夜光中流淌,无声无息,绵绵不绝,就仿佛我们身上的血管,我们时常忽视它的存在,但它对生命却至关重要。一条江对于一座城市来说,无异于一条血管对于一个人。当然,我指的是活的人,我指的是活的城市。今夜,城东那条街道,一改往日的平庸,到处是翻开的泥土。人们在街的两旁挖了深沟,沟中映着亮亮的水。在新的大街产生的前夜,旧的大街总是要忍受阵痛的折腾。古老而新鲜的泥土气息在空气中荡漾,夹带着几丝潮湿的荒凉。走到了新掘出的那段东门城楼遗址,我们默默地驻足,不敢轻易去触动这历史的伤痕。东门翻出了沧桑的历史,这座城里上了年纪的人也翻开了他们的记忆。他们用言语、手势、眼神、唾沫、发黄的书卷加上不切实际的梦想构建起各自的东门,一时间,沸沸扬扬,让人切身地感觉到,山城沉睡已久的某根神经忽然被激活起来了!

在东门尤其幽暗的灯光中,土地翻开的气息不容置疑地席卷而来,像发酵的酒缸被搅动了一下,似酒非酒的气味令人迷醉。我们的情感在这样的夜晚也穿透岁月的黄尘,涌现出前所未有的鲜活。

你轻轻地一握、一触、一拨,顿时开成我生命的花朵。你掌中冉冉升起的微微潮润的暖雾,流逸成花朵四周诱人的芬芳。

几百年前的你,其实都没有在迷雾和黑雨中走失。鲜亮有如北山的朗月、南山的红豆,绚丽有如西山的丹霞。

残败的东门城基中间,幽亮着一条石板路,像深潭上浮动着一条竹筏。有城门的时候它从不曾这般无奈地袒露自己,其实城门又何曾阻挡得住人间的风雨。寒星与冷月用刻刀的清光轮番雕凿路面的一块块石板——那一张张凝重的面孔,却忽略了那一声声细如游丝的喘息。人生说起来也很简单,无非就是走来,走去。很多人,从这里进城,又从这里出城。脚步和心灵敲击冰冷的石块,轻重不同,而城内和城外的鸡啼总是同一时辰!

我看见我进城的时候鬓发青青,衣袂飘飞,出城的时候已成幡然老翁。我的头顶上飞翔着一只疲惫的鸟,我听见铅色的云层中有个声音在反复吟唱:"昔我往矣,杨柳依依。今我来兮,雨雪霏霏。"

我丢掉深山伐来的追随我一生的那条藤杖,等待浊泪淌过我苍老的脸庞。这时,我猛然触摸到你温暖如春的手指,没有丝毫做作的躲闪与藏匿。我走出历史的幻境,投身新城的灯光。

拉住你的手,这样的夜晚才不会迷路。

荒野文字

我时常会注意到那些或新或旧的坟碑。通常情况下，石头上面的文字总能唤起我那种幽古的想象和回忆。我喜欢阅读它们，咀嚼它们，揣摩它们，甚至伸出手去轻抚它们，那感觉，就像是把手放在某人宽阔而冰冷的额头上。我知道，每一块坟碑都具有思想者深沉的魔力，我敬畏它们，尊重它们。

清明节，或者其他时候，只要有机会置身荒野，我就会靠近一块块坟碑。太荒芜的坟墓，我还得拨开荆棘和杂草，找寻它们的真面容。尽管我和他们，远逝的他们素昧平生，但你知道，坟碑的文字是展示给人看的。真正的文字，不必担心没有人看。坟碑像一本书的内容提要，只有那么一页纸、数行字，却试图呈示整本书的精神和魂灵。书可以再版，内容提要可以重新修订，而坟碑往往难以再版，它的文字几乎一产生就凝固了。凿子把它们凿入石头的内部，凿得不留情面、惊心动魄，凿得不再有任何商量的余地。

我喜欢轻轻地蹲在坟碑前，或者干脆坐下来，坐的动作也是小心翼翼的。这世上有许多东西是不能惊动的，坟碑就是其中的一样。就好像晨路上碰见一位老成的长者，你不能过于热情，太热情他吃不消，也不能大喊大叫，大喊大叫会破坏他固有的平衡。你只能悄然驻足，轻呼一声，点头微笑。

我拜阅坟碑的姿势像是与一位故知亲友交谈。这种交谈有时候没有语言，只有一种十分默契的对视。我在交谈中得知，他是清朝故去的，他是民国故去的。这个人进过县学，是个庠生。这个人是个贡生。这个人为人淳朴敦厚，貌似乡儒，恂恂有长者之风。那个人勤俭持家，操劳一世，闾里咸知……在我阅读过的坟碑中，有一些会给我留下深刻的印象，我偶尔会忽然记起。有一个是人民教师，"文化大革命"时被推入河中，含冤而去，尸骸无寻，整块坟碑满怀悲切。我记得那副碑联，大致是："课堂犹有教诲语，江河尚留悲涛声。"这是给我留下极深极深印象的一块坟碑。这块面积不大的坟碑矗立在桂西北一座小有名气的山之西麓，是一座衣冠冢。我还在一座无名的山上读过一块民国初年立的碑。那是一个不折不扣的前清贡生，他自幼颖悟，弱冠游泮邑庠，名重儒林，后来做到某县训导，惜天年不永，哲人命薄，离世匆忙。碑文中有句云："人若不能实现其胸臆，虽百岁犹夭。"这里面是颇有些人生思考的。

不知怎的，读碑的我总摆脱不了一丝时淡时浓的悲伤。这悲伤倒不像是为那些丧失形体、永远逝去的人，而是为那些文字，那些沉浸在阴暗、潮湿、凄冷的石头上的文字。它们面容沧桑凝重，

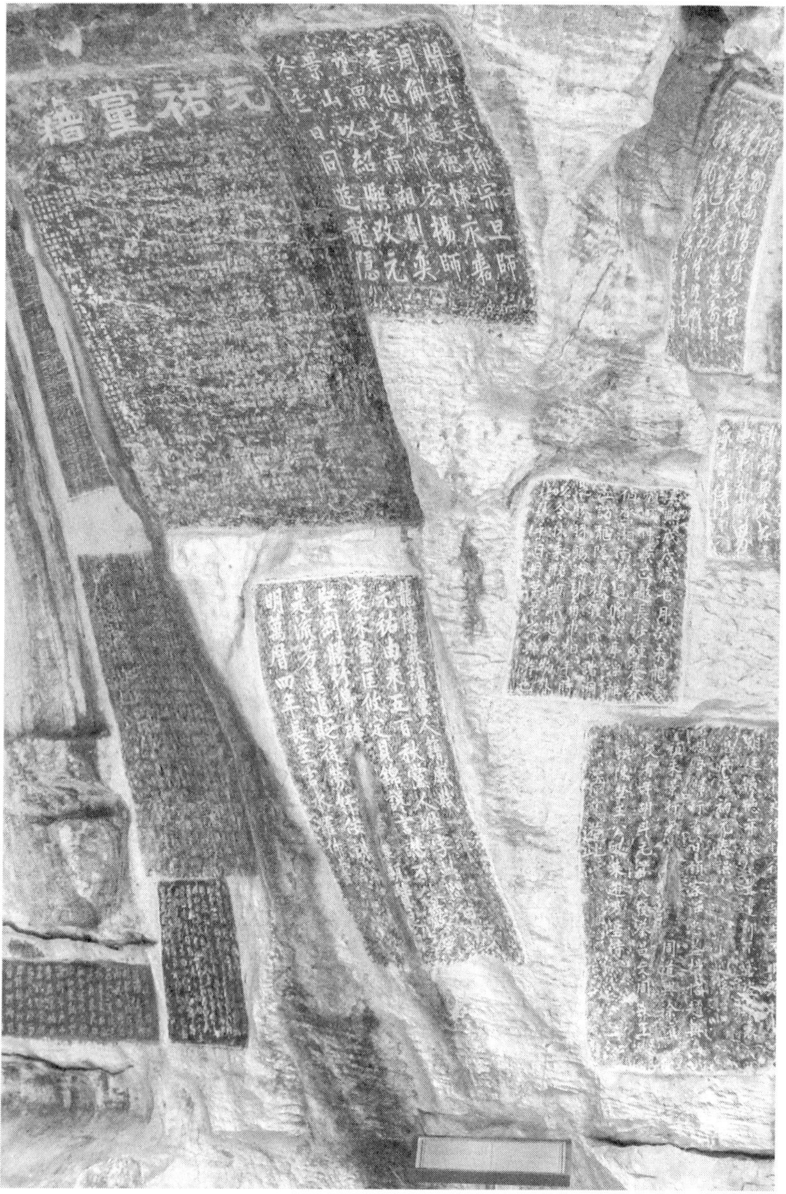
元祐黨籍

它们顾影自怜，悄无声息。它们与泥土最为近切，它们当中的一部分甚至已经潜入泥土，不拨开一些泥土，你是无论如何也不能完整地读懂它们的。杂草掩盖它们，青苔攀附它们，牲畜磨损它们。它们毫无还手之力，连招架之功也日见微弱。

这些可怜的文字当初是在热闹的地方被镌刻的，完成之后就被抛置在荒无人烟的野地里。这恰如人之生死，热闹与冷清相追随。试想，在山野之一隅，四处充溢着蛮荒、愚昧、凄清的气息，还有浓得化不开的寂寞，你在这种境地里忽然发现象征着文明和进步的文字——在一块块坟碑上。文字被丢弃和冷落了，文字的境遇十分不幸。这有点类似囚犯，被关押在一个无比荒蛮的地方，终身不得逃脱。这一情景，难道唤不起你些许怜悯，动不了你的恻隐之心？有时候我听到那些古老、疲惫的文字深情地向我倾诉，倾诉它们的沉沦和寂寞。它们一头顶入冷漠的天空，另一头永远潜入荒凉的泥土。我疑心，文字的本质和内核是寂寞的，并没有热闹的成分。文字负载的东西和传承的东西也是寂寞的，它随时都有被遗弃到荒野之中的危险。文字的处境不是安逸的，而是漂泊流离的。与文字结缘的人，自然也与寂寞、孤独、荒凉结缘。

贴近一块块竖起的坟碑，我还听到一丝丝历史的涛声。当涛声渐次隐去、渐次消失的时候，我的眼前只剩下一层紧硬的石壳。真实的，鲜活的，有生命力的东西隐去了，坟碑无神，木然地僵立，像死去了一样。除了凭借风雨，它们是无法挪动自己一步的。这很悲哀。

青龙偃月刀守护的阅读

世界读书日的第二天，我来到鹿寨县中渡古镇，参加了一场发生在武圣宫的阅读会。这是一场公开而又隐秘的阅读会。说公开是许多人都看到了那样的画面，说隐秘是它或许只发生在少数人的心灵深处。关圣帝一成不变地向我推荐他祖辈父辈秉持的皇皇经典：《春秋》。

有关资料记载，关羽的祖父关审、父亲关毅，都把《春秋》作为必读的经典，春秋大义早就浸润在这个家族的血脉之中。一种高贵的精神气质的确是靠几代人涵养起来的。手上没有一本日月经天的大书，肯定无法理解世间"忠义"为何物。关羽是个失败的英雄，但他的声名却在他去世之后逐步盖过许多胜利的英雄，最后如日中天，甚至成了中华民族精神的一部分，经久不衰。

书页翻动的声音像午后老树上掉下的枯叶一样，几乎没有人听得见，也没有人会注意到。在神州大地上，这本书在关公手上已经翻阅了一千八百多年，还不算他生前翻阅的时间。

一个临清流、倚武庙的南方古镇自有它骄傲的资本。这里出现多少独行君子先天民，诞生多少雄奇曼妙的诗章都不奇怪。更何况，洛江古渡口古木参天，台阶莹洁，河水清澈。差不多十年前，我第一次进入中渡古镇，只能算是一次简单的经过，但已经不可能忘记两件事物——一是保存完好的关帝庙，二是洛江清流涌动的古渡口。穿越老街时我还拍摄了一只线条精致生动的石狮子，一看就知道是有年头的古物，现在的工艺已无法达到这样的境界。这两件事物以及那只随时可以在古镇蹿来蹿去的石狮子，一经入眼走心，就在我记忆中植了根，并且很容易发芽开花。我不用刻意去念想，河水自会在意识深处碧波涌动，汩汩长流。在意识堂宇里，关帝庙流光溢彩，庄严肃穆，风清气正。

　　这之后，我在别处见到关帝庙，有时仅仅是图片资料，我都会立马想起中渡古镇的武圣宫，它几乎成为一个完美的参照物，又仿佛是一方夜空的重要星宿。整座建筑十分典丽，屋顶上葫芦两边的两只飞鹿（或曰其一为麒麟）增加了吉祥灵动感。屋宇下承载柱子的础石古色古香，柱子上悬挂着豪气干云的联句。庙堂之中，关公是坐像，他一手轻轻放在左边的膝盖上，一手拿着《春秋》，我突然发现这是一个只看书不看人的关圣帝。这个情景竟然深深地吸引了我，同时吸引我的还有旁边拿着青龙偃月刀侍立的周仓，另一旁是手捧汉寿亭侯印鉴的关平。汉寿亭侯，这个爵位并不算高，因为它上面还有王等更高的级别。关圣帝之所以十分看重，我认为是因为这个"汉"字对他至关重要，这个封号是他赤胆忠心报效汉廷获得的最高荣誉，也是他最引以为豪的。

我感觉到作为神像的关老爷跟许多神灵不同，在所有的庙堂中，他似乎都不与朝拜者交流，而是独个儿，自顾自地埋首读书。他之所以不与外界各种目光对接，不用去理会世间的种种言语，对那些形形色色的诉求，对他前方摇曳的烛火、升腾的青烟看起来熟视无睹，完全沉浸在自己的世界里，我想，是因为周仓用大刀来守护着他的阅读。这是一场阅读的盛宴，它需要用大刀来守护，用一生的荣誉来守护。他或许早就预料到，后世人类的阅读将会越来越艰难，各种诱惑，各种侵蚀，各种干扰和破坏纷至沓来，各种声音都在说服你放弃。若是没有大刀的守护，没有荣誉和尊严的加持，恐怕真的无法坚持。

他示现的不是力拔山兮盖世雄的勇武形象，而是一个静穆虔敬的阅读者。烛光把他的脸庞映得很红很红，他无须与人较劲、对峙，他的忠义本身就昭示着一种力量。他的目光无须投向朝圣者，向他们传递任何信息。他只专注于他的书本，他的世界，专注于他的《春秋》。或许他要告诉世人、提醒世人的，是他手上的这本书，是这本《春秋》的思想和价值。他提醒人们礼拜神灵的同时，必须了解神灵关注着什么东西，神灵的目光朝向哪里，神灵所崇尚的精神又是什么。他以自己为例，他崇尚的是《春秋》，孔子编述的《春秋》。一本鲁国的编年史，实际载录的内容却涵盖天下发生的大事。时间跨度两百四十二年，重大事件、重要人物，书中皆有臧否。明是非，补弊起废，是一本强调保持"本己"的书，我理解为现在说的初心。太史公司马迁在《史记·太史公自序》一文中称《春秋》为"天下仪表""礼义之大宗"，他说："拨乱世反之正，莫近于《春秋》。""万物之散聚皆在《春秋》。"又说："《春秋》之中，弑君三十六，亡国五十二，诸侯奔走不得保其社稷者不可胜数。察其所以，皆失其本已。"太史公引用《易经》的说法，"失之毫厘，差之千里"。一旦心灵失去了准针，有一点点偏离，那么就会酿成大错。

关圣帝阅读《春秋》的形象早就遍布华夏大地山川。这真是一场旷世的阅读！在我看来，他不仅是一个武圣，也是一个读圣——一个坚定的阅读者，中国历史上最成功的阅读形象。在他的引领下，秉烛夜读，成了许多士人的日常功课；秉烛夜谈，成了读书人切磋学问，同气相求的最高境界。在世界读书日刚刚过去的第二天，我来到中渡古镇，拜谒武圣庙，得以再一次近距离感受这场旷世的阅读，觉得冥冥中自有一种安排和启示。面对刚刚过去的世界读书日，许多人都在忙着推荐各种书籍。那么，我们怎么样来思考我们的阅读呢？我们这个时代的阅读，是不是已经变得十分的艰难了？太多的人在推荐阅读、倡导阅读，这可能正意味着阅读已经产生了危机。我们有没有守护这场阅读的那把青龙偃月刀呢？那一道穿越时空的凛冽的寒光，的确可以让阅读成为真正的可能。有没有为这场阅读进行认定的震动山河的一方印鉴？有没有建立起一座供自己心灵遨游的精神殿宇？这个世界，恐惧、焦虑与灾难从未真正消除，大地的欢欣与忧愁百感交集，没有坚定的信念和顽强的意志，胸中没有涌出超越功利的一脉脉清流，阅读一定会变得很艰难，至少不那么纯粹。手上的经典会慢慢模糊面容，直至被风吹散，被雨打湿，化为尘土。

这让我们深深地思索。而关帝庙的阅读，给我们很深的启示。武圣推荐的是《春秋》，聚焦的是王道、人事、人伦、国家兴衰成败、万物荣枯聚散。孔子把他的思想，隐藏在他惜墨如金的句子后面，深藏在一个字一个词之中。有限的文字指向无限的可能，这就是春秋笔法，微言大义。简单的文字，若要永久，必须具备深刻的思想内涵，以及丰富的情感。一切泛滥的表达，像洪水一样，很快就会消退，只留下黄泥水荡过的痕迹。

中渡武庙建于清乾隆三年（1738年），武庙前面有戏台，人间多少忠义邪恶、爱恨情仇在这里上演。武庙经受战争及各种颠簸，却能得到完整保留，的确是一个非凡的传奇。古戏的不断上演，让人们加深对人间良善与忠义的认识，进而更好地维护武庙，可能也是一个原因。我从当地人的叙述中得知，有一个小男孩，因买不起戏票，在清场之前就躲在关公神像背后，等人多了才蹑手蹑脚走下神坛，混进人群。以是因缘，他得以观看许多刀枪剑戟的戏剧故事，《三气周瑜》《杨五郎出家》《梁红玉》《空城计》《定军山》等，也目睹了情感悱恻的《西厢记》《白蛇传》《秦香莲》，从戏台上认识了才子佳人、英雄奸佞，初步品味了人生的疑惧惊悔。戏台向他展现了世间百态缤纷传奇，打开了一扇通向历史、现实和人性的大门，而获得这一切，都是拜关公神像所赐。戏班子负责清场的人员出于对关公的敬畏，不会走到神像背后查看。后来这个小男孩长大后从军，经历了真正的刀枪剑戟，体会了无所不在的疑惧惊悔。晚年游历东北时，他听到熟悉的桂剧的唱腔，马上循声而去，似乎那声音里藏有他的故乡。他认识了两个在东北生活的桂林人。这两个桂林人，常常靠唱桂剧缓解乡愁的苦痛。而这个中渡老人却通过他们的腔调回到了无比熟悉的武圣宫看戏岁月……

一本书成就了两个圣人。一个是文圣人孔子，他著《春秋》，一个是武圣人关羽，他读《春秋》。近两千年来，关羽在圣殿上秉烛夜读，向一代代的世人推荐这本书。他一视同仁，无论你是官僚商贾，还是平民百姓，无论你是风云战将，还是潦倒文人，他都告诉你：深夜可以有一盏灯，有一束烛火，只要有一点点光，就可以照亮一部名叫《春秋》的经典，继而让心地变得亮亮堂堂。

这场像烟花一般声势浩大的世界读书日，有人推荐了这本书了吗？关圣的读书推荐会没有一句话，更没有主持人，他总是旁若无人地埋首苦读，才不管你们在跪拜烧香，祷告冥想……他不说话，他只是默默地行动。沉默的阅读，或许比一切话语的推介，更能捍卫读书的尊严，也更能给心灵以启发，给社会以沉静。喧嚣会制造更多的喧嚣。沉静的阅读，透出思想的静穆，人格的力量。

武圣推荐的不是武功秘籍，而是文圣的著作。文武之道从来就不是背道而驰的。我稍做统计，不一定准确，近代从中渡古镇走出的获得少将以上军衔的有七人，多数能文能武。其中的梁寿笙、梁国基，诗才卓尔不群，都有诗歌传世。这不能不说是他们获得了洛江清流的灵气，绵延了英山之雄浑挺拔。此外，更多的是，受到武圣宫文化的潜移默化。

仿佛一道电光

随着平陆运河的开凿,从横州到钦州一线的自然、人文景观以及历史人物、风土人情将会受到越来越多的关注。可想而知,通航以后的平陆运河,亮亮的河水将仿佛一道电光,照彻两岸的许多事物。那一朵被叫作天香的花儿,那些僻静的村落,那些神情寂寥的古镇,那些荒弃的庙宇,沧桑斑驳的古道,将在这一道亮光中露出笑靥,敞开心房,缓缓开始诉说。我感到这块土地寂寞已久,这块土地上的河流缺少对话,河流与大海更是缺少交流。运河的开凿,正是提供了对话和交流的机会。

我注意到,从这条运河出发的横州,到这条运河进入大海的钦州沙井港,所经之处,几乎"全域性"映现一个历史人物的名字,他就是东汉伏波将军马援。横州郁江乌蛮滩北岸的马足岭下有始建于东汉建宁三年(170年)的伏波庙,钦州的乌雷岭、康熙岭、泉水镇等处都有规模不小的伏波庙。东汉建武年间平定交趾征侧、征贰叛乱的马援将军不可避免地进入了人们的视线。钦州至今流传马援开拓"鬼门关",率领军民夜凿大风江口至钦州七十二泾的运河,以避乌雷半岛外惊涛骇浪的故事。

现在,我们除了从历史书上、从古人留下的大量诗文中感知马援将军平定交趾叛乱的历史贡献,我们还可以从为数众多留在大地上的和江河湖海之滨的大大小小的伏波庙,体会马援将军不同寻常的光辉人格和不世业绩。他的一生,不仅被记录在书本上,还被写在了大地上。可见,一个真正为国家、为民族做出卓越贡献的人,人们是多么怀念他!或许是因为"伏波"这个词语的特殊内涵,又或许是因为马援将军南征一路走水路,纪念马援将军的伏波庙几乎都建在水边。横州伏波庙建在郁江边;乌雷伏波庙就在大海近旁,庙门离大海只有25米;浦北县泉水镇的那座伏波庙,庙门口就是波涛汹涌的南流江。伏波,是否寓意着其使命是降伏惊骇的波涛?然而,外在的波涛是容易降伏的,内心的波涛却难以降伏。就像王阳明所说的,"破山中贼易,破心中贼难"。

伏波,除了降伏,我想应该还有守护的含义。郁江边乌蛮滩上的伏波庙大门口那两副对联都把水写到里面去了,"万里精忠悬二柱,千秋灵迹护长滩""圣德照滩心功崇汉室,神威垂岭微绩掩云台"。这"长滩""滩心",揭示了伏波庙"滩声水起"的个性特征。

乌蛮滩的伏波庙保存了不少壁画、书法、浮雕、陶塑。这些艺术作品主要分布在前殿内外墙壁上、回廊廊檐上、大殿和后殿的屋脊上。内容有人物、树木、花鸟虫鱼等。一组组的人物陶塑,当然都有他们的故事。那些古装人物,有些是古代官员,有些是

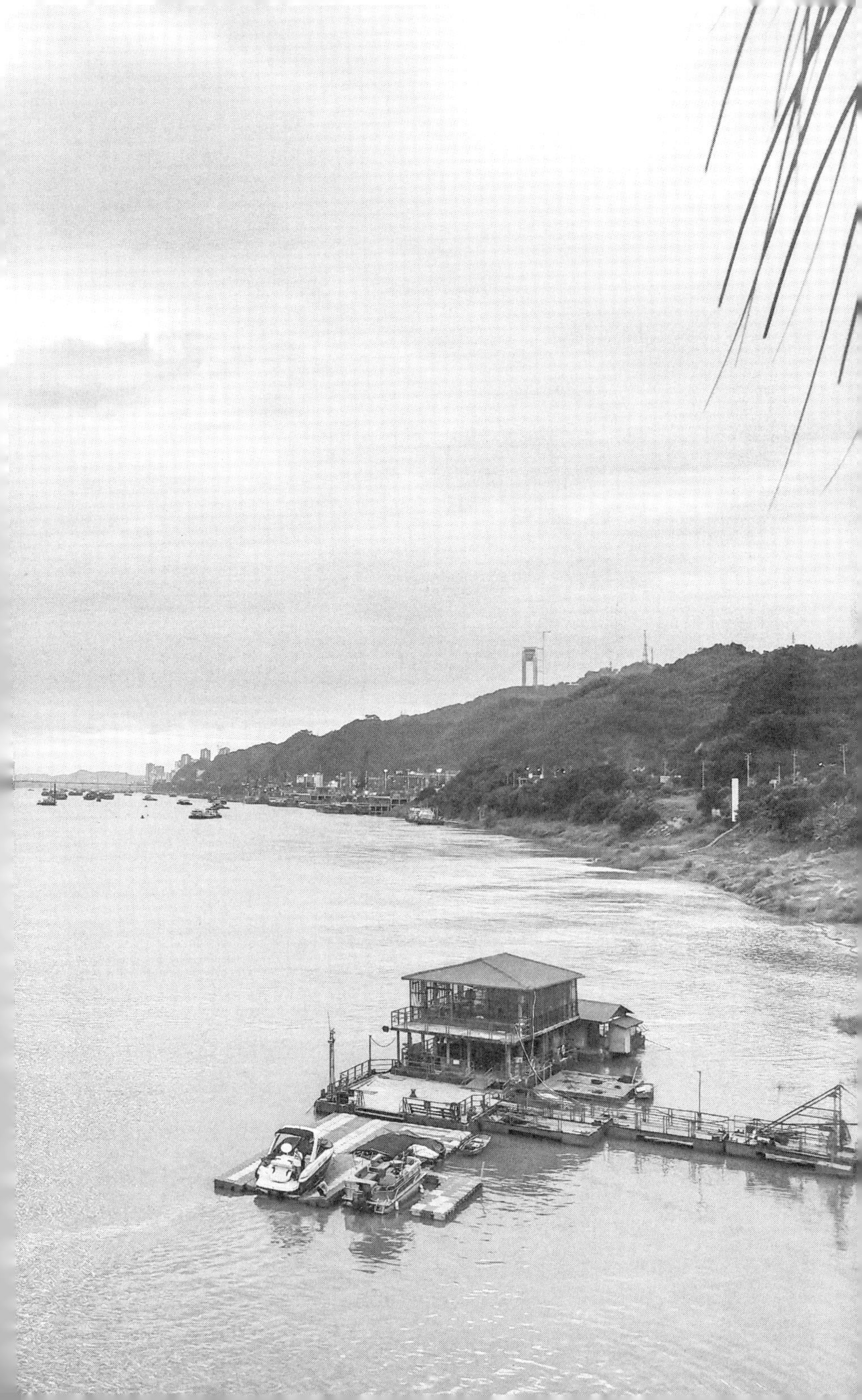

神灵，也有一些普通的市井人物，神态各异，栩栩如生。当我漫步在右边回廊下时，抬头间看见廊檐上有一组人物陶塑，他们的目光都是朝向前方或者是望着前方的上空的，唯独一个女人低着头，目光朝下。我不禁有些惊奇，于是认真观察，原来她牵着一个小孩。她是一个母亲，为了照顾她的孩子，她的目光不能朝向别处，不能虚无缥缈，她必须望着地面，望着儿子脚步即将迈到的地方。这个古老的母子牵手的场景让我的心微微地一震。紧接着，我看到在回廊下面烧香的游客中，有一个年轻的妈妈牵着她孩子的手。现实中的妈妈牵着孩子的手和廊檐上古代陶塑母亲牵着小孩的手的情态是何其的神似！一瞬间让我恍然感觉时光重现。有一种穿越时空，极为鲜活的东西，实际上一直存在。只需要一道微光，那些过去时空的柔软与爱恋依然可以在现在的时光中突然映现。我也由此感知到，艺术的灵感真的是来源于生活的。墙上的那些陶塑，那些眉飞色舞、憨态可掬、沉思默想的人或者神，也许都对应着生活中的某些真实的人，生活中本来就有着气象万千的原型。

我当时拍了一组廊檐上和廊檐下的母子照，以"牵着妈妈的手"为题发布在我的微信朋友圈，想不到引起了众多朋友的兴趣。词作家孙红旋即以"牵着妈妈的手"为题写了一首歌词，这首歌词对中国传统母教文化进行了提炼，通过时尚、摇曳的语言表述，写出了文化的丰富性和历史的纵深感。经由才华横溢的青年歌手、作曲家袁依琳作曲并演唱，在广西云发布，获得了广泛的好评。

当我再一次来到横州伏波庙时，抬头又看见了廊檐上陶塑母亲牵着孩子的手，顿感格外亲切。由于墙上人物激发了我的"普通情感"，我对到伏波庙参观的游客也多了几分关注，竟然发现庙内同时有好几个母亲牵着她们小孩的手。我不知道这是偶然现象，还是这座庙宇潜在的某种气质和性格发挥了什么特殊的吸引力。当然，在别的香火鼎盛的庙宇里也会有小孩子拉着母亲的手，这种情况不足为奇，只是我没有多加留意而已。而我之所以会注意到伏波庙的这一现象，是因为廊檐上的陶塑引发了我的额外观察。艺术让我们更加关注现实，在红尘中多生了几分眷恋，这也许就是艺术的魅力所在，也是艺术的价值所在。

历史上的马援慈眉善目，喜欢讲故事，老少都喜欢跟他交往，很有亲和力。今天伏波庙里出现的这许多让人感觉温暖的画面，与伏波将军生前与人为善的气场无疑是契合的。

在伏波庙众多的壁画中，我读到了杜甫的诗句"江湖满地一渔翁"，画面上是一个垂钓的渔翁，另有一个樵夫释下柴薪，正拿起鱼篓端详，看他到底钓到了多少鱼。而这个渔翁浑然不觉，专心致志垂他的钓丝。我看到了"抱琴访友"的画面，讲的是钟子期俞伯牙高山流水遇知音的故事。我还看到了"龙女牧羊"的画面，柳毅千里传书，最后与牧羊女终成眷属。还有一个特别神奇的"咒钵生莲"的画面，说的是晋朝的西域僧人佛图澄焚香念咒，让钵中的水生出莲花，最终感化了性格暴戾的后赵皇帝石勒的故事。壁画上的石勒大腹便便，像极了弥勒佛。这个故事《晋书·佛图澄传》有载："（石）勒召澄，试以道术。澄即取钵盛水烧香咒之，须臾钵中生青莲花，光色耀日。勒由此信之。"这个神异的故事让我对"焚香"一事产生了新的认识。我们无法让钵中的水生出莲花来，一方面是因为我们不懂念神奇的佛咒，另一方面是我们可能根本就不重视焚香这一环节。焚香是让心灵宁静下来，安静下来才有奇妙的境界发生，我们整天心急火燎的，"百年三万六千日，不放身心静片时"，既如此，又哪能让钵中的水生出智慧的莲花来？

还有一些我们已经无法辨认的壁画，古人写的诗句也脱落不全。壁画里的世界是非常丰富的，除了人物、山水，还有凤凰、神兽，也有竹子、芭蕉、松树、各种植物。总之是一个生机盎然的世界，一个让人迷醉的、和谐的生态图卷。不仅让我们感受到古人对田园生活的迷恋，对隐逸的钦慕，对神话传奇的向往，对高尚道德的崇尚，也让我们感觉到古人对美好社会的渴望，对良好生态环境、对生机勃勃的大自然的无限神往。作为平陆运河端口处一个重要的人文景观，这一古老的祠宇，包含着如此壮丽、如此丰富、如此深邃的文化内涵。我想，这一切美好的事物，在平陆运河通航以后，一定会得到新的呈现。

开凿运河是一个国家的大事，是国家行动。汤显祖"临川四梦"中的《邯郸记》讲述了唐人卢生梦中挖掘运河的故事。他在梦中完成了几件为国家建功立勋的大事，其中一件就是开挖运河。因为开山时山石太坚硬，工程一度停滞不前，卢生焦虑万分。看见书童煎茶，他受到启发，于是征用大量的柴草烧山，烧热以后用醋来泼，再用盐撒，也不知道是什么原理，石头裂开了，运河开凿成功。有意思的是，卢生后来做了朝廷大官，为奸臣所陷害，被发配到鬼门关以南,鬼门关就在今天的广西玉林市境内,在南流江和北流河之间。古有谚云:"鬼门关,十人去,九不还。"是一个让古人闻而生畏的关隘。这鬼门关,东汉马援将军走过,唐代诗人沈佺期走过,宰相李德裕走过,宋代大文豪苏东坡走过,《邯郸记》中的卢生梦中也走过,距离现在的平陆运河不远。梦中的卢生想不到的是,一千三百多年以后,他梦中被发配经过的这一片土地,也轰轰烈烈地挖起了运河,并且,这还不是梦!

应说阳明旧草堂

来到扶风山阳明祠,一开始就有惊艳之感。在大门口见到一个身着艳丽古装的年轻女孩,她薄施粉黛,顾盼生姿,显然在焦急地等待着什么。后来我才知道,她在等待摄影师。这跟那些古代的女子在月光柳树下的焦急等待很不一样。

扶风山密集的历史文化信息,浓郁的人文氛围吸引了不少前来贵阳观光的人。充满古典气息的亭台楼阁显然也吸引了贵阳本地酷爱古装摄影的年轻人。走进阳明祠,发现穿戴古装的年轻人居然有好几个。这些年轻人显然不是探讨心学的"二三子",而是清一色的古装影像迷恋者。他们企图通过一身古雅的装束,配合阳明祠古色古香的建筑环境,回到某一段古老的时光,或者回到一段古老的心情。给我的印象是,他们醉心古典的情境,却不怎么醉心于探究心灵的奥秘。因为他们对那些室内展览的书籍卷册、古迹遗址图片、圣贤的至理格言、墙壁上镶嵌的碑刻几乎没有流露出什么兴趣。也许他们根本不知道这个祠庙里供奉的人是谁,从某种意义上说,也无须知道,他们活得快乐就好。我们也不必要求他们像王阳明一样,"青鞋时过月明中",月光下思索的寂寞者毕竟是异数。这个祠庙里的人对文化有什么贡献,解决了什么问题,是解决了自己的问题,还是解决了别人的问题,或者是先解决了自己的问题,再解决大家的问题——这些,对于年轻人来说,都不重要。祠庙里面的人告诉我们要在什么地方下功夫,他们也无须去理会。他们在这个年龄阶段,注重在自己的外表上下功夫也无可厚非。重视外在的形象,让自己更有仪式感,这跟王阳明多么的不同。王阳明十七岁结婚,新婚之夜居然都找他不着,新郎官的华服不知什么时候被悄悄掷下——他跑到一个寺庙念经去了。这个细节已经预示了他与众不同的未来。我想,即使是这样,对于这些年轻人来说,阳明祠依然有它的价值,至少它传递了一种古典宁静的气息,像古典的服装一样,让人内心安宁。

走过那些回廊,那些雕花的木窗边,莲步轻移,看檐牙飞翠,远岫流云,捕捉午后散淡的阳光。说不定会在某一瞬间与过去的时空重合,邂逅某个曼妙的书生,与他携手吟诗作赋,获得片刻的欢愉。水池边一树高高的银杏在这个季节分外夺目,银杏树的叶子洒落了一地,金灿灿的。在午后的阳光下,少女一次又一次捧起落叶,迅速转身,让银杏叶飘飞成一道贴身的飘带,配合古装,营造自然与古典相结合的审美效果。因此,即使他们暂时不知道心学为何物,也不知道王阳明是谁,在我看来,也无伤大雅。毕竟,他们的天真率性,他们的生机勃勃,就已经是阳明心学和诗学所崇尚的一种境界。设想阳明先生见到此等景象,也当会心一笑。

一座古老的祠庙，可以让人内心得到安宁，说不定还可以激发好古之心，从而影响对现代生活的抉择。感到不开心，就会再来。就像城市人跑去花鸟市场，尽管不一定买东西，但那种树绿花红、鸟雀啁啾的场面会让人放松，缓解现代生活带来的心灵压力。花鸟市场尚且有此功能，何况一个数百年的名胜古迹。我想，阳明祠的巨大精神价值和文化价值都是不言而喻的。

年轻人来得多了，自然会安静下来。安静下来，就会更多地关注到自己的内心。说不定他们的目光会与墙上的一句诗相遇，与一句古文相遇，比如"千圣皆过影，良知乃吾师"，又比如"天下无不可化之人也"。说不定就开始慢慢了解这座祠庙，进而了解这座城市。了解这座城市从元代就建成的文明书院里传来的琅琅书声，了解当年贵州提学副使席书和贵州按察司副使毛应奎提携延请王阳明主讲文明书院，席书亲率书院弟子二百余人礼拜王阳明为师的情景。王阳明在此地开始传播"知行合一"学说，"诸生环而观听者以百数，自是贵州人士始知有心性之学"。这个画面，是贵阳文化史和教育史上最光辉灿烂的一页。

祠屋内给我的感觉是空荡荡的，尽管展示有不少文字和图片，陈列了或新或旧的一些书籍，都跟王阳明先生的事迹、思想、学说有关。可能是因为这些东西都是无声的，加上偶尔几个游客也是不发一语，所以我才产生空荡荡的感觉。清人张岱的一句话："阳明先生创良知之说，为暗室一炬"，让我内心着实为之一震。

影响至巨的《古文观止》选了王阳明的三篇文章，其中两篇写于贵州。他的许多优秀诗章也是在贵州写成的，比如《龙冈漫兴》《始得东洞遂改为阳明小洞天》《南霁云祠》等。这充分说明，龙场悟道之后，腾飞的不仅是心学，还有文学。现在，写于贵州的两篇奇文就镌刻在祠内汉白玉王阳明雕塑后面的墙壁上，一边是《象祠记》，一边是《瘗旅文》，都是他光耀千古的散文杰作。雕塑为坐像，先生貌相清癯，一身静气，像是在运筹帷幄，决胜于千里之外，又像是在与古圣参详宇宙，冥思心学。

风吹过墙上的《象祠记》，会一遍遍复制圣人的语词，携带着顽嚚的人性可以教化、恶劣的风俗可以化淳的信息传向四方。

尤其可见先生心迹的是《瘗旅文》。该文写于修文县龙场，记录了他在山中埋葬中土来的不知名姓的吏目子仆三人遗骸的一段故事。从中土来的吏目，无法适应恶劣的环境，加上长途劳顿，内心世界极度的忧虑，病逝于蜈蚣坡下。蜈蚣坡，这个地名足以让人望而生畏，我们可以想见其地之诡异险恶。紧接着，吏目的子仆二人也相继殒命于斯。灵魂被摧颓之后，一个人的身体被疾疫击倒也就差不远了。外表多么伟岸，也必须仰仗于灵魂的强大。失灵落魄之后，身体是支撑不了多久的，纵然这个吏目有七尺之躯。在这篇文章中，王阳明流露出了兔死狐悲的思想感情。一开始，他邀请他的童仆带着畚锹前往瘗旅，童仆面有难色，于是他讲了一句"吾与尔犹彼也"，一语方出，童仆立马泪崩，跟他一起去了。在内心上用功夫，这几乎是他处理各种棘手问题的盖世神功，屡试不爽。所有的人本都有温柔敏感的内心，但要调动内心的力量，需要智慧。他描写和想象吏目攀越崖壁，行走山巅，冒着霜露，忍受渴烦，这些情景何尝不是他自己的经历呢？他因为龙场开悟，拥有心学的法宝，找到内心的那一团生机。葆有这团生机，不惧深山大泽，雨冷风凄，茅屋低矮，岩洞潮湿，外可抵御魑魅魍魉和荒烟瘴疠，内可抵御忧郁悲愁的袭击。

我们也可以从《瘗旅文》中读懂王阳明的心灵历程和生命历程，他是怎样走出悲伤，怎样战胜自我的历程。文中强烈地流露出他对故乡的思念，他对生命逝去的哀伤。尽管他说他不是为自己而哀伤，但是，我总感觉到有点"此地无银三百两"的味道。即使是圣贤，这些伤痛仍然是不可避免的。只不过圣贤容易排遣，容易化解，不会长期纠结，会找到渠道给自己透透气，让自己豁然开朗，峰回路转，柳暗花明。

非常有意思的是，这篇文章写到他为死者歌唱。他在龙场，童仆病倒了，他亲自煮粥给他们喝，还给他们歌越调，讲民间段子，引导他们摆脱忧愁，调整身心。唱歌，是圣贤教化众生的方法之一。乐的精神对生命的意义得到彰显，以一团勃勃的快乐生机来战胜外部的恶劣和内心的困境，这是他为生者歌唱。《瘗旅文》中记录了他为逝者歌唱的情景。为逝者歌唱，与逝者的灵魂对话，听来让人动容，唱词颇有楚辞味道，具有非凡的艺术感染力。"连峰际天兮，飞鸟不通。游子怀乡兮，莫知西东。"环境描述，也是自己内心的语言。然后他希望那些灵魂不要悲伤，希望他们"达观随遇"，达观者在什么地方都可以找到自己的居所，不一定非要回到自己故乡的老房。所以他跟逝者的灵魂对话，希望他们不要悲伤，其实也是在对自己的内心喊话。我与你都是离乡背土的人，同病相怜，这些少数民族的语言我们听不懂。我的命运，茫茫的前途，不可期，也不知道我下一刻的命运如何。他甚至做了最坏的打算，在歌词中说，如果我也死在此处，你带着子仆一起来跟我玩。咱们"骖紫彪而乘文螭兮"，共同嬉戏在一个神话世界里。神话世界的引入，又透出几分生命的旷达，对生死的超脱。

即使在神话世界里遨游，他无法忘怀的仍然是他的故乡。"登望故乡而唏嘘兮"，从这个地方，我们看到了一颗圣贤的赤子之心。我们会联想到屈原《离骚》的那个结尾，"陟升皇之赫戏兮，忽临睨夫旧乡。仆夫悲余马怀兮，蜷局顾而不行。"只有旧乡，让上下求索的屈原不忍心告别，就连他的仆人，他的马都受到了感染。这种故乡情结是何等的感人肺腑！它同样映现在王阳明的

《瘗旅文》中。在歌中，王阳明还说，他若得生归，吏目也不要因为没有伴侣而悲伤。路边那些累累的坟冢，都是中原来的同伴，可以跟他们的魂魄一起徘徊，一起呼啸，餐风饮露，不会挨饿。早上跟麋鹿为伍，夜晚跟猿猴同栖。一定要安居在这个地方，不要成为厉鬼，为害一方。这里面寄寓圣者殷切的劝告。昔者陶弘景留下千古名碑《瘗鹤铭》，他瘗的是高洁的鸟，传递的是超脱飘逸的隐者情怀。王阳明瘗旅，瘗的是中土流离到边地的死者，传递的是同类相惜，哀怜生命的圣者胸臆。出世和入世，在我们的文化天空里，同样缤纷灿烂。

在祠堂院内的一角，我看到一块日本国东宫侍讲文学博士三岛毅诗碑，诗曰："忆昔阳明讲学堂，震天动地活机藏。龙冈山上一轮月，仰见良知千古光。"我想，这"活机藏"大有深意。活的不仅是思想和智慧的机藏，更是生命的机藏。王阳明的学问，首先是生命的学问。

王阳明龙场顿悟之后，先在龙冈书院开讲，远近诸生闻风而至，影响日大，然而树大招风，引来太守的嫉恨。作为一个从文化中心被贬谪到边地的龙场驿驿丞，一个地位极低的"微官"，面对上官的侵凌，他拒绝叩头，葆有读书人的气节。他用一封书信，使太守"惭服"。这封书信就是写于龙场的《答毛宪副书》。这一事件，也被视为"心学"的胜利。

从龙冈书院到主讲贵阳文明书院，这是他被"龙天"推出的过程。很多年以前，我还住在广西宜州的龙江之滨，读过一本高僧大德的著作，已经忘记书名，读到其中的句子"深山里花果飘香，自有龙天推出"，内心很是欢喜。自此，"龙天推出"四个字便深深地印刻在记忆里。今年仲冬时节到贵阳，与文友登上云岩的黔灵山，在山上金碧辉煌的西南大丛林弘福寺，经由通谛法师引领，我们观看了弘福寺的诸殿牌匾，我看到了两面"龙天推出"牌匾，内心十分欣喜。仿佛遇见旧友，内心涌起说不完的话语。我们在通谛法师的禅房里畅谈，共进斋饭，其乐融融。

"龙天推出"在寺庙出现自有其深义，我暂时无法深究，也未及请教通谛法师。但我却想到了王阳明在龙场悟道之后，他的致良知学说放出芳香，被席书延请到贵阳文明书院担任主讲，这个过程就是活脱脱的"深山里花果飘香，自有龙天推出"。黔灵山弘福寺"龙天推出"牌匾恰好是王阳明思想学说得以弘扬的最好的阐释。龙冈的芳香，龙天推出，推到了贵阳的文明书院，也推到了更远的地方，最后还推到了广西，推到韩国、日本，甚至更远的欧洲世界。经典的思想，经典的文学作品，恐怕都得益于"龙天推出"。就像李白的诗歌，杜甫的诗歌，在我看来，都有"龙天推出""龙天护佑"，它们才得以传播久远，永放光芒。

江山里的词语出现得皆有因缘，它一定映照着一些奇异的事情，就像弘福寺的"龙天推出"。读书人关键还是自身的修炼和提升，不需要怨天尤人。蕴含足够的思想能量，不用担心会被埋没，香味飘出来的时候，自然会有天龙八部，会有一种神秘而伟大的力量把你推出。事实上，王阳明蛰伏龙场的时候，他在《龙冈漫兴》诗中就已经预感到这种"力量"即将来临，"寄语峰头双白鹤，野夫终不久龙场"。把王阳明推出来的是席书，尽管他后来官运亨通，做到礼部尚书，加武英殿大学士，但他一生的最大功劳仍然是荐举王阳明主讲文明书院。在程朱理学一统江山、红极一时的时代背景下，敢于支持王阳明宣讲，挑战程朱理学的心学，可见席书的眼光和勇气皆非常人可比，贵阳也借此成为心学的重要发源地。从这个意义上来说，席书对文化的贡献也是巨大的。后来的李贽对席书做了高度评价，称其"见何超绝，志何峻卓"！身居高位，掌握权力，能够荐举地位远不如自己的人，在哪一个朝代都是稀有的品质。

当我们盘点不朽的书堂建设者时，不能忘记席书这样的人。经考，首创文明书院者是元代的贵阳人何成禄，修葺文明书院的是席书和毛应奎，让文明书院千古流芳的是王阳明。王阳明在贵州弘扬心学，后人认为是黔地自东汉尹珍以来第二次大规模的文化行动。此后，贵州人文勃兴，人才辈出。"黔中王学"成为阳明心学的一个重要阵地。贵阳人也没有忘记为贵州文化拓土开基的东汉尹珍，在扶风山下建有尹道真祠。我在游览阳明祠之后，还专门步入尹公祠，感受这位文化先贤"南天破大荒"的精神。祠内环境十分幽静，可以听到棋子的声音。

席书，字文同，号元山，四川蓬溪县人。这让我想起另外一个名字不甚为人所知的四川人席夔。他的名字出现在我家乡广西罗城黄金镇的一块硕大的墓碑上。那个墓当地人叫"百二堆"，埋葬有一百二十具枯骨，说是地方迭经兵燹，屋宇荡然，白骨露于野，加上郊外荒冢年久无主，枯骨暴露，武阳镇巡检司士绅出面收集合葬，并立碑以志。碑中刻有"永慰幽栖"四个大字，两边刻有一副对联："念荒冢之多残,冷月凄风,饮恨九泉谁血食?捡枯骨而主瘗,平原茂草,同安一穴赋招魂!"落款是:西蜀席夔题。席夔,四川彭县人,光绪年间罗城知县。他是这次规模甚大的瘗骨活动的主要捐资者。不知道同为四川人的席夔与席书可有宗亲关系,他们从天府之国来到边远的贵州和广西,无论官大还是官小,都做了读书人应该做的事,一个举荐王阳明,一个泽及枯骨,这使我对四川席氏读书人油然而生几分敬意。而席夔在我家乡大规模的瘗骨行动,不正呼应了王阳明先生的瘗旅吗?王阳明的《瘗旅文》在文学史上传唱,而席夔为"百二堆"撰写的墓碑联也会在我家乡的风中轻轻吟唱。

王阳明当年在贵阳讲学时,已经预感到贵州人会因为草堂而怀念他。他的草堂,就是他的讲学堂,是他生命中最绚烂的一抹色彩。他行走到哪里,弦歌就奏响在哪里。他在题为《夜宿汪氏园》的诗中云:"他年贵竹传异事,应说阳明旧草堂。"果然,月白风清一草堂,时移世易,王阳明的旧草堂因为焕发出心学的亮光,传播了文明,不断被后人修葺,不断被言说。在他经历过的地方,都留下书院,都有阳明祠熠熠生辉。

三界轩辕庙

我写的事物有个条件，它必须进入我的生命体验，与我的生命有纠缠，或者有映照，有呼应。比如，金湖路北桥头的这座三界轩辕庙，它有意无意地，已经向我释放信息。

因为家住附近，走这条路、过这座桥是再自然不过的事。有一次路过的时候，无意中看到了鲜红的"轩辕庙"三字，内心颇为惊讶。轩辕黄帝，华夏人文始祖，名头很大，在我的想象中，轩辕庙自然应该是器宇轩昂，气势磅礴。这是一个大庙的名字。然而，眼前只是一座很低矮的小庙，一处很窄小的平房，一点霸气也没有。它仄身于江边的楼房之间，伸出一个门头望马路，除了"轩辕"二字响当当，气壮山河，其他一点也不起眼。但是，正因为名头之大而实体之小，勾起了我的好奇心。小小的庙顶着如此大的名头，它一定有来头，有故事。而且，"轩辕"二字扑入眼帘，我就知道这座庙有渊源，有历史，显然不是一个新起的名字。就像一个辉煌的贵族家庭，时代变迁了，仍然坚守一个爵位，透出几丝贵族的气息。我疑心轩辕庙曾是一座大庙，随着斗转星移，世事沧桑，变成如今这副模样。或者说，它只是隐藏了。佛经中记录释迦佛曾经过一座古朽塔，脱身上衣，用覆其上，暗自垂泪，众人感到奇怪。佛说："你们看到的古朽残破的塔，我看到的是大全身舍利积聚如来宝塔，因为众生业果劣故，而塔隐蔽不现。"塔如此，自然庙亦如此。只是我们凡眼俗胎，无法看到那个被隐蔽的世界。那种辉煌，流光溢彩，庄严庙貌，那种风吹过时铃铛清脆的声音，那些腾腾的香火，神在烟火缭绕中神秘的微笑。这一切，也许都还在，只不过已经隐藏在风中，众生业果劣故看不到。它只留下一小部分脸庞在晨昏交替的江岸上隐隐约约。

这几年竹排江边的变迁也是显而易见的，我似乎听到这座小庙被挤压的呐喊。每次遇到江边拆迁改建，我都有点提心吊胆，害怕轩辕庙会突然消失。因为冷漠无情、力大无穷、无所不能的钩机就垂立在离它不远的地方。这是一只神话世界里从未出现过的猛兽。幸好，每次都有惊无险，还给小庙留出了一个小小的空间。我知道，这个地方寸土寸金。人们赶走了茅草、岭丘、玉米地，种下了越来越多的楼房。

我每次经过，都保持一会儿的安静，向它行注目礼，甚至手掌会自然地合拢起来。我觉得庙是用来敬畏的。普通的庙尚且如此，何况是轩辕庙，供奉黄帝的庙。我弄不清它为什么叫三界轩辕庙。广西有不少三界庙，也有轩辕庙，但是把二者结合起来，还是只能在此地见到，我不知道其中有何玄机。通常轩辕庙都是静悄悄的，紧闭着门。偶尔也有热闹的时候，庙门前架火做饭什么的，大约

是埌东村村民在举行什么祭拜活动。我好几次走近过,但终究没有真正走进过。没有特殊的因缘,我对敬畏的事物通常不敢造次。

那些湿漉漉的雨夜,街灯迷离,我回家路过时都没有忘记向暗处的庙投去一眼。据我观察,这是离我住处最近的一座庙,在大桥旁边,河流之上。我之所以能在车声喧嚣的厢竹大道旁边的小区住得下来,能在噪声的风口浪尖上安下心来,除了我深夜研习的那些经典,临习的那些书帖,给了我足够的静气,仔细想想,江边的这座三界轩辕庙也发挥了一定的作用。它的作用跟那些经典一样,不时向我传递宁静而古老的信息。它在一个地方存在,绵延，屡毁屡建，说明它是有根的。有了庙，就显示一个地方还有宁静的所在，不能大呼小叫；有了庙，就说明一个地方民间还有信仰，灵魂还有敬畏；有了庙，周边住着的人，不知不觉，内心就会多一份安稳。即使是一座小小的庙，它对世道人心也有着不可低估的平衡作用，不能简单斥之为"迷信"。初一十五，逢年过节，埌东村的村民都知道备下酒、鲜果和三牲，走出家门，来到江边供奉轩辕黄帝三界公爷。这样，大家在一年里才会心安。

　　终于，在一个阳光灿烂的下午，我步入了三界轩辕庙。前后两间平房，门口进去这一间供奉着慈眉善目、披红挂彩的土地公和土地婆。我数了一下，一共七位，六位土地公，一位土地婆。六位土地公都是须眉尽白，右手拄着龙头拐杖，左手捧着金元宝，唯土地婆只是端坐，手上不拿一物。看来他们各有辖区，共同管理这一方土地。后面一间是正殿，供奉着各路神灵。我数了一下，共十一尊神像，也都披红挂彩，样貌端严。几个老人前来求神，摆上果点，在两位热心老太的引导下，正在虔诚上香。

　　瞅准一个机会，我和一位老太太搭上了话，经询问，她八十八岁，姓卓。我向她请教三界轩辕庙的来历，她热心地告诉我，三界轩辕庙是两个庙合起来的。三界庙和轩辕庙原在旧埌东一带，分别在村的两头，建庙年代无考，两座神庙为埌东人消灾祛难，带来福祉，保佑风调雨顺，极得老百姓信仰。新中国成立后，"破四旧"把两座庙拆毁了，神像遗物也都毁弃殆尽，一无所存，庙被夷为平地。那些无家可归的"神灵"便以各种有形或无形的形态被寄放在竹林底，池塘边，榕树下。可能是一块石头，也可能是一片砖瓦，或者是一簇阴凉的草树。1994年国家开发征用土地，埌东发生了巨变，一夜之间变为城市，村民变成市民，砖瓦房变成高楼，种玉米的农妇跳起了广场舞，生活日新月异，但埌东人总觉得还少了点什么，有时候心里空落落的。直到有一天他们回忆起童年时见过的祖庙，他们才意识到以往的事物不能完全告别。大家商议决定后，善男信女们开始积极捐款重建两座庙宇。又因土地使用面积有限，无法按原来的旧制重建，只好二合一，把两座庙合建为一座庙，迁建到金湖路北，竹排江边，就是这座三界轩辕庙。于是三界老爷与轩辕爷爷携手来到同一座神殿。其实这也是文化和信仰的融合，是多元文化共生的体现。南方的很多庙堂都具有这一特征，一座庙宇里供奉多个神灵。离埌东不远的邕宁蒲庙五圣宫，也是类似情况。只不过，五圣宫在三百年前就开始整合了。

一同来到三界轩辕庙的还有泰昌皇帝，并且居于众神最中间的位置。既然庙名是三界与轩辕，为何居正中位置的却是泰昌皇帝？我百思不得其解。泰昌皇帝原庙在何处，有何出处、来历，卓老太也说不清楚。她只告诉我，泰昌皇帝右边是轩辕爷爷，左边是三界老爷。三界公在道教中的地位仅次于玉皇大帝，是掌管天、地、水的神明。源于古代的自然崇拜，在北方，三界公是三尊神，在南方，通常是一尊神。三界公在蒲庙五圣宫也有席位，扬美古镇也有一座历史悠久的三界庙。轩辕就是黄帝，中华民族的人文始祖。在泰昌皇帝两边的神灵还有李大八娘、花王圣母、观音菩萨、北帝老爷、孔子爷爷、转运爷爷、卢仙爷爷、雷祖爷爷。

卓老太向我一一介绍完这些神灵，还不忘说上一句："求财得财，求子得子，有求必应。"

卓老太只知道中间的神像是泰昌皇帝，别的情况她也不清楚。我怀疑这里的人已经把泰昌皇帝视为与玉皇大帝同等重要，甚至已经合二为一，不然为什么把他放在如此重要的位置，他的地位甚至在三界公和轩辕公之上。民间意识中对"皇帝"根深蒂固的信仰于此可见一斑。

我回到家一查，才知道泰昌皇帝原来就是明代的光宗皇帝，这个光宗皇帝，我之前有过关注。然而，在远离帝都的遥远的埌东村，居然供泰昌皇帝，而且，他居于正中位置。我的老师王彬在《旧时明月》一书中专门写过这个皇帝的故事。庙里正中位置供奉泰昌皇帝，而且神像较其他神像高大，这是我万万没有想到的。泰昌皇帝，明代第十四位皇帝，名叫朱常洛，在位仅一个月便驾崩，时年39岁，史称"光宗一月"。就连泰昌这个年号，实际时间也是极为短暂的，勉强称得上"年号"。万历四十八年（1620年）七月二十一日朱翊钧驾崩，八月初一日朱常洛即位，九月初一日就暴亡，恰好满一个月。按皇帝年号的使用规则，都是依据当朝皇帝驾崩后的来年伊始启用新皇帝年号，也就是说，朱常洛即皇帝位后，并没有等到泰昌年号启用，就驾崩了。只好从万历四十八年这一年割让三分之一的时间，即把当年的八月初至十二月底定为泰昌元年。

因为朱常洛的生母是一个宫女，所以，他从一出生就不受父亲待见。他如履薄冰，穿越波诡云谲的重重宫廷阴谋，出生入死，胆战心惊煎熬三十九年。终于熬出头，继承大统，旋即推出一系列举措，以纾民困，为四海松绑，然而，他却在登基一个月之后暴亡。这是何等灰暗、惨烈、悲喜交加的人生！值得庆幸的是，他作为神的形象进入了庙堂。泰昌二字是他勉强获得的年号，却成了对人间长久的祝福，奇迹般地出现在远在中国南疆的埌东村的神庙之中，作为众神的首领，塑像丰美端严。尽管在位只有一个月，但他仍然有所作为，老百姓记得他。可见，在位的时间与成就大小并不成正比，在位时间长，未必有成就，在位时间短，未必无作为。泰昌皇帝在位一个月，他下诏废矿税、饷边防、补官缺，一系列举措，令天下欢庆称颂。对于他的早逝，《明史》有叹："光宗潜德久彰，海内属望，而嗣服一月，天不假年……"

估计那个时候不光是南宁埌东一带建有他的庙堂，各地都有。为他修庙，除了民间的自发行为，我们应该想到，明朝最后两任皇帝都是他的儿子，儿子给父亲建庙，不是没有可能。只不过在时光的颠簸鼓荡中，其他的泰昌皇帝庙消失了，埌东村却惊人地保留了下来。至少，作为神的形象，他在埌东村扎了根。老百姓心中自有一杆秤。久而久之，老百姓可能不知道他的背景，不知道他的故事，也不知道"明宫三大疑案"都跟他有关系，只知道他是令人崇敬的神灵，如同玉帝，奉祀他，就可以得到保佑。

有时候，我不禁会思索这座庙宇存在的意义。首先，它喻示着这个地方与历史的关系。因为遍地楼房，车流，霓虹灯，早已吞噬了其他可供人幽思的迹象。一座庙可以帮助打通久远的历史记忆。其次，它喻示着这个地方人与人之间因共同的精神寄托而产生的联系。它是集体记忆、共同记忆的凝结。在联合供奉时热热闹闹，情感得到联络，人心得到凝聚；在单独供奉时，提篮路上相遇，颔首微笑，也可以增进和谐。时移世易，幸好神灵尚古。天地苍茫，时空交错，神的角色可能也发生错位，比如，把泰昌皇帝当成玉皇大帝。然而，保佑一方平安、风调雨顺、物华天宝，天官赐福、地官赦罪、水官解厄的朴素思想内涵不会改变。再次，它喻示着这个地方与大地的联系。我们越来越感受不到大地令人敬畏的力量，为物所役，心会浮躁。忽略瞭望星空和触摸大地，庙堂会提醒我们重新找回失去的联系。最后，我能够想到的，它还喻示着这个地方与"神灵"的关系。在这座城市里，我们住在高楼之上，而"神灵"们，住在低矮的房子里。当我们放低身段，俯身凝视楼群间仅存的一角小小的天地的时候，我们才会发现"他们"，发现这块土地原来的广袤和深远，发现丰盈的祝福、保佑和善良一直默默地存在，紧贴地面，发现神圣、高贵和庄严，并不需要总是置身在高处。森林般的楼群不一定知道"他们"的存在，路上奔走的我们经常忽略"他们"的存在，但"他们"知道所有的存在，知道尘埃中的所有欢喜、悲愁和挣扎。

乌雷的那一场雨

两千多年来,这是无数场雨中的一场。一场极为普通的雨,普通到可以忽略不计。但是,对于一个寻访者来说,有雨,总比没有雨让人记忆深刻。在乌雷的大海边,在伏波庙前,我被雨水打湿了。对于这场雨,我并没有躲躲藏藏,而是有意让它淋一下。我想起了北宋崇宁三年(1104年)黄庭坚去看浯溪大唐中兴碑的情景,"同来野僧六七辈,亦有文士相追随"。那天的浯溪下了一场大雨,看模样,他们也没有躲藏,而是默默地伫立在雨中,"断崖苍藓对立久,冻雨为洗前朝悲"。我那天来看乌雷伏波庙,也有钦州文士三人同行。

在走进伏波庙之前,我先到海边走了走,看到雾雨中的红树林和大海,看到有渔人戴着雨笠从海中向岸上走来。然后我从稍远处回观伏波庙,从侧面看,从正面看,感受它的磅礴与雄浑。

到钦州看伏波庙,可以说之前我没有做过什么功课,因为自认为对马援将军,对伏波庙已有一定认识。也曾拜谒过一些伏波祠庙，知道整个珠江流域大大小小的伏波庙恐怕有数百个。但是到了海边的这座很特别的伏波庙，我的内心仍然为之一震。首先让我震动的是这座庙宇居然跟大海离得那么近，从庙门到海堤居然就是25米，如此近切！近得可以随时与大海沟通信息，与之息息相依甚至同喝几盅。笑谈沧浪云烟，在海水的摇撼声中微微沉醉。这庙，在千百年的与大海风浪的交流中，它仿佛成了大海在岸上的代言人，传递着大海的神秘、丰富、浩瀚与壮丽。

伏波这个词，可能有更深的含义，比如，万里之波涛皆可伏之。从字面上看，伏波亦可理解为伏在波涛之上，这座庙离大海如此近切，并且的确是伏在苍茫浩瀚的大海之波上。伏波庙为什么都在江河湖海之滨，我有点弄明白了。这是人为还是天意？这大庙距海如此之近，并且不是在海岛上，这在世界上恐怕也是罕见的。让我更为震动的是，这个庙的名字叫乌雷伏波庙，乌雷这个词语给我震动。这样的词语是有力量的，尽管我并不知道这两个字的来历。我感到这个词语本身，它的内部，蕴含着电光石火、涛声雷鸣，蕴含着一场旷古的雨，潜伏着一股神秘隐忍的气息。一个词语有可能蕴藏着一个博大的世界，里面的风景山重水复，尤其是像乌雷这样的词语，我不敢对它掉以轻心。

刚刚到乌雷时下着小雨，正当我准备走进伏波庙的时候，雨越下越大。于是，在乌雷伏波庙我经历了一场大雨。没有雷声，并不是所有的雨都需要有雷声。同样的道理，并不是所有的雷都需要伴着雨滴。况且，有些雷声是听不到的，有些雨是无形的。没有声音的雷有时候更加震动心灵。海雨天风，与我一起拜谒了将军。情动于中，当下吟成一首："天风海雨拜将军，千载乌雷有余情。庙祀英雄国魂在，轻敲神鼓振我心。"

当年马援一路南下，除了平叛，还做了大量好事，"以利其民"。比如，兴修水利，劝课农桑，治理郡县，修缮城郭，申明旧制，完善律法，等等。亲民、近民、安民是他一向的禀性。他眉目如画，相好光明。他喜欢讲故事，公卿布衣老幼皆乐与之交往，具有天然的亲和力。历代到伏波庙礼拜的，什么人都有，这可以视为是这种亲和力的延续。士农工商、军人、政治家、渔人、高僧……大家都可以走入伏波庙，缅怀将军的勋绩。什么人都可以接近伏波将军，什么人都可以得到他的恩泽和护佑。西汉之后，随着海上丝绸之路的开通，钦州乌雷是海上丝绸之路的一个重要站点和始发港。中原的瓷器、丝绸，"黄金杂缯"，通过这里去交趾，下南洋，出西洋。印度、阿拉伯以及东南亚诸国的使节和商人，也是通过这里进入中国的合浦郡，再到中原。航运技术未发达时，船只只能缘海而行。乌雷洲之所以有伏波庙，就是因为马援征讨交趾时曾在此驻军休整两个月。他从合浦出海西行，缘海刊道千余里。乌雷处于中间位置，素有华夷天险之称。马援在此修战船，练兵。从这里出发前往交趾，一举剿灭征侧、征贰及其余党。他在大汉边界立起铜柱，上书"铜柱折，交趾灭"，这是极具震慑力量的语言。从此，峤南岭表获得了数百年安宁。"自后骆越奉行马将军故事。"这就是《后汉书·马援列传》说的"南静骆越"。

英雄人物多有悲剧色彩，马援也不例外。古人说豪杰多"数奇"。就拿马援来说吧，他人生际遇奇，语奇，功勋奇，命运奇。

单说语奇，他的一些话——"穷且益坚，老当益壮""马革裹尸""常恐不得死国事"，早已遍布寰中，成为许多有志者的座右铭和精神动力。就连他所说的"画虎不成反类狗"也精妙无比。奇语妙论，彰显了他的大智慧。另外，他知人，识人，对形势的判断有相当准确的预见性，但是他似乎预见不了自己的命运。南靖骆越之后，他被封为新息侯，食邑三千户，建武二十五年（49年）病逝在壶头讨贼军中，旋即被诬，追收新息侯印绶，不得归葬旧茔。其侄子与妻子草索相连到朝廷请罪鸣冤。旷世英雄，身后受辱如此，令人叹惋！只能说明，他在前线精忠报国，后方皇帝身边的宵小，沆瀣一气，已经用谗言为他准备了天罗地网，谅他插翅也难飞。

  天地间是否有一条"悲剧英雄律"？让悲剧与英雄形影相随，然后悲剧的力量为这个历史人物增添了更加神奇的光辉。古人所谓的靳于前而丰于后，是不是就是这个道理？想到这里，一直以来为他鸣不平的心理，居然获得了一点点慰藉。马援去世三十年之后，也即是他蒙冤受屈三十年之后，获得平反昭雪。汉章帝下诏封其为忠成侯，所在皆立祠庙。乌雷作为马援足迹所至的地方，南征途中重要的驻军基地，自然也被列为建伏波庙的首选之地。所以，乌雷伏波庙应该是在东汉时期就已经建立了。伏波庙的建立，对乌雷这个交通枢纽、华夷天险，无疑是十分重要的。以至于后来这里建县建州，我想，乌雷伏波庙都可以被视为一个重要的砝码。

  乌雷作为州郡有一百年之久，在唐代达到一个繁盛的顶峰。后来因为航海技术的发达，人们可以直接往深海航行，这里作为中转站的作用被弱化。另外也因为唐代爆发安史之乱，中原板荡，人民流离，中央政权有所削弱，边疆军阀割据争雄，途经乌雷的这条海上丝绸之路一度萧索，乌雷也就日渐衰落。但是这座伏波庙却是根深蒂固地保留在了这片土地上，矗立在惊涛骇浪的乌雷大海之滨，尽管庙址迁徙了数次。庙先是在乌雷岭上，后来一场飓风改变了这一状况。庙被风雨摧垮了，乌雷庙的香炉被刮得腾空而起，也不知飘向何方何处。等到雨停了，风止了，人们发现了香炉完整无缺地落到了现在这个位置。于是当地人顺应天意，在现在这个位置建了庙。明清时期的伏波庙经历了无数次的翻修、修葺。边境多事之秋，伏波庙对凝聚力量，唤起同仇敌忾，促进边疆稳定具有不可低估的作用。

此地民间还一个传说，当初香炉飞到此处，人们商议建庙之时，正为不知到何处寻找优质木料雕塑神像而发愁，突然浩荡苍茫的大海之上，漂来了一根巨大的樟木。惊喜万分的人们马上打捞起来，晒干之后，恰好足够雕塑44个神像。当然，这只是一种传说，但是传说也映现了人们的某种心理。1959年，伏波庙又被夷为平地。听说当年庙里的44个神像都被扔进了大海，神像漂浮在这一带的海面上，浮浮沉沉，久久不愿离去。人的行为，有时候比起一场狂风暴雨，有过之而无不及。到了1983年，人们又在那片空地上，建起了一个不足2米高，不到2平方米的小庙，依然祭祀伏波将军。尽管很简易，很简陋，上雨旁风，但是人们对伏波将军的信仰始终没有泯灭。到了20世纪90年代，人们又开始重修和扩建伏波庙。于是就有了现在的规模，有了三进五间的格局，建筑面积近600平方米，占地面积1625平方米。几十个新塑的神像栩栩如生，铜钟和乌雷神鼓，都不缺乏，就连古老的掷杯珓起卦测命运这样的活动也恢复了。

同行的朋友在掷杯珓，而我在沉思。

因为是下雨天，庙里光线不是太好。幽暗的光中，若隐若现的神像的面孔，似乎在提醒着我，历史并没有真的过去。一回眸，两千年前的那些真实的人，仿佛就在眼前，只不过他们戴上了神的面具。那些属于人类的善和恶、美与丑、猜测与信任、阴暗与光明……都没有走远。俄顷风雨至，骇浪滔天，都一如往昔。

我在乌雷伏波庙廊柱下徘徊，体会到一种特别的宁静。听檐雨滴答，细思了自己与伏波庙的因缘。

很多年之前，在环江朋友的引领下，我们一行数人登上了东兴镇中洲河畔的一座高高的岭，目的就是去看一块远近闻名的马援碑。上岭的路早已荆棘丛生，当地一个农民兄弟拿着一把柴刀，活生生地为我们开出了一条上岭的路。登岭到一半的时候，天空出现了一道云彩，仿佛一条腾空的龙，我们都感到很惊讶，记忆非常深刻。后面我们到了岭顶，找到几块大石头，其中一块最高的石头上面刻有几个阳刻大字"汉马伏波寓此"，没有落款，也不知是何代何人所书。旷野之中，看到古人留下的摩崖石刻，我们又激动又振奋，纷纷站在马援碑前留影。我知道马援南征的线路中，并没有经过河池环江，但是为什么在遥远的环江，中洲河畔，东兴岭上会有一块马援碑？这说明马援在南方的影响力已经遍布了南方的山山岭岭。马援是在征五溪蛮时去世的，实现了他"死于国事"的夙愿。桂西北环江旧时为令统治阶级头痛的蛮地，诸蛮"作乱"之事时有发生。历史上的区希范反宋起义就是爆发于此。统治阶级极有可能是想借助马援的名号来震慑这一带山川，"汉马伏波寓此，列位休要乱动！"让正气驰声。久而久之，马援的精神已经融入山川，成为山川之正气，林壑之清音。环江不仅有伏波碑，还有诸葛堡这样的地名，也是借用诸葛亮的威名，来实施对少数民族地区的治理。

伏波庙再次触动我是跟明代王阳明有关。王阳明当年做两广总督的时候，舟次郁江乌蛮滩，是一个夜晚，他那时已病体缠绵。当他听说滩上有马伏波将军的祠庙，他旋即弃舟登岸，拜谒伏波庙。很奇妙的是，他发现庙里面的景象，很像他四十年前的一个梦。那一年，他十五岁，游历居庸三关，考察山川大势，夜里梦见自己去拜谒伏波庙，并在梦中得诗一首："卷甲归来马伏波，早年兵法鬓毛皤。云埋铜柱雷轰折，六字题文尚不磨。"他这次在横县伏波庙的亲身经历，加深了他对人生宿命的理解。他动情地写下了《谒伏波庙二首》："四十年前梦里诗，此行天定岂人为！徂征敢倚风云阵，所过须同时雨师。尚喜远人知向望，却惭无术救疮痍。从来胜算归廊庙，耻说兵戈定四夷。""楼船金鼓宿乌蛮，鱼丽群舟夜上滩。月绕旌旗千嶂静，风传铃柝九溪寒。荒夷未必先声服，神武由来不杀难。想见虞廷新气象，两阶干羽五云端。"他到广西来，是为了处理广西的棘手问题。时主明英宗只能倚重于他，他用奇策安定局面，粤西顿时平静。随后，他开创书院，讲授心学，教化一方，弦歌不辍。跟马援相似，他也建立了奇勋，不世之功，不但没有得到封赏，还遭遇不明之谤数十年。之前平定宁王之功，获封新建伯，卒后，被桂萼参上一本，新建伯被革。历史往往惊人地相似。难怪拜谒伏波庙的王阳明心有戚戚焉。他们在边疆汗马建功，而小人在皇帝的身边，谗言不断。幸好他们内心都有光明，不畏壬人。"此心光明，亦复何求？"而且他们两个都是在旷野中去世的，都不是在自己的家里，都不是妻子儿女围成一圈。王阳明在青龙浦，而马援在壶头。

王阳明与马伏波的因缘对我有很深的吸引力。几年前，我终于带着我的儿子到横县乌蛮滩拜谒伏波庙，那是一座古老的祠庙。建筑很有气势，远看尤其震撼，号称是珠江流域建庙时间最早、规模最大、保留最完好的一座伏波庙。也有很多传说，比如说大殿的瓦片上没有落过一片树叶，尽管庙周围古树参天。那天在伏波庙里卖香纸的一个中年女子告诉我一件事，她说有一年，不记得是什么节了，很多蜜蜂，密密麻麻地飞到大殿前的天井，把整个天空都挡住了，天突然黑了下来。蜜蜂盘旋了好一会儿，才渐渐散去，它们好像也来朝拜伏波将军。我还看到一些碑记，都是有些年代的。庙宇庄严，古色古香。墙壁上还有一些壁画、诗句。有一幅壁画画着一个老渔翁，旁边题写一句诗："江湖满地一渔翁。"我知道这是杜甫的诗句。在伏波庙发现杜甫的诗句，我是有点惊讶的。这似乎喻示着他们之间可能也有某种神秘的联系。作为内心正大光明的中国文化"托命"之人，杜甫不可能不关注像马援这样的前代英雄。后来我果然在杜甫的诗歌中发现了不少跟马援有关的信息，这就说明马援在杜甫的心目中是有重要地位的。比如他给朋友寄赠的诗中有云："勋业终归马伏波，功曹非复汉萧何。"他在为李白鸣不平的诗中说:"稻粱求未足,薏苡谤何频!""薏苡"用的马援的典故,南方薏苡实大,在炎蒸之地,服之可以轻身少欲,减少疾病。马援从交趾归来,运了一车薏苡作为种子,但朝堂那些诬客都说他运回一车明珠翠羽。李白当时受到冤屈没有人为他伸张正义,没有敢于直言的人,没有人讲一句良心话,一句公道话,这跟当年马援所面临的处境是一样的。还有"南海残铜柱,东风避月支","回首扶桑铜柱标,冥冥氛祲未全销"。南海铜柱,用的也是马援的典故。杜甫的诗中,"铜柱"至少出现了六次,可见,这是他放不下的事物。因为它涉及国家的安全。"东走穷归鹘,南征尽跕鸢",出自杜甫生平最长的一首两百句对韵长诗《秋日夔府咏怀奉寄郑监审李宾客之芳一百韵》。马援说过:"当吾在浪泊、西里间,虏未灭之时,下潦上雾,毒气熏蒸,仰视飞鸢跕跕堕水中……"跕鸢,言瘴气之盛,虽鸢鸟亦难以飞越而堕落。后引以为典,多喻指艰难与险阻。可见马援的南方故事早就深入杜甫的骨髓之中,浸润了他的灵魂,随时都可能用诗句呈现出来。

  马援在边疆建功立业,维护边境安宁、国家统一,所做的努力得到大诗人的高度认可。我到过湖北襄阳的古隆中,石牌坊上面的对联,大多是杜甫对诸葛亮评价的诗句。一个大诗人的境界必然是很高的,他对重要历史人物(也包括和他同代的人物)的评价无疑是站在一个国家、一个民族的高度,尤其是对民族的一些灵魂人物的评价,一般人可以回避,但大诗人无法回避。他的笔端必须触摸这些伟大的灵魂,给予一个准确的评述。而后人也是因为他们的评述加深了对历史人物的理解。所以杜甫的笔下，有马援，有诸葛孔明，有严武，有李白，有元结，有张九龄，当然也有许多其他的历史人物。这些人物也一直在他的精神谱系里成为标识或者坐标，帮助他构建思想的大厦。他的文学殿堂的大厦是需要有一些柱子的，需要有一些础石，础石上需要刻一些莲花。后来我又接触了几个跟马援有关的祠庙，比如桂林灵渠边上的四贤祠，邕宁蒲庙的五圣宫，都发现祀奉有马援的神像，只不过没有单列。

在南方，伏波庙的修建、重建与许多重要的历史人物有关。他们以国家民族利益为重，在思想和情感上高度认同伏波将军的献身精神。他们认为打了胜仗，成就一番伟业，与冥冥之中获得伏波将军英灵之助有关。我知道的有抗法英雄冯子材，镇南关大捷之后，他出资在钦州横山扩建伏波庙。苏元春，把伏波庙从越南境内的六林村迁回到东兴罗浮峒。

也许我们可以读懂历史，读懂人心，但我们仍然读不懂那场雨。那许许多多突然来临，又突然走失的雨。那潜藏在乌雷这个词语深处的两千年的雨。我们敬畏历史，更应该敬畏天地和大自然。

慢慢地，在乌雷的那一场雨中，我看到了马援的两种形象。

一是作为真实的人的形象。《古文观止》中的《诫兄子严敦书》，曾经出现在民国时的小学课本。《后汉书》中的《马援列传》，杜甫诗中的形象和线索，刘禹锡、王由礼、唐愈贤、金虞、黄道周、曹雪芹等都写有赞叹马援的诗篇。在这些诗文中，我读出了作为人和圣贤的马援形象，亲和而智慧。二是作为神的形象。

在遍布江河湖海的祠庙之中。他沉默，宁静，深邃，神秘，不可知。这些祠庙或簇新或斑驳，都香烟袅袅，牵系风雷雾雨。

当然，他是真实的历史人物，也是人们心目中的神。他从历史走到大地，又从大地走到天空，走到许多历史人物的梦境中，也走到普通百姓的愿望里。他进入雷电虹霓之中，站在云端海浪之上，佑护一方平安吉祥。与天地同在，共三光而永光。可见，一种高贵的精神，永远照耀着人类精神的领空。

一个真实的生命，他的形象牵系着如此众多的大地上的事物，并且让这些事物如此庄严并具有神性。这无论如何，都是一个奇迹！

聆听湘江
回首苍茫

这里的地名颇有些研究价值。光华铺、脚山铺的"铺"字,新圩的"圩"字,文市的"市"字,都是中国圩镇的常用词语,它们都是销售商品的集散地。这些字眼极易使人想起这一带也许有过不少古老的集市。集市里有许多铺面,后来集市消失了,只剩下零零星星的村落。但是,湘江战役那几天,这些沉寂了数百年,甚至上千年的古老的集市一下子复活了,忽然热闹非凡。来了七万人,这七万人又引来了三十万人,在这里,三十万人包围了七万人,七万人丢下了辎重突围,鲜血把一条清清的江流染红了,突围后清点人数还有三万余人,带着一线生机,向西南更深处挺进。渡江的那几天,天寒地冻的古老市镇发出惊天动地的呐喊,仔细听,这不是叫卖声。如果是的话,卖的也只是硝烟、烈火和鲜血。集市复活的时间那么短促,我敢说,就是连灵魂也来不及卖。所有的人,都在拼命地跑,拼命地打,拼命撕开一道口子,拼命杀出一条血路。没有时间看一眼天空,就算太阳、月亮和星星流泪了，也没有人注意到。这集市一点也没有温情脉脉的人间烟火气息，有的是冷酷的死神狰狞的狂笑。

时间过去了八十七年，这片土地郁郁葱葱，遍地泉涌，溪水潺潺，江河静静流淌，一切显得宁静而有生机。然而，谁能够料到，八十七年前，那个冬天，那个冬天里的短短的几个昼夜，有一支远道而来的队伍，遭受了前所未有的危机，仿佛即将出世的太阳在宇宙的黑洞里奔突，时隐时现。而最终，那股无法斩断的铁流，那个无法战胜的信念，升腾为浩荡的大地上的力量。这力量，仿佛是一支灵活万端的巨笔，绘制了未来胜利的图卷。

我知道，江边那些花开了，那是你们已经安静的魂魄绽放的语言。大地上果实飘香，那是你们在沉睡中露出的一丝丝笑容。

1934年11月底到12月初，也就是那几个昼夜里，这里发生的故事足以让天地惊而鬼神泣。唐人有诗《悲陈陶》，悲的是唐代长安陈陶斜发生的战争："孟冬十郡良家子，血作陈陶泽中水。野旷天清无战声，四万义军同日死。"在中国漫长的历史长河中，如此惨烈的事应该是时有发生的。历史有时会重演，每一场战争，都会映现其他战争的影子。有时影子还层层叠叠，根本化解不清。就像离我们时间较近的这一场湘江战役，人们在对它的描述中，也会映现古代的一些与战争有关的成语和故事。比如，"一箭双雕""假道灭虢""鹬蚌相争，渔翁得利"等，蒋介石和他的幕僚们在沙盘推演中显然已经把他要扑灭的力量想象成大渡河边穷途悲叹的石达开。蒋介石给各路"诸侯"的"围剿"电令中，少不了引用古代兵书《尉缭子》的著名论述："故众已聚不虚散，兵已出不徒归，求敌若求亡子，击敌若救溺人。"试图用古老的思想解决眼前的现实。他还说："务求全歼，毋容匪寇再度生根。"因为，他深知"生根"二字的危害性。

如果要我讲解那场战役，我首先会表述我无法平复的心情。一旦触及那段记忆，触及那几个昼夜，我的心便涌进无数被炮弹炸亮的夜色，那条红色的、水面挤满灰色躯体的河流，那嘶吼的骡马，那折断的树枝、破碎的岩石，那哭泣的天空和大地。每一寸泥土，每一块石头，每一片树叶，每一张灵动或死寂的脸，甚至每一道消失的眼光，都可以深入凝视、探索，用以解读那场战争。

短短几天时间,战争里发生的一切深广得像无边无际的大海,辽远得就像斑驳迷茫的苍穹。几十年,几百年,上千年,估计都无人能真正读懂其中的内涵。如果天地间有一个琴师,他的名字干脆就叫俞伯牙,或者就叫嵇康,不需要他弹唱高山流水,也不需要他抚动《广陵散》的孤绝,只需要他讲述痛彻今古的湘江旷野之战,他一定无法自拔。他的手指触动琴弦的那一瞬间,鼓角齐鸣,万马嘶吼,刀光剑影,雷鸣电闪,将会一齐涌来。那些年轻的生命像一排排罡风折断的绿树,像一朵朵骤雨击碎的花朵,那比江河奔流更急切的血水,一定会让所有的人失声哭泣。

二十几个师,三十万人,渐渐把一支从苏区走出来的漫长的队伍一点点地往南方号称"铁三角"的地带赶,而且居然也鬼使神差、按部就班地让这支英勇的队伍进入了这个预先设置的口袋,而系口袋的绳子就是湘江天险。照理说,这样的天罗地网,苏区来的部队纵然插翅也难飞。在战争中,部队经过河流时应该是最脆弱的时候,尤其是在没有桥梁津渡的情况下。三十万人的部队,正是想借助湘江的天险,把七万人的部队围在湘江东岸,逼其决战,然后全部歼灭。这支远道而来的部队带着"坛坛罐罐",所有的辎重、印刷机、印钞机、医院的 X 射线成像设备,也带着他们的信念和理想,一路摇摇晃晃地行进,分明就是"流动的苏维埃共和国"。他们流动缓慢,像一条注定无法奔突的河。如果按照蒋介石在南昌行营的如意算盘,这一战足以让他夜晚睡梦发出胜利的笑声,因为一切已经做好最好的安排。然而正是因为这位统帅企图背后有着企图,妙计里藏有毒计,想在消灭红军后控制广西,染指西南,他在内心打盘算的声音被桂系识破之后,"铁三角"打开了一道长长的缺口,从全州到兴安60公里的湘江岸边撤防三天,给红军创造了非常好的渡江机会。只可惜,负担沉重的红军没能抓住这个机会,大多数队伍还无法过江。面对步步进逼的国民党中央军和湘军,一场旷野大战在所难免。

为了掩护中央纵队过江,红一军团、红三军团、红五军团在阻击战中打生打死,艰苦卓绝,血染光华铺、脚山铺、新圩……付出了惨重的代价,战斗惨烈至极!以至于当时参加脚山铺阻击战的耿飚,新中国成立后一直不愿意回忆那段湘江往事。以他作为原型创作的巨幅油画收藏在湘江战役纪念馆里,画面上,他浑身是血,拿着一把大刀。红五军团是红军的"铁流后卫",军长叫董振堂,是个传奇人物,毛泽东后来用"路遥知马力"来评价他。他出身国民党的旧式部队,受过正规的军事训练,是个有职业军人色彩的战将。当年他领导宁都起义,轰动全国。在那个狂飙突进的时代,他在烈火硝烟中完成了人生的重要抉择,成为坚定的共产主义战士。每次战斗,他的部队都十分勇敢,建立卓越功勋。这次,在湘江岸边,作为铁血后卫,意味着什么董振堂相当清楚。长征以来,红五军团正面临最严峻的考验,因为流动到中国南部的苏维埃共和国,生死存亡系于一线。他内心所经历的一切我们无法想象,只知道他几天几夜没有合过眼,每次接到军委的命令,都是让他死守,让他尽一切努力阻击所有进逼的敌人。他深知,每一分钟,红五军团都在流血,都有生命在消失。董振堂的心情无疑是复杂的,但是,凶残的敌人蜂拥而至,这位叱咤风云的战将内心升腾起的信念愈加坚定：用血肉筑成一道阻挡敌人来犯的钢铁长城。直到收到中央机关和红军主力已经渡过湘江的消息，他才开始组织撤退，指挥军团部和十三师急行军向湘江岸边奔驰，强渡湘江。

红五军团下面的三十四师，主要由闽西子弟构成。师长陈树湘，师政委程翠林，在湘江战役中，他们作为"后卫中的后卫"，由于接受了最艰巨的任务，他们留在了队伍的最后面。受到中革军委指示，他们在奉命赶往枫树脚接防时，翻过了海拔1000多米的观音山和海拔1900多米的宝盖山，把时间耗费在了高山峡谷、悬崖峭壁之间。下山之后，通向湘江的道路早已被封死，他们成为绝命后卫，陷入了孤军奋战的危险困境。这令多少英雄黯然神伤！从高山丛林中走出时，脚跟未站稳，旋即遭到桂军夏威部队第四十四师的伏击。

在全州安和乡的文塘村，那一场长达10多个小时的决战震动大地，至今还留在安和乡人的记忆里，留在文塘人的各种叙述中。在文塘一带方圆3公里的地域上，不知有多少红军长眠于此。至于长眠于哪些确切的位置，人们已经无法说清，毕竟是80多年前的往事，从那时到现在，大地又经历了多少变迁！有些红军的后代也常到这里缅怀，找不到具体位置，只好祭奠青山。是啊，青山处处埋忠骨。在村民的记忆中，一个穿呢子大衣的红军倒在血泊中，他旁边有一堆纸张焚烧后的灰烬，一个铁皮做的公文箱。公文箱上隐隐可以辨认出"七十八师第四团副官公文箱"，显然，这是一件战利品。拾到公文箱的村民说，箱子里只有一把小小的放大镜，不知道村民透过这把镜子看到了肉眼看不到的事物没有。从那件呢子大衣，村民便断定这是一个军官。根据当时的各种情况分析，这名军官很有可能就是三十四师的政委程翠林。惨烈的文塘突围战后，陈树湘带领余下的部队做最后的突围，一再损兵折将。少量队伍杀出重围，往湘南撤退，沿途又不断被打散，最后，这支队伍全军覆没。陈树湘本人受伤被俘后断肠明志，光耀青史。他的形象，被画家画到油画里，被雕塑家刻到石头上，被剧作家写进电影里，也写进音乐剧里。他俊秀刚毅的脸庞永远鲜活在湘江岸边的风里。

安和境内苍翠的树木，高耸的宝界山下幽深的峡谷，处处清脆的鸟鸣，如织虫吟，一切显得生机勃勃。曾经发生的故事如果没有人搅动，恐怕就会永远沉睡。毕竟，多大的风雨都会过去，多大的雷声都会消匿。关于那些被打散的、受伤的红军，村民们有各式各样的叙述，有做继子的、入赘的，也有一把尺子一把剪刀做起裁缝的，开始在这一带谋生。有个在此地隐姓埋名的红军营长，到了解放以后，他完全可以回老家去，可是他依然选择留了下来，因为他知道这片土地埋有他的长官，他许多死难的兄弟。不愿意离开这片土地，与它生死相依，这是多么悲壮的依恋。三十四师的幸存者韩伟，当时是团长，新中国成立后被授予中将军衔，他的临终遗言是：骨灰要与三十四师战死的闽西子弟为伴。可见，湘江之战的惨烈震撼了这位共和国开国将军的一生。他在梦中一定曾无数次回到湘江边那场天地玄黄的大战。

红五军团过江之后，只余下 1000 多人。但是这支"铁流后卫"

的魂没有被打散，因为有董振堂这样的战将，这支军队的魂就不会散。红五军团在湘江战役中为红军主力和中央机关顺利渡江做出了重大的牺牲，贡献无疑是巨大的，它无愧于"铁流后卫"的称号。董振堂后来带领红五军团在遵义城东南布防，阻止了国民党"追剿"军的追击，保卫了遵义会议的顺利召开。1937年，他带领红军攻占甘肃省高台县城后，被马步芳部队两万余人包围，激战9个昼夜，城破后与3000多名将士壮烈牺牲，当年湘江之战的烈焰似乎映照了西北的孤城。将军戎马一生，百战沙场，悲歌慷慨，英风凛凛。叶帅有诗怀之："英雄战死错路上，令我深怀董振堂。猿鹤沙虫经世换，高台为你着荣光。"9个昼夜，其中的惨烈可想而知。2009年，董振堂与广西的韦拔群一道，被评为"100位为新中国成立作出突出贡献的英雄模范人物"。韦拔群举办农讲所的列宁岩岩口悬崖峭壁上，赫然刻有"广西农民运动讲习所旧址"数字，正是叶剑英元帅所题。这里面当然也包含有叶帅对英雄拔哥的怀念之情。

英雄，自古惺惺相惜。

深夜，与一坛酒对话

南丹的友人送我一坛好酒。不用说，自然是丹泉酒。

跟市面上红红的"桂派酱香"瓶装丹泉酒是完全一样的酒。不同的是，这一坛丹泉酒是用钦州的坭兴陶盛装的。陶瓶上刻有古朴的诗句，还刻有竹子，几片云朵，一个偃卧的古人，模样像个小饮微醺眼半昏的文豪。我在钦州参观过坭兴陶厂，目睹了很多杰出的作品，为那种色彩和质地深感震撼。后来写了一篇文章，其中有一段描述坭兴陶的文字："越是简单质朴的事物，越能唤醒我们心中的敬畏。又如我们在钦州看到的坭兴陶，不用敷彩，不用上釉，经过烧制后，自然透射出一种近乎青铜器的光芒。遇到窑变，更是异彩纷呈。书写了陶土和红火最隐秘的遇合，不施粉黛却容光焕发，一种让人内心安宁的质朴和纯粹是何等重要！坭兴陶，这天生丽质的南国佳人，就是因为这样绝无仅有的色泽独步1300多年，至今经久不衰。"

这大海之滨的坭兴陶，现在与桂西北大山深处的丹泉酒奇妙

地遇合了。坛里的波涛，是沧浪海水，还是大山鸣泉？是"小有洞中松露滴"，还是"大罗天上柳烟含"？这两件桂派宝物的组合让人感到物有所归，无懈可击。仿佛一次山海之盟，坛是古古的坛，酒是香香的酒，都经历了各自的历史，经历了红红的火以及像火一样滚烫的气流，都有过沉思默想，聚敛天光云影的岁月。丹泉酒在发酵、蒸煮、调配、窖存的过程中产生了一些曼妙的微生物，而这样的微生物，赋予桂派酱香特殊的魅力，这与坭兴陶在烧制过程中会产生窑变，焕发出非人力所为的迷人异彩何其相似！这些不为人知的秘密是物质组合过程中妙手偶得的成果，是物质交融与相遇之时的灵感,仿佛朋友相会,喝酒作乐,兴之所至,便高歌一曲,把栏杆拍遍一般。这种事先没有预料到的境界方是最美妙的境界,让人脱离一切拘挛,幻出本真,与天地万物遨游。"携飞仙以遨游,抱明月而长终。"这个世界迁流不息,千变万化,物与物之间生发的新生事物、新境界不是人力所能把握的,但人类可以认识它,赞叹它,可以为它的产生提供物质性的可能,因为有了这些东西,我们对我们的生活才有期待。我们津津乐道的东西、永不厌倦的东西常常是一段意想不到的传说,是我们无法把握却又恰达好处的东西。古人说妙手天成,好的作品都是天成的,人力只能努力到人力极限那一部分,最惊心动魄的那一部分是由天意来完成的。鸿蒙借君手。我相信一首诗是这样,一个陶也是这样,一瓶酒,也是这样。

我把这一坛酒带回我居住的城市,小心翼翼地置于斗室之中。越是精粹的事物我们越要小心呵护。我的斗室里,书籍占了大量位置,但仍然有放置这一坛酒的空间。这一坛酒因为是陶器所盛,属于易碎之物,所以事先就做有一个上下盖板的四方木架将其固定在其中。坛是葫芦状,葫芦顶覆盖有一块烈焰般的红布。在我近乎有点寂寥枯索的室内,这几乎成了一件最为鲜亮的东西。

一开始我还不怎么特别注意到它。深夜,我一个人徘徊在斗室之中,便产生了一种跟它对话的念头。当然,所有的对话只在我心中自言自语,它是默默不语的。盖有红布的不一定都是会说话的新娘,但毫无疑问,它提供了对话的气息。原因很简单,我从桂西北大山之中来这座城市谋生，我经历着种种事情，也产生各种各样的感受，如新鲜的感受，古旧的感受，奇怪的感受，都有。是不是静悄悄地也产生某些"窑变"，我不知道。这坛酒，它也来自桂西北大山之中，有它自己不平凡的经历，地底的发酵与潜藏，三番五次地熬蒸，然后才开始点点滴滴地诉说，清澈依旧如泉，却含有粮食浓烈之魂，泉水凛冽之魄，芳香四溢。好酒到了此刻，仍然未到出厂之时，需要藏在山洞里历练，把那些灼人的东西内化为意蕴悠长的厚度和质感。好的酒是这样熬出来的，好的作品也是这样得来的。因为只有意匠惨淡的经营，方有斯须九重真龙腾空而出。我看过那种黑黑的酒窖，也抓过一把正在晾晒的黑黑的酒糟，上面还可以辨认出粮食的身影。工人赤足在上面走来走去，轻轻踢散那些紧裹的灼热的糟泥。工人默默无语，像走在一片熟悉的田野上。听说每次要留下些老糟，与新糟混合在一起，这些老糟负责把记忆传承，把历史的魅力延续。

　　我常常惊叹命运的神奇，不可预测。因为在某个深夜，你会突然感叹自己会在斗室之中与一坛酒相遇，然后对话。而这坛酒，始终默默无语。

　　桂西北南丹有很多神奇的事物，且不说稀有的矿物，有色金属，这里还有在山峦上依然斑斓着的民族——白裤瑶，还有精致的银碗和被定为国宝的錾花鎏金银摩竭在这里出土，宋代的器物直到今天仍然熠熠生辉。这里的地理环境曾令徐霞客流连忘返，清泉秀峰，牌坊寺宇，一一流入笔底，载入旷世奇书《徐霞客游记》。这里就是丹泉的故乡。好酒都是有来历的，因为好酒需要好的原料，需要好的气候,需要好水。到过丹泉酒厂采风和考察的人,无不感叹酒厂的环境。那座山,那口泉,那个潭中的亭子。

欧阳修在《醉翁亭记》中说:"酿泉为酒,泉香而酒洌。"泉之香是因,酒之洌是果。没有泉之香,何得酒之洌?泉气袭人,方得酒味醉客。可见水对于酒之重要性。因为一口泉,丹泉酒,被赋予了天意的成分。丹泉,天生好酒,非虚言也。

那天穿过亭子的那道阳光让我一下子读出了你的瑰丽,仿佛打眼的红珊瑚,这就是古人所说的流霞吗?美得骄傲,美得炫目,宛如太阳升朝霞,又如红荷出绿波。亭子里品酒,的确是泉香而酒洌。调酒师说酒,严先生挥毫,都带有几分酒兴。书道与酒道,在阳光参差的泉亭之上妙然遇合,一下子让人产生古风悠然之感。我不禁想起王羲之的《兰亭集序》来:"此地有崇山峻岭,茂林修竹,又有清流激湍,映带左右……"千年前的时空重现,山依然,竹树依然,泉水依然,酒依然,人也依然。情景交融,时空交错,不过如此。

夜晚吴先生邀至家中饮茶,好客的吴先生拿出名贵的金骏眉。吴先生家的木桌,是一块千年古木凿成,木纹袅袅如云烟。这个时候,我又看见了你,低眉顾盼,似有几分羞涩,气质妖娆,让人心目俱动。这显然是一件时光里的极品。真的,在古木年轮的映衬下,我悟出了精致的精品必然需要时光的沉淀,需要时光的打磨,获得时光的认可,然后方有与时光一起飞翔穿越的能力。

我从大山回到城里,蜗居斗室之中,多的是孤寂。把自己封藏在古朴陶器中的你,我以为把我的思念也一并封存了。直到某个深夜,我从外边归来,在昏暗的灯火下突然发现一块篝火般亮丽而狂野的红布,发现了盛装着丹泉酒的沉思默想的黑陶,换了一身服饰却也掩不住一坛烈烈的火。坛里的波涛,已风平浪静,凝敛为江海清光,却是我难舍的思念。

我在夜读的时候久不久会打量这一坛好酒,在心里跟它悄悄说说话。好的酒就像好的思念一样,得学会收藏。藏得越久的酒,是藏得越深的思念。

回到竹简——忻城漫笔

广西忻城老教师石秀毓曾经引起过媒体的关注，原因是他把一整部《本草纲目》抄在了竹简上。我在忻城土司博物馆目睹了这部竹简版《本草纲目》，心中隐隐而来的震动自不必说。《本草纲目》共190多万字，1100多幅图，堪称医学界的皇皇巨著。竹简版《本草纲目》共用竹简14.8万片，重达128公斤，用来削竹简的竹子装起来整整有一个卡车。石先生为此整整耗时17年。

在书写工具早已高度进化的今天，让书写回到古老的竹简，这事怎么看都有点落伍，有点迂腐和不可思议。今天，人们早就抛开手中的笔，借助电脑，开始无纸化办公，把所有的希望都寄托在屏幕、键盘、鼠标和电源插座上。手机的功能也越来越强大，在掌中就可以实现自己的愿望。越来越多的人已经不会拿笔，渐渐已经不知道笔是什么东西了。说来惭愧，习惯用电脑和手机后，我心爱的钢笔也找不到了，我一直在等待奇迹，希望这支钢笔会突然出现，让我找回用墨水书写的感觉。这样，我就更能够读懂石秀毓老师把《本草纲目》书写到竹简上的内在欢欣和意义。

是想让人们与传统器物打交道的能力的退化速度减缓一点吗？我估计石先生并没这么想。即使他这样想，他那辆装满竹子的卡车阻挡得住这个时代疯狂的滑落？已经几乎没人有耐心像修行一样做一件事了，要滑落终究会滑落，一笔一画的呐喊早已不会引起重视，复制和粘贴深受欢迎。便捷，是最佳选择。殊不知，便捷的背后，常常是心灵的迟钝和懒惰。削竹简这种需要耐心和细心的工种都没有谁愿意做了，更何况用毛笔一笔一画写在竹简上。竹简写成的《本草纲目》很快就被保存到博物馆里，供人们观赏、称叹。通常惯例，存入博物馆的东西都是濒临灭绝，或者硕果仅存的孤珍至宝。用不了多久，虫子就会咬断那些用来维系竹简的绳索，而那些竹子比较坚硬，且涂有桐油，虫子要得手得费一番周折。

我们知道，《本草纲目》记载了药物1892种，分60类，绘图1100多幅，并附有1.1万多个药方。只要展开阅读，那些植物什么的就会在语言的描述中活起来，呈现生机勃勃的景象。从植物到矿物，都有药性，都是药。而大部分的草药矿物之类染着南方的色彩，散发着南方的气息，因此，没有一种书写媒质能比得上用南方的竹子了。这些文字天生就具有走入竹子的灵性，就如同云彩适合印在静静的湖面。竹子上呈现的语言世界与南方的地气相接，息息相通。那些草药的味道从文字中游离出来，像露水一样凝在竹子上，又像调皮捣蛋的雨珠蹦跳在青青的竹叶上。语言，只有在自然的呼吸中才能像花一样自由舒展,把芬芳不断释放。经典总是会有一个最让人击节赞叹的最佳装载器皿。

把《本草纲目》这么一部充满草木滋味的经典写在竹简上,使人想起《孟子》里的名言:"得其所哉!得其所哉!"这样的行为出现在忻城县,南方一个古风习习的城,并不让人感到奇怪。石先生因为母亲的一场病是借助本草药方治愈的,所以认识了这部经典的价值,又因为自己的一场病,加深了对这部经典的感恩之情。他下定决心用竹简抄写经典除了表达深深的感恩之情,他还想体会到古人写书时的那种感受。把浩大的经典一字一字记录在能够发出天籁之音的竹子上,在我看来,这是发生在中国南方的一次古老的仪式。这仪式没有发生在遥远的时空,而是发生在今天。对于经典,这应当是最高礼遇了。南方,正是用如此质朴的方式感恩一部给人类带来福祉的经典,以一颗无比寂寞和深情的赤子之心顶礼一部伟大的作品,这种爱,深沉而内敛。在当今这个世界,尤其稀有。

用最朴素的方法拥抱每一个文字,不急不躁,不慌不忙,不声不响。不怕时光流逝,转眼皓首,不怕自己被遗忘,沧桑几度。17年的抄写,连同学校的老师也无人知晓。做一件大事,需要潜伏。因为,需要孤冷的寂静。可想而知,蕉窗灯火,昏暗平生,情境何其古典!雨点来看过这个寂寞的老人,不止一次。清风也来看过,甚至,趁他休息的间隙,偷偷握过他的那管笔,左试右试,上描下画,恨无巧手,又去抚摸那把破竹子的刀,把刀锋弄出点微细的声响来。秋虫也来看过,用清澈的歌声伴奏那笔尖走过竹简的单调的唰唰声。最淘气的是夏天的萤火虫,它们也想点灯来帮忙,可是,注定是帮倒忙。它那点光,只够自己阅读,除非有一囊。但是,朝代飞逝,那个贮萤囊苦读的书生早已无踪无影,再也没有人愿意收集细细碎碎的光亮,让它们凝聚成一团光明。

让文字回到竹简,不是一次简单的复古,而是一次让时光更有质感的行动,是让时光变得高贵的一次努力,是奔跑的人们回到古榕树下的一次休整,是清清泉水边的一次照影。经典的作者用了30年心血凝成这部作品,抄竹简的人用了17年。我不把后面这个时间看成笨拙缓慢的数字,而是把它看成对前一个数字的神圣捍卫。此事发生在中国南方,在有着悠远土司文化历史的忻城县。

忻城莫氏土司衙署是国内保存最好的土司建筑。近五百年的土司历史对一个地方的文化构成与精神气质自然会有一定影响。历史上,土司的设置对地方的发展一度有其积极意义。只是到了后期,才留下太多遗憾。坐落在翠屏山下的庞大的土司建筑群绝大多数时候是幽静的。莫氏土司内讧的历史差不多有一百年,占莫氏土司五百年历史的五分之一。因为无法控制的欲望,尤其是对权势的欲望几度撕裂了这里的幽静。那些雕花木窗上生动的鸟儿因为恐怖扑棱扑棱地飞走了,那些挂在廊柱的精妙的联句也从木质上脱落,碎裂成青花瓷撞地的声音。骚动、杀戮、冲天的大火,在翠屏山的石壁上留下几道深深的闪电和伤口,久久难以愈合。《本草纲目》也没有提供这样的药方。斗转星移,如今的翠屏山下,历史在静静偃卧着。竹树挂着晶莹的朝露,雕花木窗上的鸟儿回来了，飘逸瑰丽、云蒸霞蔚的《翠屏山赋》也回来了，等待人们来寻问和解读。

　　城内蜿蜒穿过一条水，叫芝江。如今的江上，建有六座古色古香的桥，水与桥十分和谐，增添了整座城古典雅致的气息。每一座桥都挂着对联，芝江顿成一脉流淌书香。文字回到木质里，与风游戏，让雨牵挂。在古朴的桥上，不独看到星光辉映，还应该有灵性的文字映照。人们恍惚回到古朴的光阴，感受岁月的悠长，调整心灵的坐标和航向，选择有品质的理想生活。这种"回到竹简"般的审美努力体现了一座城气定神闲的魅力。快节奏不再是骄傲和自豪，慢生活才是精神丰沛的流露。

　　大约是两年前吧，一个事情给我很深的触动。美国遭受飓风桑迪袭击，损失惨重，纽约等市夜晚一片漆黑。断电、断网，现代化工具使用不上，人们顿时陷入一片恐慌。尤其是赖以联络亲友的手机没电了，更是令人不安。如果碰到一个有电源的插座，大家便疯也似的奔向插座，仿佛那里才是真正的故乡。但从朋友在纽约拍到的照片我又看到了那座城市的另外一面。纽约海湾里的那些白天鹅，暴风雨过后，它们若无其事。它们游弋，嬉戏，整理羽毛，好像世界什么事情也没有发生过，羽毛甚至比之前更洁白了。朋友感叹："它们没有断电、断网、断手机信号的焦虑！"白天鹅的闲静自由是人类无法比拟的，它们还生活在自然的生态之中，因此，自然的种种变动和起伏跌宕在它们看来几乎是恒常的日常，不需要呼天抢地和心情大起大落。而人类逐步寄生在自己制造的新物质和虚拟空间里，光鲜华彩，却十分脆弱，不堪一击。

物质的相互超越，包括军事武器的竞拼，在完成彼此牵制，互相制衡，维持短暂和平的同时，为自己、为别人制造更多的惊恐。而人在自然环境中生存的素质和能力却日渐滑落，人本的价值受到忽略，人类与自然的悠然心会与默契越发稀有。在这种时候，中国南方的忻城县，一个头发花白的老教师石秀毓，他反其道而行之，让书写回到竹简，并且用17年完成了一个心中的理想。让经典名著的精神回到暗暗发光的自然物质，让时间为一种浩瀚的伟大的思想匍匐前行，而不是为层出不穷的物质和难以抑制的巨大欲望狂奔。抄竹简，这种惊世骇俗的行为，不啻一次新的宣言，呼唤人们重新思考经典、时光和人生。

徐霞客当年经过忻城红渡（古称落墨渡，红水河天险之一），在他的游记中做了详细的记载。那一天，他勇敢地登上了独木舟，他的马浮江而渡，江水十分湍急。这个图景，在我的忆念中，有一种神话般的迷幻和悠远。赤子穿云穷邃奥的境界淋漓尽致，为自己的理想而上下求索，不畏惧艰难险阻。独木舟是那么的原始，但那个时候，人的内心世界是强大的。

忻城思练八景中有一景叫"玉女捧盘"。前人有诗云："玉女何年降彩鸾，浑如举案碧云端。孤峰历尽尘千仞，五指擎将露一盘。"那石头天然形成的孤峰神似一个捧盘的神女，衣袂裙裾在风中猎猎有声。她神色端严，托着一个承接琼浆玉露的玉盘在等待着王母降临，多少次彩云经过，她都会认为是王母降临，但王母始终没有降临。

王母的降临必然吹吹打打，热闹非凡，"虎鼓瑟兮鸾回车，仙之人分列如麻"。有玉盘,就会有甘露。为理想而仰望,虔诚地等待。千年万年的光阴无非是峰头翻飞的白云,以一种恭敬的姿态迥立于山间云里,孤标超脱于大千尘寰。这是石女捧盘给我的启示,也是石先生回到竹简岁月给我的启示。

第三辑

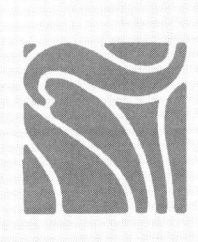

江山诗意此中藏

靠山吃山,靠水吃水。然而,山是陡峭的山,水是湍急的水。山水的恩赐,丰厚无比,但是,它们绝对不奖励懒惰和懦弱。

木村坡的温暖火塘

听朋友说，要看古树就要到木村，南宁市江南区江西镇的木村。木村，顾名思义，自然与木有关。木，指树，也指树叶。教育家杨昌济有副对联"自闭桃源称太古，欲栽大木柱长天"，这里的"大木"，指的是大树，栋梁之材。杜甫诗句"无边落木萧萧下，不尽长江滚滚来"，鲁迅诗句"洞庭木落楚天高"，诗中的"木"，指的是落叶。

朋友说木村是一个很古老的村庄，那里古树成群。除了老樟树、大叶榕、小叶榕、铁凌树、华南朴，还有数百年的见血封喉树，这是异常珍稀的树木，在广西大地上已属稀有。我的头脑中马上浮现出一个树林荫翳、古木参天、翠气氤氲的所在，高树上有风在吹，林间有鸟鸣，树林边有各种虫鸣——那是怎样令人向往的地方！朋友向我透露的这些关于木村的信息，短短几句话就引发了我的无限遐思。

朋友还说，木村的人爱古树，在古树下面供奉有他们的土地神，还有各种神灵，逢年过节会去给这些神灵上香。万物有灵，这些大树也是有灵性的，因为内心存有敬畏，这些树历经历史的颠荡，最终都保存了下来。

我想，有成片古树的地方，必然是一个宁静的所在。那个地方不会有太多的喧嚣和戾气，不会有太多的傲慢和争执。古树不仅可以守住一个地方的水土，还可以涵养一种元气。我到过柳城县的新围村，那里保留有一片神奇的古树林。枫树居多，那时节流光溢彩，绚丽非常。新围村过去建在没有树的平地上，后来得高人指点，说没有树，涵养不了风水，于是，他们的祖先就围绕着那个村庄种了很多树，慢慢地就长成了林，村子就叫新围村。改为新维村是后来的事情。这种聚纳灵气、涵养风水的做法，古人是有考究的。我们可以不尽信，但是，也不能忽略了这种民间文化的存在。

朋友还说，木村有一座古庙，古庙供奉的是一块石头。这就让我感到很惊讶，一个以木命名的村庄，自然木就是天，木就是地，但是，它居然供奉一块石头！看来这里边有它的奥秘，有它的哲学。我想起《红楼梦》里面耳熟能详的两句词："都道是金玉良缘，俺只念木石前盟。"看来木与石在冥冥中是有前世的约定的，电光石火、沧海桑田之后，两种物质的秘密交流，静悄悄地在中国南方一个古老的村庄里演绎着。

经朋友这么一介绍，去探访木村的念头越来越强烈了。终于等到了一个相对从容的双休日，约了朋友，一同前往木村。

在汽车导航系统的引领下，我们从青秀区出发，过邕江，一路驰向江南区江西镇，去找寻我慕名已久的木村。准备靠近木村的时候，我看到满山遍野都是速生桉，心里面多少有点纳闷，这被速生桉渐渐包围的古老村庄，难道还会有我梦中的潺潺流水寂寞林、木石前盟高士坛？且不论有没有速生桉破坏土壤和水质的科学依据，就是从景观方面来看这些树，它们的确不美。因为它们长得太规整了，身材单薄，一味地挺得直直的，没有表情，没有变化，没有对大地流露出什么好感，它们似乎是为执行某种任务而来。因此，我对速生桉素来找不到什么特别好的感觉。

好在进了木村以后，村庄的味道浓了起来。植被给人的感觉是那种没有被人动过手脚的相对原生态，弥漫着熟悉的村庄气息。我看到了一方大大的池塘，水不算清，但是已经相当不错了。水汪汪的池塘是村庄的眼睛，让人一见倾心。每到一处村庄，如果村前有汪汪的池塘都能让我激动难耐。池塘周边有一块开阔的土地，树木很多，掩映着新建的一些楼房，但看不见古村。环顾四周，我们看见了岭上有一棵特别高大的树，于是便朝那棵树开过去。

这棵大榕树被称为"定海神针"，有碑刻。它的旁边也有一个水面开阔的池塘，塘边有树，有竹林，环境优美。这个"定海神针"的由来是，当初榕树上垂下一条气根，年代久远，已经接通地面，形成一条长二十米左右的笔直树干，树身粗壮浑圆，仿佛南天一柱，又像是一根稳住簸荡大海的"定海神针"。它与这大榕树的主干一道并肩作战，对抗着这岭上的风霜，挑起三百年悠悠岁月，白云苍狗。

看过这棵大榕树，继续沿旁边的路往上走，不一会儿，道路就往下延伸。原来榕树是站在高坡上，而它的下面，平缓的地带，就是那座我们要寻访的古老的木村。

在不经意间，我们就走进了古色古香的村子。清一色青砖瓦房，家家不闭户，可以自由出入，空无一人——一座宁静的空村。人呢？人在古村外围的岭上另外建造楼房居住了，古村保留着他们的祖屋和祖宗香火牌位。后来我们了解到，早在二十年前，因为人口增长，古村不堪重负，已经陆陆续续有人在老村旁边建造房子居住。慢慢地，古村就荒芜了。前些年政府部门认识到古村落的历史文化价值，拨款修复了这座古村，把废弃的老房子修缮好。因此，每一座古宅依然保留着原有的结构、规模。石墩、石臼、石水缸、石墙、石板路，一切旧物都还在它原来的地方，散发着旧年的气息。只不过，每天凝结的露珠都是新的。

逢年过节，旧屋的主人还会回来祭拜他们的祖先。他们虽然搬走了，但是他们知道祖先还在这里。因此，老屋始终是他们某种意义上的归宿。

慢步在爬满青苔的天井，通过窄窄的巷道，我们感觉到日月穿梭，时光重现。那些古老的岁月，星光旧梦，蜗牛心事，依旧在巷道上徘徊。只是现在古村静悄悄的，没有一个人影，就连狗吠也没有，更不用说牛哞。几百年的光阴像水一样，已经从这个村庄的躯体缓缓流过，现在就剩下一座村庄的躯壳。这多少让我们感到有点寂寞，就连瓦当上的那些已经黯淡的花朵，也似乎透出微微的叹息。有一个非常普遍的现象，每一家的门簪上都刻有八卦里面的乾卦和坤卦图案。有些家的乾坤两卦装饰得很美，有些家的基本没有什么装饰。这都不要紧,只要日月同辉,天地同在,朗朗乾坤,终究值得眷恋。

经过一番徜徉,我们就荡到了村的前面,看到了这座村庄入口处的两道古闸门。古闸门看起来是非常牢固的,因为即使过了几百年,它们依然挺立在风雨中。两座古闸门上面都缠着仙人掌科番鬼莲,蓬蓬松松的像混乱的卷发盘在古闸门的头顶上。番鬼莲是藤蔓植物,它的根须可以紧紧缠住石头,这起到加固闸门的作用,而且它还有刺。当然,现在已经看不到古闸门的旧时模样了,但是可以在石门槛上看到雕凿的印迹,在门顶厚实的木板上看到当初凿下的一个个圆孔。为了一座村子的安全,古人是多么细致地建造一座门,多么精心地设置他们的机关和锁钥啊。

在几个正在池塘边烤火的村民的指引下,我们找到了那座古庙,看到了那块神秘的石头。它被尊称为"威灵感应金石大王",庙叫金石庙。据村民说,旧社会,凡是经过金石庙门口的人都要下马来礼拜。

金石庙里有点空空荡荡的感觉。有个老人正坐在一边看电视。庙的天井种有两盆石榴果,挂有数果,已经胀开裂了一个,但是也没有人摘庙里的神果。我们试图跟庙里看电视的老人交流,询问他一些石头的故事,但是这个老人语言上有些含混,我们始终听不清楚他在说什么。他一再指着旁边的另外什么地方,一开始我们以为他是指引我们到旁边新建的观音殿去看看,后来才知道,他是让我们到观音殿旁边的另外一处房子找人,他知道他讲不清楚,但那边的人讲得清楚。果然,那里面有几个老人在下象棋和烤火，我们进去跟他们聊开了。其中一个正在烤火的，戴着帽子比较文雅的老人热心地给我们讲了这块石头的来历。当初有人砍柴路过这片树林，路上有块小石头碍他的路，于是他把石头捡起来扔掉了。第二天，石头又回到了原处。他感到奇怪，于是就把这块石头扔到比较远的小河里面去，谁知道石头还是回来了，还挂着河里的几根水草。屡次三番，这块被扔掉的石头总是会在第二天回到原处。村里的人感到十分奇异，于是就在原地建庙供奉它，称它为金石，后来又尊称为金石大王。金石庙香火一直绵延不绝。"破四旧"时金石庙被拆毁，砖被拿去建学校，混乱中金石不知去向，没有人知道它到哪里去了。后来它又回到了庙的后面，那里有棵小叶榕。当时有个老人偶然发现了榕树下的小金石，于是他到处寻找原来垫金石的那块大石头，找到之后搬来榕树下，跟金石放在一起悄悄供奉，没有人知道此事。后来，这个没妻没儿的老人居然娶上了老婆，生了小孩，他这才告诉大家。因为善待金石，吉祥的事情便降临在他身上，金石变得更加神奇了。到了1988年，人们重新修复金石庙，并把寄居在榕树下的金石大王请回庙里，一直供奉到现在。

考察了金石庙，我们就去看庙边那几棵大树。那高高的见血封喉树，还有玉兰树、大榕树和其他树。如此多的古树、大树形成一个阵列，直可管领风烟，呵气成云，在今天中国的乡村已经堪称奇观。它们得以保护，我想，跟这个村庄有史以来人们对树的崇敬，对自然的崇敬是有关的。大树下有他们的土地庙和供奉其他神灵的庙。在他们的意识深处，他们的神住在大树里，他们的神住在老宅中,他们的神也住在小小的石头里。这些世间的物,原来跟人类有那么深的情感,只有跟这些物建立了情感交流,相依相存,才可能形成一个古村落,保养一方茂盛丰沛的水土。

一个树木繁盛的地方,才称得上欣欣向荣。根基扎得深,才不会被看得见或看不见的洪水冲走。如果我们不爱惜这些古树,不爱惜我们的老村,不爱惜我们的石头、土地,实际上就是不爱惜我们的根。我们忘记我们的根,我们就不可能获得内心的安详和宁静。

让我无比难忘的一个细节是:给我讲故事的那个老人还时不时用树枝在地上写字,他一笔一画,十分准确地传达他想要表达的东西。这样的情景,让我多少有点感慨。我在这里找到了一些平常在城市的喧嚣中无法找到的东西。文字可以通过电脑、手机打字显示,可以在纸张上书写,但是文字依然可以在地上用树枝来写,用尘土上的划痕来显示。

当我们享受着科学技术的进步,过上越来越便捷的生活的时候,在古老的村庄,古老的庙里,一个寂寞的守庙人,还有一群老人,他们在下着象棋,就着冒烟的树苑烤火,甚至还会被火烟熏得眼睛红红的,但是他们也在聆听着时代的声音,他们也在关心着农村的发展和变迁,他们用树枝在地上写字,坚守着一份如此古老的事业。政府修路、改善生态环境和保护古村落的行动在他们心中明明白白。

就像平静的潭面,可以映照出灿烂的星光,就像浓荫茂盛的古树,能够感受到细细的微风——村庄一定在为我们每个人守住

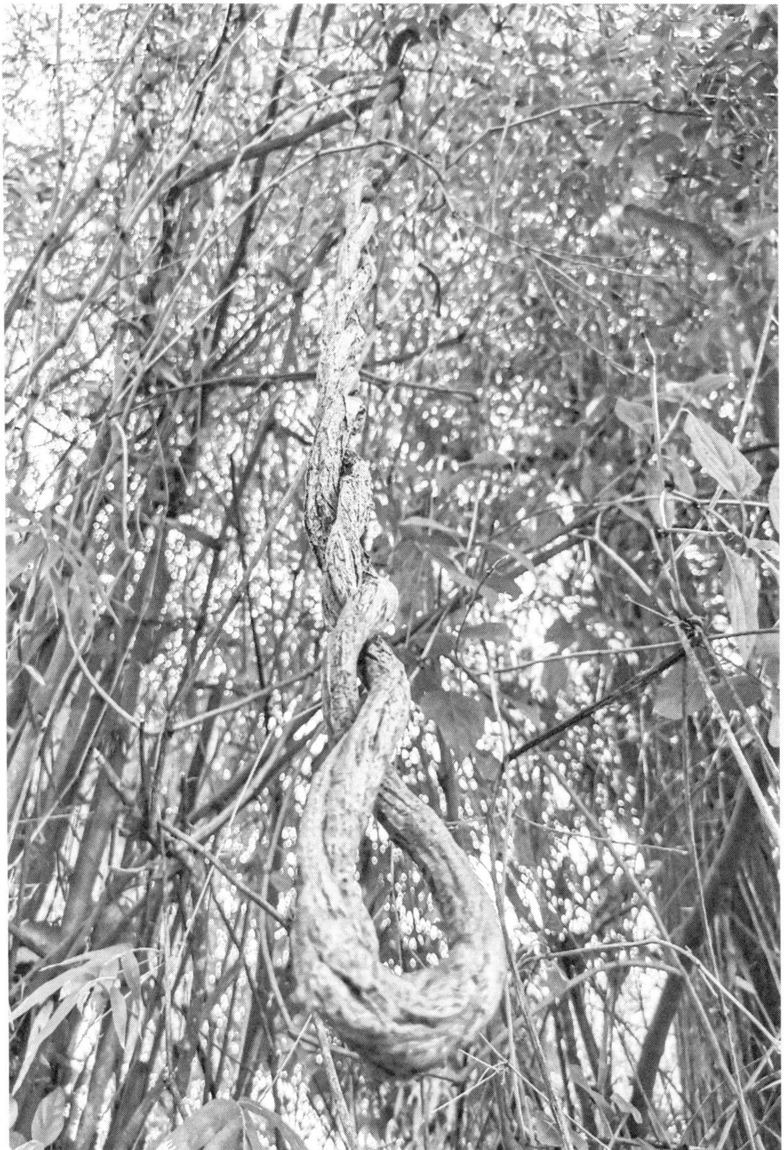

一些什么东西，我们打算丢弃可能又丢弃不了的东西，也一定在倾听着什么声音，甚至是我们倾听不到的声音。

木村坡，这初冬里冒烟的火塘，这火塘边围拢的老人，向我们透出温暖的善意，传递着一个古老村庄绵延数百年的秘密。

和尚岗是一本书

回想起来,翻过那座山,就像是啃一部内容艰深的名著。

一部经典著作不会让你轻易进入,一座高山也一样。有些人会视为畏途,望而却步,即使是惯走山路、驮运物资的马匹,也有登山时怯场的,还没到半途就退下来,再怎么打它也不上去。爬山时,所有的艰难、乏味、疲惫,都一齐涌来,这时候需要意志力,需要平常心,跟阅读艰深的著作一样。如果你被击退了,你就无法发现许多深藏的秘密,进入不了深邃的世界,也无法体验攀登过程的那种快乐。

古有"怪怪奇奇处,山阴道上行"诗句,清代画家任伯年给自己起了一个别号:山阴道上行者。行路者在路上可以思考,可以留题。古代的很多文人边走边品题山川,思索人生宇宙的奥义,留下了脍炙人口的佳作。的确,好作品需要从容的时间,需要古典韵味十足的"孤馆寒灯"。我们常常感慨某些事情"太快了",实际上颇有遗憾,因为回味就少了。未免像天蓬元帅第一次吃人参果,囫囵吞枣,根本不得其味。行路,这种古人雅好的行为,难免有其艰难之处,这也是那时客观条件决定的,所以古人每每慨叹"行路难,行路难"。然而,相比世路来说,行路之难简直是小儿科了。"我因惯见人情险,世路难于行路难。"无论如何,行路这种古老的行动已经逐步罕见,我这里所说的"行路",不包括女士先生们的逛街、跑步和饭后散步。现代人已经拥有太多便捷的条件,可以迅速抵达自己的目的地,而古人在山道上慢慢行走。

从前那种在道路旁大树下纳凉、卖粥、喝粥的情景已经很难看到,更不用说夜晚有人在路上观测一枚山月,看看美丽的流星。"星垂平野阔,月涌大江流",肯定是夜行人发现的。现在车尘滚滚,也难得见到路边大树下有一块干净的石头了。与行路相伴随的道途的小憩,旅人间的问讯,点口烟,借个火等传统中国的日常事象越来越稀少。据说我的曾祖父是个斯文人,在那个年代,他步行去镇上赶圩,在路边的大榕树下歇脚时,会有许多路人放下自己的担子,悄悄围绕着那棵树,看一看斯文人的模样。他们都不出声,对那个时代宁静的读书人葆有一份古老的敬畏。

我小时候赶圩还经常看到那些大榕树。树上贴着一张红纸,有时候是哪家小孩拜认契娘契爷的凭证,有时候是哪个喜欢啼哭的孩子的家长贴出来的咒语——"天黄黄,地黄黄,我家有个赖哭王,过往客官看一看,一觉睡到大天光。"这些丰富的道途文化在现在的乡村几乎是看不到了。疲惫的路人,在路上饥渴的时候尝点野果,或者是找到一口清泉,一下子消除身上的疲惫,这是多么快乐的一件事情。

　　我们当天从鹿寨寨沙镇北里村三柏屯后山的一条简易的沙石路开始登山，目的地是山顶上的和尚岗。一开始我们还真以为和尚岗在山顶呢，说是那里有几棵令人神往的数百年的老茶树，栉风沐雨，不知吸收了多少天地日月的精华。路是越上越陡，好不容易将尾随而来的速生桉甩到身后，到了一片山上的平地。那里停有几辆摩托车，平地前方有一片小树林，我闪过一个念头，那片小树林会不会就是传说中的老茶树林？同时我瞥见右边一条小路通往看不见尽头的山巅，我心中掠过一丝狐疑，伴着一丝凉意。果然，待村里的向导赶到，我问他准备到了没有，他微笑着说，才开始呢，还给我削了一根竹拐杖，以备不时之需。右边那条小路，是通往和尚岗的唯一一条道路，而且，任凭什么车辆都无法开上去，只能徒步。

　　可以说旧时的行者所经历的各种体验，我们都经历了。攀越陡峭的山路，穿过密林，到达了名字骇人的雷劈岭。年轻的向导一路上介绍这一带奇异的山川地形，有些是他亲见，有些只是道听途说，子虚乌有。这也无妨，有人说话，可以消解一点登山的疲劳，总比没有人说话好。我们不时坐在石头上小憩，喘气，看到路上小小的花朵，叫不出名字，却惊讶于它的美丽。一路上，没少见到拉沟自然环境保护区带有编号的碑记。我们也轮流讲故事，说几首孽贱山歌，引一阵爆笑，以此来分散登山的注意力。最后我们总算到达山顶，满以为老茶树林很快就会出现在眼前。我们千辛万苦，一路攀登，气喘吁吁，挥汗如雨，之所以不言退，正是因为心中有着传说中的老茶树——让人心仪不已的老茶树，仿佛它的枝枝叶叶正迎风舒展,随时要把我们搂在怀里。但山顶上哪里有茶树林的踪影?莫非它已隐匿在山顶上的天空里?那里只有一块保护区的界碑和一块更大的碑,是自然保护区的介绍。向导说,到了山顶,路就好走了,但是离和尚岗仍然有一段路程。我们在山顶上又走了好长一段路程,遇到一面岩壁,石头上有水滴沥。向导说,这是滴水岩。一滴一滴的泉水从石头里面渗出,滴答滴答地滴在路人放置在崖壁下的两个铁皮易拉罐里。罐里已经盛满了清水,人喝上几口,会感觉到有一股说不出来的清洌,精神为之一振。我们在滴水岩前流连了许久,感叹在这么高的山顶,岩石上为什么会渗出水来,这水从何而来,而且长年不断,有雨无雨,都不会影响它的滴沥。一滴一滴,甘露一样慰藉着干渴难耐的路人。古人云:"渴时一滴如甘露,醉后添杯不如无。"在滴水岩前我终于若有所悟。

就这样,我们要寻找的老茶树林真的像传说一样,似乎近在眼前,却又远在天边。我越来越不相信那片老茶树林的存在,或许它一开始就是一个传说。这种事情世上还少吗?也许真的可以找到,但是找到了,也未必是想象中的那个样子。我们的心灵世界容易赋予一些事物不真实的影像,其实都是梦幻泡影。向导不时给我们鼓励,说快到了,希望就在前头。到了一处山崖边,向导指着一条陡峭往下延伸的小路说,走到山脚下,就是和尚岗茶场了。"什么?和尚岗在山脚下?"不知是谁惊叫了一声。也许是我,也许又不是我。

于是我们开始往下走,进入了一片罕见的原始森林,有"此中冥昧失昼夜"的感觉，到处都是苍石落叶、枯藤老树，地上的枯木长满苔藓和不常见的菌类，有些菌晶莹剔透，仿佛玉树琼花。因为人迹罕至，时光古老，那些倒卧的枯木，轻轻一碰就会碎裂。在一棵叫不出名字的树下，汇集了许许多多的藤蔓，纠缠在一处，像千条万条金蛇缠在一起，非常的神奇。不知道它们到底有什么郁结，有什么事情值得它们如此波涛汹涌。莫非是树得罪了它们，它们一齐前来兴师问罪。还有一条蟒蛇般的巨藤，活生生地缠断了一根粗壮的树枝，似乎要挟持它飞奔而去。这藤缠树的生死恋让我看得心惊胆战。如果说登山就是阅读一本经典，那么，穿越这片气息浓烈的原始森林，应该就是书中最幽暗深邃的章节了。经过这片幽暗和深邃，相信豁然开朗的桃源境界很快就会出现。

经过一片春笋正在破土拔节的竹林，能感觉到一股葱润的气息扑面而来。我们终于来到了两山交界处的一块平地，脚底下软绵绵的，是落叶长年沤积而成的土质，并且有水渗透其中。一垄一垄的茶树出现了，其中点缀着一些高挑的茶树，看上去已经有些年份，应该就是野生茶的移植。我们不知不觉已经进入和尚岗茶场的腹地。一条溪流从茶场中间穿过，就是传说中的和尚江。相传，"和尚游河上，河上幽，和尚忧。"江的得名确跟和尚有关。躲在这里隐居修行植茶的那个和尚无从考寻，他一定有什么隐忧不为人知。和尚岗的茶叶闻名已久，少说也有两百年。开长途车的司机泡上一盅和尚岗茶，最是提神醒脑，终日不倦。

管理茶场的老吴告诉我们，和尚岗茶场是1992年建场的，原是寨沙镇企办经营，现在是个体老板开发，开垦种植茶树数百亩。

茶场周边方圆几公里范围的原始丛林中都有野生茶树。这个季节每天都有十多个农民背着蛇皮袋从山那边翻越过来采摘野生茶。雷劈岭下的摩托车正是他们停放的。老吴告诉我们，两座山之间的这片土地非常肥沃，富含原始森林的落叶沤成的肥分，根本不需要使用化肥，全天然。加上和尚江河谷水流淙淙，长年云来雾往，茶树吸收的是天地的灵气，山川的精华。云之腴，雾之肌，造就了和尚岗茶得天独厚的品质。茶多酚含量高达50.4%，引起了许多茶叶专家浓厚的兴趣，纷纷跑来考察。

在山顶上我惊讶于滴水岩的水滴，此际又对山坳上软绵绵的水草丰美之地产生联想。大山或许和人体一样，也有着我们看不见的血脉在贯通，有信息在其中传递，交流。人的额头会流汗，人的眼睛会流泪，山顶的石头上也会冒出水来。山腰上幽昧的原始森林收藏着深邃的故事，山坳上的河谷孕育出翡翠玉芽茶中极品。和尚江河谷不仅茶叶长得好，花朵也开得十分艳丽。我们到的时节，茶园边、和尚江边的杜鹃花开得正热烈。

管理茶场的老吴现已六十多岁，早年从事运输工作，按照他的说法是，江湖跑多了，厌倦了，想找一个地方安静下来。于是来到和尚岗，一待就是十五年。从请师傅传授制茶技术到自己掌握制茶要领，再到如何自力更生改进设备，他讲得头头是道。但最让我感兴趣的还是他经历的那些神秘故事，让我们对这片山林充满了神奇的想象。比如他说，有一次他听到了老虎叫的声音，声震林谷。但是我们的向导说，那不是老虎，已经没有老虎了，应该是石豹。石豹也是猫科动物，声音很像老虎。老吴还告诉我们，他有被野猪威胁的经历。有一天他送一个朋友到荔浦，第二天早上从荔浦那边登上和尚岗，山上的雾气很大。他听到了动物又是打嘴巴，又是吹气的声音，瞬时感到有生命危险，马上后退几步。这个时候，他惊奇地发现，有五六只老鹰突然飞临他的头顶，在头顶上空盘旋飞翔，似乎是来保护他的。他赶紧爬上一棵树躲避动物的袭击。最后别人告诉他，那是野猪。还有一次，也是行走在晨雾山路上，他听到什么动物吹风的声音，赶紧后退，手上捡起一根木棍防身。因为雾大，也没有看清楚是什么东西。后来别人告诉他，那是吹风蛇。更加神奇的是，他有一次碰到了"饿鬼"，他说不仅是他，这一带很多人都碰到过。那一天下着蒙蒙细雨，他和一个同伴在岭上，他像是被什么东西攥住了，并不具体，只是一种感觉。他非常恐慌，又不敢说出口。饥饿感前所未有的强烈，一直等到从山坡上下到平路，他才敢说出自己饥饿的感觉。那一天回到茶场，他连吃了三碗米饭，还加了两个红薯。而平时，他一餐只舀一碗米饭，从不添饭。

　　从和尚岗回来以后，我常常会想念那一个静静地偃卧在河谷中的茶园，为它遗世独立的精神气质牵肠挂肚。我也经常想起老吴的故事，想到在月光之夜他该如何排遣自己的孤独，在伸手不见五指的夜晚，是否有眼睛闪亮的野兽经过他的茶园。他炒出好茶，内心欢喜，但他同时也被那些看不见的东西恐吓。那些东西在雾里，在夜里，在看不见的深处。当我在网上随意搜索有关和尚岗的信息时，我看到了几个驴友发表的探秘和尚岗的美篇，她们给山上的植物、花朵、界碑、广告牌都拍了照片，还对和尚江进行溯游,录制了和尚江的水流视频,并且参与体验了采茶、萎凋、揉茶等劳动工序。她们的探秘活动生机勃勃、丰富多彩。这几个驴友号称"五朵金花",是用马驮物资进入和尚岗的,显然是做了充分的准备,并且她们还有机会在和尚岗住上一晚。那几间茶场的泥瓦房,原来是茶厂工人住的。老吴打理得干干净净,时常有游人借宿于此。我从她们拍摄的房内布置中,看到了一个叫"有根"的诗人的留题。诗歌和毛笔书法均不俗,而且看得出来,"有根"不止一次到过和尚岗。他已经深深地爱上了和尚岗,迷醉于那里的溪水、山色、月亮、归鸟、鸣虫。他在诗中说:"和尚岗流无尽期,那年初识种情思。醒时满目青山翠,梦里惊呼归鸟啼。秋已至,醉枫枝,浮生如戏演欢悲。年年惦记听溪夜,踏入风尘心自知。"诗后还有两首词,也都填得十分雅致,有出尘之气。看来这个"有根"早就洞悉浮生如戏,也是有故事的人,幽怀极深,和尚岗是他心中的一块圣地。他还有一首绝句,用水性笔写在门板上,墨水显然不足,每一个文字都带有深深的划痕。有几个文字完全没见墨迹,是真正意义的枯笔,凌空蹈虚。署名"根"字,时间是2012年10月3日。"寒来暑往又两年,时常梦里来挂牵。今秋再上和尚岗,鹿寨兄弟情意添。"看样子这个"有根"还不是鹿寨人。他是哪里人呢?根在哪里?

很可惜,那天我们的和尚岗之旅太仓促。因为当天要原路返回,怕天太黑下不了山,所以不敢逗留太久,也就没有走入茶场泥瓦房中参观。要是当时就发现墙壁上的留题,我会央求老吴,给我讲讲,"有根"的故事。

高山岭顶的侗天湖

从三江回来后的好几个深夜，我都不由自主地想起侗天湖。极有可能是深夜的寂静唤醒了心中的宁静，我竟然有点想念那个地方了。

那片起伏的坡岭，有一座特别高的坡，叫三省坡，坡下一汪静静的湖，叫麒麟湖。三省坡被视为侗族人的圣山，麒麟湖被视为圣水。当地民间有个说法，小孩生病可以来麒麟湖取水，喝了可以消灾祛难。麒麟湖也就是现在的侗天湖。到侗天湖要经过独峒镇，镇子看起来比较普通，房子有新有旧，间或还有一些侗家木楼。让我突然对独峒镇肃然起敬的是镇子旁边的两口水井。行人穿过一个老旧的亭子，就可以到井边直接用水瓢舀水喝，用瓶子、水壶装水。塑料红水瓢，红漏斗，十分艳丽炫目。它们与清水形成色彩的反差，更有力地衬托了井水的清澈。有人赞美过侗家的红水瓢吗？没有。那就从我开始吧！它静静地放在井盖上、井水边，像宁静的、艳丽的火焰，似乎象征着热诚。独峒镇上的井水尚且如此干净清澈，何况独峒高山岭顶的侗天湖！

广西有一首特别动人的情歌："高山岭顶有荋梅，风吹梅花满树飞。梅花满地因风起，打酒托媒哥为谁？"我喜欢它含蓄巧妙的表达，梅花的"梅"与做媒的"媒"谐音，可谓一音双关。由"梅"到"媒"，由外物及里，古老《诗经》中比兴的手法在这里得到映现，表现微妙的情感，极具艺术感染力。除此之外，我对"高山岭顶"这个意象有了特殊的感觉，觉得很美的东西会出现在高山岭顶之上。高山岭顶之上白天太阳过，夜晚月亮走。云卷云舒，朝有露，暮有霞。春有鸟鸣，秋有虫吟，雪凇雾雨，四季花飞。高山岭顶，那是人间烟火熏染不到的地方，是仙人骖鸾遨游之所，"且放白鹿青崖间，须行即骑访名山"。不单是梅花，好多美丽的花会选择高山岭顶，而不选择别的地方。高山岭顶本身就是一首歌，站在高山岭顶谁不想放声歌唱？那是一种极致的所在，与天最近，与云最亲，就连闪电的图案也最为壮观。寒冬时节，玉树琼枝、雪凇剔透——经冰的叶芽，一定多一份玲珑；经雪的叶尖，一定更加莹洁。天湖冰芽应运而生，就像我小时上学路上看到有雪的菜心，忍不住伸手去抓一把雪。雪的干净与菜心的嫩相互映衬，美好的更加美好。我想，天湖冰芽也是这种情况。侗天湖茶园因一泓高山岭顶天湖得天独厚，又因茶树经冬、挂冰、凝雪，遂诞生一款名茶天湖冰芽。

近几年，海拔一千多米的侗天湖茶园，名声在外的除了高山茶叶，还有杜鹃花海。这次登山，春茶碧绿满眼，杜鹃花未开。莫非是"仁风暗结珠琲瓃，先春抽出黄金芽"的时节，真个儿"百草不敢先开花"？后来我发现山上只是杜鹃花未开，别的花还是开的。在山顶的茶室里，吴总亲自给我们沏茶。屋外是亮亮的阳光，屋内是黄金一般灿然于杯中的天湖冰芽。茶波微澜，品了红茶又品绿茶，茶汤浅绿，清香沁人。记忆中的那首饮茶诗又一次被拨动："一碗喉吻润，两碗破孤闷。三碗搜枯肠，唯有文字五千卷。四碗发轻汗，平生不平事，尽向毛孔散。五碗肌骨清，六碗通仙灵，七碗吃不得也，唯觉两腋习习清风生。"喝茶一事，玉川子写得神乎其神，然而喝茶的妙处真给他讲透了。解渴，舒解抑郁之怀，催生文化，以至获得飞翔的翅膀，从现实的沉重走向生命的轻盈，可能这是喝茶的最大妙处。吴总告诉我们，带走一片绿茶就是带走一片森林。咀嚼一片茶叶，会有置身森林的感觉。假如再喝上一口水，那就等于也带上林中的溪流。她的说法诗意满满。

山上种有一片安吉白茶，一片片白化的嫩芽透着晶莹的微光，在风中轻轻地歌唱，在等待着那一只轻轻采摘的手。侗天湖的一款新茶，名为天湖凇针，就是用这个时候采摘的白化茶叶制作的，如果过了这个白化期，便是另外一种味道了。事物最好的状态都有其时节因缘。此刻采摘，正是恰到好处。那天我在岭上咀嚼了一把茶的嫩芽，开始有点苦，继而满口清新，顿觉神清气爽、倦意全消，浑身有一股劲头升起，我感觉这是大自然赐予的勃勃生机。那是在高山岭顶之上才能获得的珍贵体验。有人说过，世间最美的东西都是微苦的，包括茶、咖啡、竹笋，以及我们的爱情。微苦方是真味，人生原不需追求极致的甜美。

山道上杜鹃花尽管还没有开放，但是我看见它们微微涨红的枝叶。显然，红色的波浪正在酝酿。在不久的将来，满山遍野的杜鹃花就会映红一方天空。那种花海连云、接天连地的感觉，十分热烈、壮观，是大自然的珍贵的恩赐。在山道上行走，随处可看到野生的鸢尾花。高山岭顶的鸢尾花比较小，远远看去，看不出它的美丽，很容易误认为是野菊花什么的。不走近它，看不到花瓣上绚烂的华彩。那鸢尾样神奇的纹路、色彩和姿态，在视觉上都没有得到很好的呈现。我最早知道鸢尾这种神奇的花是在高中时代读的舒婷的一本薄薄诗集《会唱歌的鸢尾花》里。"我的忧伤因为你的照耀，升起一圈淡淡的光轮。"真正见到鸢尾花不是在花园里，而是有一年在云南迪庆海拔四千多米的山上的属都湖畔，那是一株硕大的鸢尾花，花朵丰硕，叶子丰美。一只叫不出名字的、很大的昆虫趴在花枝上，似乎在尽情吮吸着什么，如痴如醉。我是回家看照片才发现那只昆虫的。它大约是沉醉于这株鸢尾花的美丽，久久舍不得离去。

那是我最初见到的鸢尾花，后来我在洞庭湖上的君山也见到过美丽无比的鸢尾花，那种美丽让我感觉到潇、湘二妃灵魂的气息。因为君山岛上有二妃墓，有泪痕斑竹，潇、湘二妃内心的柔情变现而出，非常打动人。但是侗天湖上的鸢尾花很不同，它的美丽更加含蓄。走近它，你会发现，它是如此的清奇，花朵是如此的干净，花瓣上的那些纹路和色彩就是像云霞一样淡淡地点缀着，淡淡地闪现着本来只会在飞鸟的尾巴上才呈现的华彩。因为热爱这片土地，热爱这高山岭顶，所以再也不愿意飞走，低低地贴近地面歌唱，淡淡地点缀这片山野，与这片大地同枯荣，共写春华秋实。鸢尾花、杜鹃花、茶树都是天地灵气所钟之物,各有各的滋味、色彩和性情。因为它们,高山岭顶上才如此美丽动人。我不由得想到《光辉岁月》里的两句歌词,"缤纷色彩闪出的美丽,是因它没有分开每种色彩"。鸢尾花没有杜鹃花红浪翻涌的热烈,但是它却是这片美丽的岭顶草裙上点缀的会唱歌的花朵,是这件山顶绿色棉被上点点闪烁的月色星光。它完全可以被看作是高山岭顶千百年飞舞的裙袖间,那未落到地面的花朵。

绕过几道弯,翻过几个坡,我们到达了看湖的最佳位置。登上观景亭,整个侗天湖就像一只匍匐着的瑞兽麒麟,似乎在朝拜不远处高高的三省坡。广西、湖南、贵州三地的侗族人绕三省坡而居,临侗天湖而栖,是圣山、圣水把他们聚集起来,形成一个居住圈。山顶上的湖给这片山川默默的滋养,我相信山上的云朵跟它会有更密切的交流。这一带的气候,空气的湿度,每一张叶子上的水分,由它在默默地掌控和调节,是它呵护着山上的植物,它的子民、杜鹃花、鸢尾花、一垄垄的茶树,各种有灵气的草、树、藤蔓都在它的呵护下尽显芳华。

我又想起了那句山歌。真的,我似乎看到高山岭顶的那苑"梅"了,但它不是真实的梅,它是美好的事物。它代表人的天性,一种美好的性情,是一种为装点山川,让山川焕发出神奇光芒的一种好性情。我知道茶园的主人有过在通都大邑生活的经历,年纪尚幼便穿着自己民族的美丽裙裳离开故乡,经历了成长的历程,尝过人生百味,见过风轻云淡。后来,她在大城市里经营一份不错的珠宝生意,长期与宝石为伍,自自然然地多了一份宝气。

但是在她看来，珠宝的光芒似乎还不足以呈现她丰富的人生。于是她听到了故乡的召唤，听到了爷爷的召唤，听到了童年翻过的那些岭、蹚过的那些溪水的召唤，听到了高山岭顶的湖的召唤，用珠宝的光芒照亮了一条回家上岭的路。她回来了，她要在高山岭顶上种茶树，她要让这片山川向世人呈现奇迹。在别人认为不可能种茶的海拔高度开始了自己的苦心经营，有杜鹃花开的地方，一定会有奇迹。爷爷的话，是她的指南针。有杜鹃花开的地方，一定能种出最高品质的茶和药材。爷爷的心被杜鹃花映得亮堂堂的，他相信高山岭顶的这片红云会赐给人间洪福。

太阳晒黑了她的皮肤，她的体态已不如从前轻盈。起早贪黑的劳作让她的纤纤玉指变得有点粗糙了，但她感到十分鲜活充实，珠宝浸润的温文尔雅已转化为另一种美丽，那是劳作者的美丽。天遂人愿，茶叶种出来了，经过摘鲜焙芳，至精至好的侗天湖冰芽横空而出——那是一份让她无比迷醉的喜悦。她每天活得都很充实，这毕竟是自己亲自经营的一片土地，这高山岭顶的茶园是按照自己梦想的图纸绘就的。你想要明天的世界成什么模样，你今天就必须如此这般。明天的样子，总是今天的行动。

这片土地，本来就蕴藏许多有价值的梦想，需要用手指一一唤醒。我惊讶于吴总一家人的好性情，他们的女儿，性情也都是那么温和，有亲和力。城市待久了，感受到太多人群的喧嚣和戾气，此刻倍感这种性情的珍贵，与他们一起喝茶、摘茶，没有半点违和感。

我说过，面容宁静者，即是以一等香花布施人间，面容透出友好和善意，这是看不见的心念之光的映现，我相信它的存在。这心念之光会影响到这里的人、这里的物、这里的坡岭、这里的茶。那天在龙抬头岭上，吴总家的二女儿采了一把折耳根，叶子有点映红，映出了她的激动。过后几天，我在朋友圈看到吴总大女儿发了一株侗天湖的藤的图片，春天里活力四射的模样。我问什么藤。答天颈。有没有这种植物我不知道。我说像天鹅的颈。侗天湖、天颈、天，纯粹高远，大自然也，感恩大自然，为它惊喜，才会获得丰厚的馈赠。姐妹俩对自然之物之喜爱，源于天性，发乎自然，给我小小的感动。

　　经营这一片高山茶园，他们已经准备好了足够的耐心、足够的性情。感化，我相信感化的存在，要不沙漠怎么会变成绿洲，石头怎么会说话。光风摇曳感化，大地的柔情便被激荡。侗天湖是茶海，也是花海。鸢尾花低低地歌唱，我们听不到，但坡上的植物听得到，茶树听得到，植物之间一定会用它们的秘密语言进行交流，传递信息，它们约定好春天一起长出新芽。

　　高处的天风真是可以荡涤掉太多的尘累和烦恼，在侗天湖茶园的一天让我找到了久违的宁静。吴总是侗族人，她身上有着这个民族优良的性格和品行。侗族文化深厚，族人能歌善舞，他们有鼓楼，有款坪，有风雨桥。年代久远的鼓楼要换一根柱子，提供柱子的人必须有良好的人品，名声不好的人连捐柱子的机会都没有。因为侗族人不希望那些不好的信息附着在柱子上，向四方传递，他们就是这样要求完美。鼓楼作为一个寨子的神圣之物，从那里释放出的信号都应该是美好的，并以此纯化他们的乡村社会。屋舍俨然,阡陌交通,往来种作,黄发垂髫并怡然自乐的乡村田园图景,我只有在三江侗族聚居地真正见到过,且每一次都为之动容。

他们有神树,有庙堂。河边有水井,井是井,河是河。井水不犯河水,古老的成语在这里得到生动的诠释。细看井底有时会丢有青草结,那是他们在沿袭和传递古老的秘密。他们有传之久远的"阴规""阳规""威规"等严格管理山川田野、人伦风俗的族规条款。款坪很凛然,是族中长老商讨大事、评判是非的地方。这个民族的文化崇尚天真、快乐,但是也一再警示要知敬畏、知惭耻。带着对大地山川的爱惜和敬畏来种茶,带着天真来种茶,始终对世界葆有善意,这些性情会在山顶上营造出一方世界,它会让茶树飘香,让冰雪莹洁,让湖水更碧。

这里没有争执,没有暴戾,没有怨恨。因为有了这些东西,茶叶会知道,花儿会知道,湖水会知道,草木会知道。好的境界,无不是心念创造出来的。好的茶,它的背后,一定是好的性情。

认出你的混茫

1

夏日炎炎。我又一次登上了浦北县的五皇山。

这二次登上五皇山因带着第一次的记忆,注定成为一次记忆纠缠之旅。记忆这个东西很神奇,不是说甩掉就可以甩掉的。有时候它会跟你一起成长,一起变瘦、变肥、变老,变得越来越清晰。九年前,也是参加一个文学采风活动,我第一次登上五皇山。那次印象实在是太深,因为大雾茫茫。

那次的雾,的确很大。我们来到岭下,先邂逅一块大石头。大石头圆不溜秋的,端坐在一丘土堆上面。一看就知道它天然就在那里,并没有谁移动过它,因场地平整需要,它四周的泥土已被挖走,留下它独自成为景观。就好比一个地方搞拆迁,总有一些钉子户不愿意搬迁。为了不影响工程进度,只能先开工,把钉子户四周的土地都平整了,独留钉子户守在高高的土堆上,成为一道景观,这种情况不是没有。初遇这块巨石,我旋即被它天生的那种愚钝浑融之气所吸引。它像一颗远古时代庞大动物留下来的蛋。惊奇之余,围绕它走了好几圈,心中很想吟上一首诗,诸如"苍莽莽兮太古之物,何年何月来此山下,你改变了旧模样,我仍然能够认出你的混茫……"只可惜诗句不听调遣,这首诗终究没有写成。

这次到五皇山脚下我又看到了这块石头,不禁再一次仔细把它端详。毕竟是旧相识,想问问它是否别来无恙。九年了,它的面容已经没有记忆中那么混沌,好像多了几分沧桑,不知道是不是景区来的游人多了,人气上来,石头的原始气息便会被冲散一些,或者是因为上次有雾,雾里看花,水中望月,自然多了一份不同。我又不知不觉地围绕着它走了几圈。对于这个太古混茫之物,转圈可能是最好的交流方式。我记得,上一次的景象是越往山上走,雾气越大。山上每一棵草,每一张树叶,每一块树皮,都流淌着溪水般的雾气。山上很多巨石,几乎都是圆不溜秋的。它们或孤零,或成群,或垒叠,都给人一种恰达好处的感觉,仿佛盘古开天辟地之时,派遣五丁神将来这里驱车走马,凌空布下奇营奇阵,就连诸葛孔明也猜不透其中的玄机。大自然的天然格局,我们无法猜透,也无法洞悉。就像头顶上灿烂的星空,如此和谐完美,我们唯有惊叹。山上有些浑圆的石蛋已经裂为数瓣,是不是传说中的神鸟已经飞走?还有一个几块巨石垒成的关隘,非常像是人工所为,事实上它是自然天成。上一次我在苍茫的雾气中站了很久,感受这座石关透出的神秘气息。这次登山是在晴空烈日下看到石关的，跟原来的雾气蒙蒙很不一样，少了一份迷幻，多了一份雄奇。石头上的藤蔓青苔不知道岁月已经更改，依然还在痴恋这座古老的石关。巨石叠成的关中有一块石头因为阳光照不到，表面布满苔藓，湿乎乎地渗出水滴，水滴黏糊糊的，好像寄生着不少微生物。有人介绍，传说这是石公石母神秘交合流出的分泌物。我不禁佩服这样的想象力，尽管近于无稽之谈，但我认为，在这巨石纵横的五皇山顶，天风浩浩，应该允许存在一些天马行空、匪夷所思的想象。

2

穿过这座石关，山顶就近了。到了山顶，就看到了一群在斜坡上低头吃草的硕大动物，我恍惚间以为来到了仙人牧场。凝神静气，方知是庞大的巨石阵。浑圆的石头像集中开会一样，又像是围拢在一起讲述什么故事，分享什么花边新闻。上次登山因为雾太大，石头们神龙见首不见尾，无法看到如此壮观的阵列。但是第一次登上山顶，云里雾里的感觉，仍然让我记忆犹新。因为看不到远处，所以格外留意近处。石头上面游动的雾气，丰富了石头的表情，更加呈现出一派天地鸿蒙、宇宙初开、揉搓惺忪睡眼的状态。混沌先生不言语，只将表情写苍茫。它们没有头，没有脸，没有五官，所以它们能够在山上天荒地老地存在。因为庄子说的，混沌先生是不能够给它凿出五官来的，有人试图每天给它凿一孔，七天之后，混沌先生流血而死。所以混沌其实是事物存在的一种最宝贵的状态——最初始的状态，也是最好的状态。面目太清晰未必是个好事情，面目太清晰容易流露鲜明的情感，透露内心的秘密。显示情感容易引起爱恨，透露秘密容易引发恐慌，还可能引起嫉妒，引起愤怒，对事物的保存是不利的。所以庄子的哲学具有深刻的含义。到底是什么样的力量把这些巨石安放在山顶上？又是谁把它们打磨成这般模样，垒成千奇百怪的造型？问问题的是我，无解的也是我。石头最可爱的地方是不会开口说话。它不能说，也压根儿不想说。

　　山顶有一块人头石，很逼真。但是，似乎无人问津。因为，离它不远的地方，有一块南阳石，大多数人都被这个劳什子吸引了。游人到此多留影，一柱南天话神奇。南阳石颇似一柱朝天的男根，略微有些弯曲，惟妙惟肖。许多人都靠近它留影，试图获得一种力量，或者试图唤醒一件什么事物。这次看到的南阳石太清晰，反倒觉得少了一点韵味。上一次看到的南阳石是在云雾蒙蒙中，多了几分轩昂和悲壮。它能不能带给我们力量，谁也不清楚，但是它顶天立地的精神气质，矗立在五皇山的巅峰上，是一个客观存在的现实。奇妙的是，南阳石顶部那个盖，人头石肩上那个头，像是谁轻轻放上去一样，并没有加黏合剂，裂缝历历可见，可是，千百年的风，都没有把它们吹落，千百年的霹雳，也无法使它们移位。上一次是因为能见度很低，所以上了山顶之后看到的视野范围比较有限，只看到眼前云山雾海之中这些面面相觑的浑浑噩噩的大石头。这次登山天气晴朗，阳光普照，可以看到更远的起伏的山岭，看到山脚下的村庄，看见壮观的高山牧场，草色连云。

我们到达的地方叫人头石,仅仅是五皇山的九个主峰之一。此外还有妹追寨、石柱岭等。

山顶上的这些巨石,使我想起《红楼梦》第一回青埂峰下的那块石头。九年前那次登山我就曾感慨:青埂峰下物,何来五皇山?也有一篇石头记,请君雾散过来参。我想象中的五皇山顶的石头上,也有一篇石头记在里面。只是因为雾太大,看不清,期待雾散之后再来参阅。说不定雾气蒙蒙的山顶巨石里,真的藏有一篇真文字,奇文字?但是这次雾散了,我仔细辨认每一块石头,在蓝天下,烈日下,我依然找不到那篇文字,我找到的只有石头上的藤蔓,干枯的青苔,依稀仿佛的古生物化石。倒是巨大的石头间隙间芳草青青,野花幽香,惹得黑蜂黄蝶,争相前来献媚讨好、取其精华。尽管这些石头让我联想到青埂峰下的顽石,但是它们可没有青埂峰下那块石头的好运气。没有一僧一道前来峰下高谈阔论,说什么云山雾海神仙迷幻之事,身心性命之学。也没有和尚最后大施佛法,把其中的一块石头变成晶莹明澈的美玉,带下山去,让它去经历大千世界红尘中的一段荣华富贵,悲欢离合,感悟好事多磨,美中不足的深意。

说没有,其实也是我的主观臆断。五皇山上深邃的岁月,什么事情都可能发生。只是风雨漫灭,日销月蚀,早已失去记录。当年五皇山上那五个传说中的仙人,他们黄衣朱颜,相与谈笑,给绝望者指点迷津。说不定就有一块石头突然开口说话,有一个仙人经不住苦求,大施道法,把它变成晶莹剔透的美玉,镌刻上一些文字,然后携入红尘之中经历一番,让它受享几年,时间到了,又按约定回到山上,恢复原形。这些山上的石头极有可能曾经到过红尘中经历喜怒哀乐、风花雪月,不然它们今天不可能如此冷静,沉默,质朴无华。但是我们也不知道是哪一块石头曾经下到过红尘,它们最擅长保守秘密,不相互检举揭发,不打小报告。因此,它们才能在山顶上天荒地老地和谐相处,共浴三光日月星,共同消受风雨雷电,雾岚虹霓。由于石头上没有留下文字记录,自然就没有游方"情僧"抄录下去,传之人间。史家也不会留意山顶上这些茫昧混沌之物的故事。久而久之,它们也可能就忘记了自己的故事,忘记了自己的经历,甚至忘记了自己的面容。南方很多斑驳的历史,很多往事与传奇,其实都是这样湮没掉的。在风中了无痕迹,在石头上只留下枯死的苍苔。

3

印象极深的一件事,上一次登山,我在山顶的一块巨石旁边给一个同行的文友拍了一张照片。她当时还是研究生在读,学的是文学。由于当时大雾弥漫,人朦胧,石朦胧,所以这张照片拍出了最佳状态。并不是说天气晴朗才能拍出好照片,任何天气都有可能产生好照片。她那天穿的正好是黄衣服,切合五皇山的文化渊源。这个身着鹅黄衣服的美丽的姑娘披着流淌的雾气进入我的镜头,她笑脸盈盈,一只手轻轻抚着凝重沧桑的石头,定格成一张五皇山雾中的仙子图。我给这张照片题了两句诗:"石畔逢仙烟雾质,几疑身际姑射山。"用的是庄子《逍遥游》里的典故。

时隔九年之后，也就是前一阵子，在一次征文评奖活动中，我与她都应邀担任评委，再一次与她邂逅，这位"五皇仙子"已是一家杂志的主编。她居然跟我谈起在五皇山山顶上给她拍的那张照片，可见她对五皇山也是念念不忘的，对那一场山顶上的漫天大雾，更是记忆犹新。九年前的景象历历在目，我们都在红尘中经历各种事情，我们都在变，但是五皇山不变，山上的大石头不变。有雾或者没雾，它们依旧懵懵懂懂，不言不语，似乎什么都清楚，又似乎什么都茫然无知。许多故事对于它们来说，无非是林中的鸟鸣，草上的露珠，坡上的云烟。

穿过林中小路，会看到路两旁那些石头，上面攀着苍老的藤条。苍劲、苍老的藤条把巨大的石头紧紧捆住。第一次登山，看到此景，当时吟得数句："藤条不自量，欲捆太古物。得之何处放，谁有太古屋？"没有这么大的房子，就不要奢求拥有这么大的东西。什么时候都要量力而行，适可而止。下山时又得数句："仙子下山去，何日再往还。回首登山路，巨石何岩岩。"姑射山的仙子也下山去了，多年之后成为一家杂志的主编，这其中是否也有五皇山赐予的福气，我们不得而知。当然，个人的努力始终是排第一位的。在山下茫茫的人海尘烟中，她找到了自己的位置，找到了自己为之奋斗的理想。

下山的路，靠近山脚的路边生长着许多大叶子野芋，大概是这种植物极喜阴凉、潮湿，适宜水雾氤氲的环境。它在我们家乡被称为老虎芋。在树脚下，大石间，一张一张的大叶子就像一朵一朵的绿云。石气养其心，清姿倍堪怜。因为有石气滋养，姿态非常让人怜惜。还有那些野芭蕉，一簇簇，一丛丛，处处蕉入景，颗颗石凝斑。接近山脚的那些石头，由于水汽湿气的原因，上面生长了很多微生物，于是形成各种色斑。野芭蕉到处可见，它有一种不可驯服的气质，它跟种植的芭蕉很不一样，你永远看不到一种垂头丧气的模样。有一股野气，一股清奇之气，无法驯养出来的气质。第一次登上五皇山，遇见八角树，第一次看到了滴香凝芳、玲珑剔透的生八角，我不禁激动万分。之前看到的都是晒干的八角。初见八角树，临风发幽香。人的内心，大概都潜藏着对生动青涩的生命原初状态的渴望。

告别南阳石之后，我们又乘车来到五皇山的另一个坡面，那是一处以野生茶闻名的高山茶园。茶园有一个很雅致的名字：石祖禅茶园。因为五皇山脉多有雄起的石头，颇似阳根，人们遂奉为根祖，石祖一词因此而得名。又因茶园开发者喜参禅论佛，遂有禅茶之名。禅茶为清静之物，石祖为勃动之象，这一静一动，在这高山上"神机妙算"地结合在了一起。因禅茶静气潜移默化，石祖也已变成宁静有历史感的事物。于是，石祖禅茶，在茶香之中，又多了一份传承感和历史感。石祖禅茶园保留着很多有年代的茶树，异常珍贵。那些长满茶树的山上也是巨石纵横，它们或偃卧或雄起，或长啸或低吟，如狮如虎，姿态万千。累累的巨石叠成石门、石关，形成石屋、石室。看着这座到处都是浑圆巨石的山，我即兴作了一副对联：满山都是佛，遍野皆为禅。灵感正是得自于每一块外形浑圆，佛性十足的五皇山石头。

那天傍晚时分，透过山顶景观餐厅的玻璃，我看到远处山峦上燃烧的晚霞，看到霞光在山梁上流淌成河，何其壮观！晚霞的丰富柔和的光透过玻璃照进餐厅，照在每个人的脸上，每举起一杯酒，都能感觉到举起的不是酒，而是琥珀，是霞光。这霞光中的晚餐，几乎是我经历过的最神奇的一次。大自然的赏赐，我们要万分珍惜。

我突然想到，酒在古代有一个别称叫流霞，莫非是古人也有过一次在山顶上难忘的霞光晚餐？霞光也曾流淌在每一个人的酒杯里？

老木棉

我最初见到的木棉树,是在读小学的时候我们校园紧邻的大队院子里那一棵。那时的村公所还叫大队。那棵木棉树站立在院子的中央,高高的,每到木棉树开花的季节,我们都在课间跑去看,向上仰望,谁也不说话。硕大艳丽的花朵一定是震撼了一颗少年的心。要不然,那么多年过去了,那样的情景怎还历历在目?我们桂西北木棉树相当少见,是谁把这棵木棉树移栽到我们的家乡,现在已无法知悉。但这一奇思妙想并付诸现实的举措,无疑让我感到钦佩。

后来我到桂西北一座古城读书、工作。古城临近火车站的地方,并肩站着三棵老木棉。现在想来,那座城里最绚丽动人的景物,依然是那三棵木棉树。每到开花的时候,我们都去城西看花。看树上的花朵,也看满地的落英。有风的时候,木棉花从高高的树枝上被吹落,一路旋转下来,在眼前演绎缤纷灿烂的美丽。我们所有的人都激动了,像小孩子一样,争相去接住那些花朵。有一次,我们捡了几大捧木棉花拿回家。

大片大片地看到木棉树,是这次应朋友邀约前往德天丽水边城。说是有一个个性十足的酒店,名字就叫老木棉。

一路上,木棉花开得很热烈,几乎映红了南疆的天。木棉花就是这样,红得毫不含糊。难怪它会被称为"英雄花",难怪诗人会把自己喻为木棉树:"我有我红硕的花朵,像沉重的叹息,又像英勇的火炬。"

在路上,我一直在琢磨老木棉作为老树的意象。把它作为一座南方酒店的名字,真是天才的想象。人类似乎有一种皈依老树的隐秘情结,所以很多村庄的前面都有一棵,甚至几棵老树。老树,关乎人类的栖息。看到老树,人的心灵会比较平静。砍树,其实就是砍伐我们心灵的平静。农村还会在老树上贴一张红纸,拜认老树作为孩子的契爷或者契娘,寻求一世的安稳。

小时候,我喜欢爬上村庄后龙山的一棵老树,当然,那不是木棉树。春天,老树结了很多树籽,可以用来做竹枪的子弹。在那玩具严重匮乏的年代,自制的竹枪让我们找到模拟的战斗的快乐。可能是"战事"吃紧,爬上树拿到子弹之后迅即投入战斗,所以会忽略了一些东西。这些被忽略的东西在当时并不重要,它的重要性,是后来才凸显出来的。到了第二天早上,当我发现我的床铺下面空空荡荡,我才猛然意识到,我的可爱的鞋子忘记在那棵老树下了。我于是赤着脚丫,一口气跑到后龙山的那棵老树下。当然,树依然是那树,我渴望找回的东西却杳无踪迹了。可想而知,等待我的是一场毒骂。我是村里丢失鞋子最多的孩子,所以耳根难得清净，挨骂也是再自然不过的事情。长大以后，我离开了村庄，越来越难以轻盈地爬上一棵树了，我只是在梦中赤着脚丫，踢落草叶上的露珠，踩过被露珠濡湿的泥土，流着泪水，一次又一次地回到那棵老树下。我弄不清楚，我是渴望爬上那棵老树呢，还是渴望找回丢失的东西？

每一个人的童年，都会在老树下遗失一些珍贵的东西。或许，这东西就是我们童年的一段谣曲，一个不为人知的小秘密，是跟蟋蟀的一次邀约，跟蚂蚁的一次遭遇。我们在潜意识里都会渴望回到那棵老树下，仿佛回到人类纯真的童年。世事纷繁复杂，唯有老树下的故事总是那么悠然而静谧。有些人回到老树下可以找回自己遗失的东西，有些人却再也找不到原来的东西了，沧海桑田，找回的是一种心情。

老木棉酒店映入眼帘的时候，我发现正是那种我梦寐以求的气质。

有的人习惯于遮掩缺点，拼命隐藏、掩饰。殊不知，许多时候，你身上的缺点会转化为你的优点、你的个性，会成为你身上最宝贵的东西。上帝赋予你的所有缺陷，到头来可能会成为你身上惊人的财富。你没有缺口，上帝没有办法帮助你，这是我走进老木棉酒店的感悟。那些遍体留下船钉痕迹的船木在老木棉被做成柜台，船钉留下的漏洞没有被补上，而是呈现为一种历史的真实。船木被铺设为与青砖相间的地板，青砖经过红火的陶冶，船木经过海水的浸泡，火熄了，海静了，海与火，穿越多少不为人知的隧道，终于找到对话的可能。船木还被镶嵌在电梯的四壁，漏洞与残缺，是现代化的电梯里惊世骇俗的风景。不可能协调的事物在这里协调了。每一颗船钉留下的漏洞都经过炭化处理，看得出，每一个细节，都写满了"用心"二字，唯有"用心"，方可铸造这样的神品。这样的用心，已经纯粹是为艺术的用心，它饱含着对梦想境界的神往。我进了门，对此赞叹不已。那个有印度气质的服务生把我引到房间，他对我说："总该有点拿得出手的东西。"这话多少让我感到有点惊讶，一方面我听出了酒店的自信，另外一方面我感受到这个服务生对老木棉的热诚和虔敬。

这是一个神奇的词语，老木棉。它似乎告诉我们，在岁月时光中需要守住一些东西。它唤醒我们想象的世界。老树的气息如此深谧，老树的花朵如此艳丽和热烈，仿佛我们不老的回忆。我曾在一篇文章中说过："在灯火下，苍老的可以是我们的容颜，不可以是思念、等待和爱情。"住进老木棉，深入这个词语的内部，我渐渐体悟到老木棉重组时空的架构，在理想层面所做的艺术探求。那些随处可见、伸手可触的古木和藤条，来自大海、河流、池塘、深山，来自遥远的国度和古老的村庄，来自零落的屋宇和被遗忘的院落，来自岁月深处和斑驳的年代。风，偷走了它们的原色；雨，盗走了它们的爱情。它们被淹没得太久、太久，久得忘记自己的质地，忘记自己的存在，忘记自己是谁。这时，有一双手，怜爱地捡起，吹亮它蒙尘的眼睛，拂去它身上的泪痕，惊人的奇迹出现了！一切脆弱的东西脱落了，不是吗？该烂的已经烂了，该朽的已经朽了，留下的全然是坚强的质地，貌似狰狞可怕的表情却是一种旷世的淡定。它们拥有时间的秘密，它们的叙述带着岁月的一股幽香。

　　这是从岁月深处寻找回来的奇迹。没有温暖的手，没有热烈的眼，很可能它们会沉得更深，沉得更久，沉得难以想象。幸好，日月经常会在造物之间重新洗牌，所以，有价值的东西总有机会披露出来。

　　不同年代时光的色彩和流淌的纹路，被揉进一个相同的时空里，相互辉映，纵横驰骋。有些纹路，是木的年轮，是木质与生俱来的语言。有些纹路，是黄沙烟尘，白水碧浪，日积月累地冲刷而成。丘壑纵横，莺声燕啼，山重水复，柳暗花明，是沧海桑田之后的奇景异韵。

　　旅馆的门上覆盖着精致的藤编，衣柜也是藤编的面，还有电视柜旁边的墙，都是藤编。宽宽的洗澡间有一个洗澡的大木盆，在灯光下特别温馨。最吸引人的还是淋浴的设备，镶嵌有一块面板，面板由很多块大小不一的旧木镶嵌而成。有些旧木已经十分沧桑，有些旧木深邃而拘谨。水泡过，浪打过，露浸过，霜盖过，牧童敲火牛砺角，日销月铄，几近埋没。洗水盆旁边的镜框也是旧木镶成，仿佛海水已浸泡了一千年，条条木纹，宛若云烟，尽是古老波涛的吻痕。

　　淋浴的开关就安装在旧木镶嵌的面板上。金属的光芒闪闪，与旧木的气息在和谐中有不和谐，在不和谐中有和谐。你的身影无法映照在旧木上，但可以映照在金属上。旧木默然收藏你的秘密，金属却偷偷透露春光几缕。传统与现代，并不背道而驰，可以共生，可以在同一个平面上进入人们的视线，一同弹拨时光的琴弦。

洗澡的时候，你会忍不住去抚摸那块古木，抚摸那些被斧斤斫过的伤痕，那袅袅升起的云岚，那沉思默想的低眉。问，你还痛吗？海水，是什么滋味？大山，有多么高远？青涩的爱情是否仍然珍藏？

桌子，茶几，凳子，都是笨拙的原木做成。仔细观察，许多原木也都是有年份的。有虫咬过的迹象，有森林的幽谧与安详。床头还嵌有两块旧木，像两幅装帧好的艺术精品，仿佛两面凝固的风痕。

老木棉酒店的四周，除了昼夜唧唧的溪涧，多的是老木棉。有些老木棉与芭蕉为伍；有些老木棉被藤萝爬满；有些老木棉以苍崖石壁为背景，几分枯索，一身傲气；有些老木棉三三两两，像哲人会晤，像友朋小聚，显然是在探讨一些严肃的命题，并不是一味地亲昵；有些老木棉立于宽阔的水边，与幽篁为伍，或者干脆独立照影，宁将红颜照清水，不去尘埃惹芳菲。入夜，它们默默不语，任溪声缠绕，任萤火游曳。它们像守护一个亘古的秘密一样守护一角天空，守护一方土地。

准备离开的那天早上，我细心观察了老木棉酒店大堂，发现了一张古旧的枫木桌。那沟壑纵横的桌面跳荡着迷蒙的晨光，让人迷醉不已，忍不住多拍了几张照片。当我以桌面作为近景按下快门时，一个美丽轻盈的红衣女孩出现在镜头深处。显然，她是在柜台那边办理离店手续。照片只看见她袅娜多姿的背影，这已经足够了。古老的波纹，深邃的河流，苍茫的光阴，与一个红衣艳丽的灵动影子，组成一幅绝美的图案。"瑰姿艳逸，仪静体闲。"

我不禁感叹:"彼何人斯?若此之艳也!"不知道她可愿作一回眸?"壤皓腕于神浒兮,采湍濑之玄芝。"令人心旌振荡的《洛神赋》,早已穿越千年,在这个清晨,在老木棉大堂,只能在我心中低低吟唱。

老木棉,它有着绮丽的梦想。老木棉,处处隐藏着灵动的传奇。

江山诗意此中藏

那座叫向阳的古镇，淹没在水底了，但是人们的记忆是无法被淹没的。黔桂边陲的向阳古镇曾经一度富庶、繁华，留下了很多时光的印记。现在，随着龙滩水电站的建成，向阳古镇那些带有岁月幽香的古街道、古榕、青石板、寻常巷陌、田野家园，都被收藏在了浩渺的碧波之下。被古镇才女李世妍吟唱过的那块惟妙惟肖的岩石，石马连鞍，也沉在水底。在没有风的湖底，石马一定也像往常一样，发出低低的嘶吼，以应和着李世妍的诗句："嫩草周围难下口，钢鞭任打不回头。"江山风月，流星才女，自诩为"平生性情似麻姑，粉黛胭脂半点无"的李世妍，对人世沧桑和历史变迁有着深刻的洞悉："自古人生借屋栖，英雄能有几多时。当朝宰相三更梦，历代君王一局棋。"向阳古镇幽幽的一缕芳韵和古韵似乎凝结在这名光绪年间的天峨才女身上，她二十四岁便香消玉殒，却留给天峨人长长的忆念和叹惋。

天峨这个名字，最早出现在明代。当时叫"天峨甲"，应该是当时保甲制度的产物。"天峨甲"置于向阳镇的南岱，恰好是后来李世妍出生的地方。到了乾隆五年（1740年），出现了天峨分县，受泗城府凌云县管辖，管理者是凌云县的县丞。级别比县小，还不能算是一个独立的县。到了乾隆四十六年（1781年），第一枚来自中央王朝的木质钤记穿越崇山峻岭和云雾流岚，来到这片土地。在我的想象中有一匹飞马，在那个潮湿而又寂寞的水边的黄昏，钤记如期而至，降临在天峨分县宁静的县署。获得王朝第一次授记，这是天峨历史上的重要时刻，一个崭新的起点。天峨真正立县是在民国二十四年（1935年），当时的县署仍然在向阳镇。从天峨甲到天峨县，大山里变幻了近600年的烟云。

到了1952年，天峨县迁到当今的六排镇。任何一次迁移，都有其合理性，都是历史的选择。县城迁走后的向阳古镇，在天峨人的心目中，依然是个很重要的地方。毕竟很多记忆在这里沉淀，很多梦想在这里升腾。有关天峨的民间传说，历史掌故，逸闻趣事，似乎都与向阳古镇有关。向阳镇高耸的峨山，与遥远的凌云苍岭形成对峙，据说成就了"天峨"这个美名。南方的县城几乎都有过好几次迁移衙署的历史。仿佛一只美丽的鸟儿，在风雨中穿越峻岭、森林、河流、云雾，最后到达一个阳光明媚的地方。

天峨有其先天独特的地理位置，它处在云贵高原和广西丘陵的过渡地带，地质结构非常复杂。东凤岭山脉和凤凰山脉在这里挤压、交错，互为出没，形成了很多断裂和褶皱。因此，这里呈现的景象是青峰林立，山坡陡峭，林壑幽深，溪流纵横，河岸深切。山林冥昧失昼夜，枯松倒挂倚绝壁。水流湍急，处处有如闪电雷鸣。深山穷谷，云蒸霞蔚，元气茫茫。尤其是这里的红水河，落差非常大，色泽红褐，尽显南方河流的狂野。仿佛云里雾里无法驾驭的一只苍龙，金灿灿的鳞甲，腾跃起伏在黔桂边境的崇山峻岭和林莽幽壑之间。千年万年吸收日光、月光的精华，具有强大的生命力。龙滩之名应运而生。藏量巨大的水流，加上强烈的落差，蕴藏着巨大能量，龙滩水电站被称为是摘取骊龙颌下的明珠，将大自然浩大的潜能化作造福人类的电流。

　　因落差而产生的冲击力，加上一路裹挟而来含有多种矿物质的泥沙，把天峨河滩里的石头冲刷出疯狂的造型和疯狂的图案。天峨最早引起世人广泛关注的恐怕是天峨石。

　　人们总是害怕经历挫折，其实挫折并不都是有害的。有些挫折产生的能量正好可以给生命镀上瑰丽的色彩，就像天峨的红水河奇石。从写作的角度来说，太流畅的语言注定发不了电，只有按摩功效，甚至按摩的功效也没有。太流畅的语言无法给心灵以触动，无法冲刷出人们阅读中微妙奇崛的情感。平缓宁静的清水河，冲刷不出色彩斑斓的石头。千姿百态的天峨石中有一种石质很坚硬的墨石，没有图纹，形状也没有什么特别之处。但它的水洗度好，黑得铮亮，不失细腻、圆润。这样的墨石重点玩赏的价值是它内在的品质。

　　我在宜州生活的时候，接触过一些当地的石友。他们把到天峨找石头当成盛大的活动，为此都做了精心的准备。每次从天峨回来，收获满满的他们都要聚在一起认真总结好几天，互相展示自己的成果。这种对天峨石如痴如醉的爱令我好生羡慕！宜州有龙江河，也有很多石滩，但是，清水河的石头怎么说也比不过泥沙河的石头。其中一个朋友在天峨红水河河滩捡到一块有茶盘大小的墨石，石质光洁，造型浑圆，河水已抚平所有可能的裂痕，没留下一点硬伤。他如获至宝，涂上凡士林保养，一日能抚石千回。那个给他带来好运的河滩被他叙述了无数遍，他甚至谈到即将获得好石头之前那种强烈的预感，一种类似桃花运来临前的激动难耐。每次去他家吃饭他都向我们展示这块墨石，就是为了得到我们的溢美。我们也不全是溢美，有时候也适当指出它的一点瑕疵、不足。一旦有所批评，他必然脸色大变，恼羞成怒，明显是被冒犯了，大家便不欢而散。后来有一次，一位不知趣的朋友又准备给石头提意见了，这位墨石主人不客气地打断他的话，他说：这块石头叫"不准批评"！石头成功的命名，终于有效地终止了我们对这块石头的任何一种批评意见，只能绝对地表扬、歌颂，确保饭局和饭局之后的饮茶活动圆满快乐。这位朋友爱天峨石爱到这个地步，真是少见。

　　我相信这样的地形除了产生电火，产生石头上斑斓的世界，还会产生许多奇妙的事物。作为高原文化与平原丘陵文化的过渡带和接合部，意味着许多文化因子在这里转折、裂变、融合。因为地形和水流落差大，文化上的落差也必然存在。多元共生，裂变疾速，其中呈现的风景无疑是壮观的、迷人的。天峨先天就具备产生独特文化的优势。红水河的子民们，来自二十多个民族，有些是顺流而下，有些是逆流而来，共同在千峰百嶂间开辟美丽的家园。

贵州的铜鼓沿着红水河传到河池，天峨是必经之地，也最早受益。至今，天峨民间仍然广泛使用铜鼓。天峨的蚂拐节文化，敲打铜鼓，跳蚂拐舞，天峨的十二生肖铜鼓舞，都包含有文化融合的痕迹。在蚂拐节上跳蚂拐舞，这场景分明就是左江流域的花山壁画上那些神秘图案的再现。那些图案早已成为石壁上古老的图腾和历史记忆，沉睡为固态的文化。而在遥远的红水河流域天峨县境内，花山上那些神秘的图案岁岁年年出现在祭祀蚂拐的仪式上，是活态的，仍然有着蓬蓬勃勃的生命气息。是谁用魔杖一点，左江流域岩壁上的神秘图案纷纷飞出，在红水河边演绎着不曾远去的历史。

有一支独特的"高山汉"于近代从外省迁来，汉文化与黔桂边陲少数民族文化在这里融合、生发，交相辉映。星星与星星不会相互埋没，相反，它们共同的光芒会使天空更加明亮。山高林密，为了传递信息，取得照应，天峨人的声音都比较洪亮、准确，一发音就具备提神醒脑的功能。相邻的两座山，可以看到对方的房子，但是，要走到对方家中喝上一杯酒，可能要走上一整天。早上出发把露珠踢落，夜晚进门把晚霞捎上。隔山喊话，可不能模棱两可，含糊其词，在极少量的语言中必须蕴含足够的信息和明确的目的。另外，山里云遮雾罩，光照不足，娱乐活动较少，人们在谈话中增加故事性和戏谑的成分就比较多。这叫在语言中找乐子吧。语言的快乐部分充实了他们在大山中生活的寂寞。个性常常源于与众不同的生长环境。从这里走出了有名的作家、学者、教授，他们在各自的领域都产生了重要影响。比如，作家东西，纽约州立大学历史学教授于仁秋，评论家张柱林，等等。一个人口不多的山区县份，能够产生好几个在文学上、学术上有建树的人物，的确了不起。

我第一次知道天峨有一条布柳河是在朋友的油画中。布柳河上的独木舟，我的朋友画过这么一幅画。画面上两个几乎裸体的人，一个拉船，一个推船，在波光粼粼、溢彩流金的布柳河上行进。这情景多年来一直留在我的记忆中，仿佛神话里的世界。

红水河从前摆渡的工具就是独木舟。徐霞客先生当年在忻城红渡渡过红水河时乘的就是独木舟，他的马浮江尾随而过，那次经历，令他胆战心惊，久久不能忘记。

每当发洪水的时候，上游的一些浮木顺流而下，在漩涡处处的红水河上时隐时现。勇敢的山民们常常利用这样的机会冲进河水中，机智地与河水、漩涡周旋，成功地打捞那些浮木，积攒够一整年的燃料。在浊浪滔天的红水河中抢夺浮木，这样一种高风险的行为，稍有闪失就会有生命危险，极具挑战性。在别人望而生畏的地方，天峨人没有停下脚步，这种进取精神是可贵的。靠山吃山，靠水吃水。然而，山是陡峭的山，水是湍急的水。山水的恩赐，丰厚无比，但是，它们绝对不奖励懒惰和懦弱。现在的红水河已非昔日的红水河，龙滩水电站建成后，红水河变得清澈，波平浪静，独木舟早已匿迹，迎战浊浪抢夺浮木的现象也早已成为历史记忆，然而，这样一种精神，勇于冒险，与天斗智的精神，是会在天峨人的性格深处传承的。

这些年，我到过天峨好几次了。走过纳州古道，寻过风草摩崖，饱览燕子洞的幽邃，两度徜徉在大见夕原始森林，赏奇花异草。置身高山峡谷，临清流万顷，看巨坝横空，我常常感到无比惊讶。最近一次进入天峨，时间已近黄昏，嵯峨的群山之上，白云朵朵，云层中透射出万缕光芒。这又加深了我对天峨的了解。天峨的高远之境我远未参透。

江山的险峻易于激发作家的灵感，就像杜甫流寓夔州一样，写出了三百多首诗，其中很多长诗、名篇都诞生在这一时期，就是因为那样一个环境激发了他。"高江急峡雷霆动，古木苍藤日月昏。""峡束沧江起，岩排石树圆。""地与山根裂，江从月窟来。"只稍微引用几句，我们就约略知道夔州的地形特征。天峨也像夔州一样险峻壮丽。一个饱含江山诗性的地方，呼唤更多的大手笔在这里诞生。

照亮记忆里的事物

知道蒲庙这个地名已经很久了，但一直没有机会去过。人与人的相识是需要机缘的，人与地方的相识，也需要机缘。机缘巧合才行。

2017年，我还在大新县五山乡三合村驻村扶贫的时候，发动社会力量修筑了一段屯内道路，路修好后，需要刻一块路名碑，因为是名家书法，得手工刻，以显其精微。找遍大新县，已找不到手工刻碑的人，也就是说，这门工艺在当地已经失传了，几乎全部换上了电脑刻碑，电脑设备解决不了的，用电钻刻。后来也是机缘巧合，乡政府的一个干部找到了他的舅舅，他的舅舅在一所师范学校当美术老师，美术老师带上他家祖传的一把錾子来到了五山乡三合村。铮铮钋钋的金石之声在村庄响了两天，吸引了远远近近的老老少少前来观看。人们已经很久很久没有听到这样的声音了，这声音里，收藏有日渐远去的乡愁。

必须说明的是，这位美术老师来自蒲庙。为什么民间失传的技艺能够在蒲庙找到？我当时并没有仔细思索，因为，我与蒲庙相识的缘分依然没有到来。

终于，机缘成熟，邕宁区组织文学采风活动，我有机会来到了蒲庙。蒲庙镇是邕宁区政府所在地，一个在南宁市可以乘坐公交车到达的地方。邕江边的这座古镇的历史不算久远，距今不足三百年。因为旧时代水路交通的缘故，以商业立镇。我所知道的一些地方，建制历史已有两千多年，但不会保护和珍惜，文物几乎毁灭殆尽。而一个只有两百多年建制历史的小镇，如果会爱惜的话，足以留下可观的文物。爱惜和不爱惜，效果很不一样。如果没有人维护，很快就会杂草丛生。考蒲庙镇建墟于清雍正九年（1731年），至今约三百年。城区内有文物保护单位多处和北觥壮族古民居等一批文物古迹。这里是庙宇的圣地，有着丰盈的庙宇文化，是缤纷信仰的摇篮，也是相互包容、理解的乐园。由于水路交通发达，近代以来，很多外省的商人云集在这座江滨小镇，他们带来布匹、丝绸、盐巴，从这里运走上好的白糖。他们同时带来了他们的信仰，在这里获得尊重，继而相互接纳，共享，这是动人的人类共处图景。数一数，蒲庙镇有五圣宫、阿婆庙、三圣宫、十八奶娘庙、轩辕庙、北帝庙和远宁祠、忠义祠等，祠庙众多，堪称南方小镇奇观。光是孟莲村的那莲古圩，土地庙就有八座。那莲古渡口的石碑上还刻有钟馗的画像。

在蒲庙所有庙宇中，最殊胜的当数五圣宫。其建庙时间与建镇时间同步，可见古人对信仰的珍视。五圣分别是北帝、龙母、天后、三界、伏波。北帝亦称北帝真武帝君、玄武、真帝、黑帝等，为中国古代神话中的北方之神，亦称水神，主要职责司水，亦可抵御灾害。由于邕江贯穿整个邕宁区，八尺江在蒲庙附近汇入邕江，水路通畅的地方遇暴雨容易发生水患，因此，江边留下不少北帝庙。龙母是梧州和广东悦城一带信奉的神。天后是福建和台湾信奉的妈祖林默娘。三界是壮族民间之神，有些地方尊称为三界公爷。伏波是东汉名将马援，他跃马瘴烟，南征交趾，建立卓越功勋，所到之处，除暴安良，发展水利农耕，传下千古美名。珠江流域伏波庙星罗棋布，可见伏波将军在南方精神谱系中占有重要地位。信奉这些神灵，民间认为可以求财得财，求子得子，还可以驱邪避凶，家宅安宁，出行平安。供奉的五个神灵中，有两位女性神。五圣宫气势雄伟，庙貌庄严，塑像、雕刻精粹入神，栩栩如生。建筑材料当年由广东船载引入，建庙至今翻修过三次，可见它在蒲庙民间社会的重要性。背后有百年古木相依的五圣宫的瓦顶上始终不见落叶，这与横县伏波庙的说法一致。横县伏波庙是整个珠江流域年代最早、规模最大的伏波庙，其大殿瓦顶也是一叶不积，干干净净。到底是建筑物理方面的原因还是另有玄机，我们不得而知。我非常愿意将瓦顶上的那一片洁净，视为蒲庙人用心呵护的一方净土。他们爱护的不仅仅是有形的庙宇，也爱护无形的庙宇。每年农历三月十二的蒲庙"开圩日"，周边群众敲响铿锵激越的八音，自发云集五圣宫门前开展活动。用五色糯米饭供奉神灵，舞龙舞狮抢花炮娱神，人们通过种种方式纪念蒲庙先祖，感念恩德。

最引人注目的是这一天的分粥活动，用以纪念让蒲庙得名的阿婆。蒲庙开圩前是荒山野岭，叫蛮瘴麓。位于邕江支流八尺江

畔的那莲古圩为商业重镇,来往船只众多,由于八尺江水位浅,大船进不去,只能在邕江蛮瘴麓停泊,久而久之,这里便成了货物的集散地。自然而然,便有人设摊卖粥,缓解往来客商饥渴。其中有个善良的老太婆,她的粥摊最为红火,但她对贫困潦倒者"只送不卖",她的精神感化了很多人。佛教说的"婆子心切",恐怕也莫过如此了。老太婆去世后,人们立庙纪念她,称为"亚婆庙"。因为读音上"婆"与"蒲"相近,久而久之,这个地方便叫蒲庙了。从婆庙到蒲庙,这就是蒲庙的来历。这个词语的本义像一道亮光,照亮了我记忆深处的事物,那几乎被隐藏的事物。我想起了我童年时候的一座山,它叫婆庙山。

我的童年是在外婆家度过的,那个地方叫寺门。因为岭上有个象山寺,寺庙的门口就在岭下,岭下的小圩镇自然就叫寺门。后来象山寺毁了,偌大的寺庙居然片甲不留!但是"寺门"这个名字却是长长久久地留了下来。文字存活的能力远比实物强大,所以李白在诗中说:"屈平辞赋悬日月,楚王台榭空山丘。"柳永在词中说:"繁华处,悄无睹,惟闻麋鹿呦呦。"几阵风吹过,多豪华的王家宫殿讲散就散,了无痕迹。外婆家在寺门辖区的一个小村里,村头有一座山叫婆庙山。从圩镇到村里,不是寺就是庙,可见我从小生活的环境潜伏着许多我不甚了解的信息。这些废弃的庙宇寺观,它们尽管消失了,但它们的名字仍然在观念和语言中存活,甚至还会对我们产生这样或那样的影响。婆庙山下有个洞,黑麻麻的,每次经过我都十分惊恐,总是害怕洞里窜出个什么怪物来。如果有大人做伴,我还勉强敢望上几眼,如果我一个人经过,就只有慌乱奔跑的份。后来我发现山下有座小小的庙,垒几块砖,盖几片瓦,就是这座小小的庙,让整座山获得了一个响亮的名字:婆庙山。婆庙山在我的童年生活中是个神秘的存在,让我十分惊恐。也许是因为山边参天古木遮天蔽日,此中冥昧失昼夜,让我感到寒气逼人。又也许是那个深邃的洞口,让我感到不可捉摸,没来由地恐惧。说实话,即使是今天,我可能仍然不敢走近那个洞。除了这些物理现象让我敬畏,我想,"婆庙山"三个响当当的汉字也给我一种威严感。因为"婆庙"二字,整座山充满神秘的气息。

但我在婆庙山下度过了最愉快的童年。婆庙山下的小学是我的启蒙学校。眼前蒙昧的雾气,是乡村民办老师用竹子制作的教鞭和白色的粉笔为我驱散的。那条途经婆庙山的石板路干干净净，一尘不染，婆庙山下古树背后那个幽深的山洞始终没有窜出任何怪物。婆庙旁边的红豆树年年被风吹下干枯的豆荚，亮闪闪的红豆散落在草丛之中，认真捡，每次可以得到一捧。外婆还在世的时候，每年春节，我都到婆庙山下捡回一把红豆。

是不是每一个人的生命历程中，都曾有过一座婆庙山，都需要有一座婆庙山？我在远离故乡几百公里的邕江之滨，找到了激活我童年记忆的事物，只不过，它不是一座山，而是一座古镇。

有个成语叫"苦口婆心"。我们的文化里有着一脉"婆文化"，壮族文化中有花婆信仰。花婆是管理生育的神。花婆送花，才有子嗣。送白花是生儿子，送红花是生女儿。孩子生出来后，母亲哺育，投来最多关爱和呵护的是孩子的外婆。我们每个人的童年，都有温暖的外婆的记忆。罗城籍剧作家常剑钧有诗云："别人的外婆是妈妈的妈妈，我的外婆是一首无字的歌"。可见，无字的童年歌谣，通过外婆的传递，已经与外婆合二为一，给童年无限的温馨和滋养。

邕宁的文化中，"婆文化"十分丰沛。信仰是人类精神世界需求的投射。民间的信仰，往往最有温度，最接地气，与人们的日常生活息息相关。五圣宫里有两位母性神，她们与卖粥的老阿婆、送子嗣的花婆圣母、照看婴幼儿的十八奶娘一同构成了蒲庙的"婆文化"精神谱系，在民间的信仰里，能够带给人们现世安稳和宁静，能够驱除阴霾邪魔，呵护孩子健康成长。这"婆文化"甚至延伸到旷野之中，那楼镇那良村那蒙坡有一处清凉胜境雷婆岭。我没有深研雷婆岭的来历，但是，一个"婆"字，已向我们传达出母神对万物生灵的眷顾。传说五月初五那一天，雷婆岭上所有的草木都是消灾祛难的灵药，随便采上一把，回家煮水洗个澡，都可以获得一年的康宁。我想，这不是"婆子心切"的变现又是什么呢？雷婆岭上众多的摩崖石刻记录了先人们对自然和神灵的感恩，而现在每年五月初五雷婆岭上热闹非凡，附近老老少少都走向那里，这说明，民间文化的确是民族文化之根，有着强大的摄受力、吸引力和感染力。对自然的敬畏，对生命的呵护，庄严地感恩，这些东西不会过时。

尤其是对孩子的呵护，在今天变得异常重要。

在邕宁召开的座谈会上，我表达了我对北帝庙、五圣宫以及蒲庙庙文化的敬意，几乎动情地阐述了敬畏之心对人类的重要意义，以及敬畏之心与文化产生的关系。事先没有任何准备的发言恰好是性情的流露。我承认我被五圣宫精彩的对联所引发的联想振奋了，我甚至想到《楚辞》《九歌》里那些古老的章句。

座谈会结束后，我与一个文友在院子里散步。经过一棵芒果树时，树上突然掉下一个芒果，就落在我的身边。我捡起来一看，是一个黄熟了的芒果。我举头望了好久，整棵树上几乎都是未成熟的青芒果，而只有我手上这个芒果是黄熟了的。一同散步的文友似乎也有所发现，他认为是五圣宫所赐，冥冥之中对我的发言进行犒劳。我知道，这是一个善意的玩笑。

但这个芒果的确很甜。

蒲庙之蒲字，我愿意理解为菖蒲之意。菖蒲，一种多年水生草本植物，有香气，它被视为中国传统文化中可防疫驱邪的灵草，与兰花、水仙、菊花并称为"花草四雅"。韩愈《进学解》中说的"昌阳引年"，昌阳，说的就是菖蒲，相传久服可以长寿。这种植物，它的精神气息，可以说与"婆子文化"相通，它们一同祝福生命。对先人、天地和自然的感恩，不知不觉地，结合在一个词语，一个地名之中。

七百弄：七百个迷人的传奇

我第一次进七百弄是多年前的某个秋日，当时我正兴致勃勃地展开我的红水河之旅。一个强烈的愿望总是牵引着我，要我到七百弄看看。我从小就听说"七百弄""三只羊"，这些地名异常吸引我。它们边远、贫穷，似乎充满某种神秘的孤独感。长大后慢慢知道，这两个地方是举世闻名的大石山区，以贫困、荒凉，不适于人类生存著称。一个在大化县，一个在都安县。第一次进七百弄气候不是很好，到处雾蒙蒙的，可以看见近处的路，但看不清远处的山。云里雾里的我们来到了被称为天下第一峎的甘房峒，在垇顶上我们伫立了好一会儿，隐约可见洼底有几块绿色的耕地，有零星的几间瓦房，有几条蛇一样爬行的小路。遥远而陌生，仿佛一个缥缈的方外世界。看来世外桃源，也不过如此。峒上的风景也十分灵异，远近的峰头时隐时现，盘山公路伸向迷雾深处，宛如见首不见尾的神龙。"车在天上跑，白云脚底生"，总算是领会到了。只不过，是雾，而非云。第一次进七百弄，注定留下很多遗憾。在山路上碰到一群羊，羊群的行进让我体验到七百弄温馨日常的一刻。真实近切的羊群图景驱散了我心中的那一片苍凉。一只老山羊的蓦然回首，让我记住了它那曾经沧海的表情。

第二次有幸进入七百弄是因为参加"文化名人大化行"采风活动，同行者是一群来自各地的作家朋友。其中有我非常敬佩的作家。他们的到来，让我深感这样的行程弥足珍贵。这次天气很好，空气澄澈透明，我们一同登上了一座山，这座山我叫不出名字来，只知道它是七百弄数千座山峰之一，是比较高峻的一座。山道上铺设有石阶，拾级可至山顶。在山之巅，可以眺望千山万弄的景致。彼时阳光灿烂，景和春明。七百弄向我展示了它的苍翠、纵深和磅礴。因为阳光照射的缘故，那些山峰有阴有阳，阴阳相间，一切更显得神秘、旷远。置身这样的环境，不感叹人生之微渺，人世之须臾，宇宙之无穷，简直不太可能。直叹老天钟情于斯，把如此神异的景观暗藏于此。世之奇观，的确是在险远处，而人之罕至焉。

车子绕着山腰行进，我看到一块向阳的坡地，种着青葱的作物。瑶族人民因地制宜，不会放弃大石山中任何一块生长希望的泥土。现在只看到农作物，只看到阳光，看不到他们的身影。他们的家，在深深的弄底，披一缕朝霞出发，要踢落多少露珠，才能到达这片坡地？这一块向阳的坡地，是他们一世的荣华、枯寂和希冀，是他们生命所能达到的高度。

七百弄，花开花落，云起云飞。我经历过你云遮雾罩的时刻，心情染上几许莫名的忧郁。现在，让我触摸到你的和煦明媚，日光朗照，峰峦叠翠，我一下子有点昏眩，不能适应。阳光、石头和芳草的滋味杂糅，这可能就是七百弄最纯正的味道。

这是怎样的叙事？一座座山峰默默无语。没有丛林大树，只有芳草，连天的芳草。山的线条简洁圆融，山的气息浓烈浑茫。每一座山，仿佛都蕴含了饱满的地气。它们的叙述庞大、雄阔、深远，在细节上，也决不马虎。弄场，洼地，不过是一个个逗号和顿号，有时也出现句号和问号，那一定是比较幽深的弄场和比较狭长的洼地。这庞大而幽微的自然体系默默滋养着一个顽强的民族。在众多的洼地中，点缀着324个古朴的村寨，难以想象地生活着瑶族的一个大支系——布努瑶族。他们在洼地中创造和继承了他们灿烂的文化。他们用鼓声、笑声和酒来驱散大石山旷古浩荡的寂寞。在群山万弄之中穿透力最强的是鼓声，所以，布努瑶喜欢敲响铿锵的铜鼓，还喜欢唤醒惊雷阵阵的牛皮鼓。笑声可以融化人心的隔阂，可以让情感的荒地长满温馨的花朵，所以，布努瑶喜欢大笑。而在生命中穿透力最强的元素是酒，是粮食的魂和液态的火。酒，一碗一碗的酒，激荡起生命燃烧的激情，照亮了映现在山道上沧桑凝重的面庞，也照亮了回家的路。无论山路有多遥远，有多弯曲，有多漆黑，有一首歌，一壶酒，就有光明。随手就可以把天上的星星和月亮摘下，做成灯盏，而不用期待那只萤火。

他们自酿美酒，唱着独特的"笑酒歌"，在酒席上边说边唱边喝。笑酒，是瑶族独特的说唱娱乐活动。笑酒有一定的规则和形式，比如，八人同桌，可编为四对笑酒对手。活动分三个阶段，一是双方相互称赞；二是共同评论时事；三是互相批评，带有鼓

励性和鞭策性，起到遏恶扬善的作用。人生的智慧、箴言、哲理、规约，正是通过"笑酒"这种古老的形式得以传承。适量的酒，可以唤醒勇气和豪情，可以让怯懦变得刚强，让犹豫变得坚定，让紧张变得放松。发生在这种情境下的善意规劝，最易让人接受，回观自心。"笑酒"之后，总是会有人获得有益的教育，痛改前非，重新树立正确的人生观。布努瑶把酒这种元素纳入社会良好秩序的建立之中，一方面是他们率真的天性使然，另一方面，体现了他们高超的智慧。因此，布努瑶的"笑酒"生生不息，代代传承。一个"笑"字，可以让这个奇异的民族傲立于万山之上，千崒之间，不畏惧一切坑坑洼洼，一切沟沟坎坎，一切黑雨、迷雾和阴霾。

酒，拉近了友谊，促进了和谐，映红了彼此赤诚的心。我想，这应当是当初发明酒的人最美妙的初衷。笑酒千岗上，狂欢万弄间。我渐渐读懂了一个民族行走在山道上的坚强身影，体会了他们超然物外的人生境界。“酒酣胸胆尚开张，鬓微霜，又何妨？”“五花马，千金裘，呼儿将出换美酒，与尔同销万古愁。”“酒债寻常行处有，人生七十古来稀。”天真烂漫的汉家酒文化传统，如今渐渐被现代文明挤压，改造，早已变得世俗化和庸俗化了。而在遥远的七百弄，深山弄场里的布努瑶山民，用他们“不知今夕何夕”的气度捍卫了最纯净的饮酒传统。

在七百弄乡政府，我们看到了一场精彩的布努瑶铜鼓舞表演。姑娘小伙子们，围着铜鼓，跳起欢快激越的舞蹈，看惯了舞台表演的我们，仿佛找到了迷失多年的一种旋律和节奏。那似乎是不能随意丢弃的生命激情。舞蹈很有特色，其中有边舞边编竹帽的，有打着牛皮大鼓，腾跃环绕控制节奏的。特别有意味的是，打铜鼓的是两个布努瑶老妪，她们神色端严，脸上是大山一般的肃穆，而眼帘低垂，仿佛是在做一件庄重的事情。她们拿着鼓槌密集地敲击铜鼓，身体纹丝不动，面部表情无悲无喜。草自枯，花自零。白云和蓝天，也要感叹这样的静默和孤绝，似乎只有如此，铜鼓的节奏才是准确而无丝毫差错的。原来，内心激越的力量通过寂静的外表也可以得到彻底的表达。这是布努瑶给我的强烈启示。她们如此专注于她们所做的事情，我认为这是对铜鼓圣物的高度敬重的行为。作为一个民族的重器，铜鼓的重要地位是不能轻易被取代的，对待铜鼓就要像对待神灵一样虔诚。布努瑶的重要节日，比如祝著节，拿出铜鼓的时候都要进行祭鼓仪式。快乐的笑声、雄浑的皮鼓声、清越的铜鼓声交集着，回荡在遥远而神秘的山峷里。他们就是这样活着，过着敬畏神灵和天地的自在生活，从不怨天尤人。这种清贫中自足自乐的文化十分令人感动。我们现在已经很难用"落后"这样的词语来粗暴描述，因为，物质的富裕并不意味着我们已经解决了内心的贫困，有时恰好是掩盖了真正的不幸。我们疯狂地去攫取，却是以牺牲人性最基本的悠闲作为代价，我们已经找不回最初的那口汩汩流淌的清泉。

七百弄，我们不知道它的太多历史，我们也不可能走遍它神秘幽深的山山峷峷。亿万年前的地壳运动，离我们太遥远，似乎也没有太多的历史事件会在这里演绎。我们只知道，发生在1904年清光绪年间的改土归流运动，成立了七百弄团总局，下设七个村团，每村辖一百多个弄，故而有七百弄的说法和名称。我们找不到惊心动魄的历史传奇，瑶王的故事也早已缥缈，被风吹散，但是，布努瑶人在其间的艰难而快乐的生存、绵延，本身就是一部荡气回肠的史诗传奇。有什么样的传奇能比得上生命本身的传奇？有什么样的传奇能比得上生命顽强抗争，从不言退，端起一碗酒，就在寂寞中歌唱，在荒凉中大笑的传奇？

夜访铁城[一]

早晨起床就看见床底那双皮鞋。平日里,它们乌黑发亮,而眼下,乌乌的鞋面蒙着一层白白的尘土。我微微一笑,心想,这一定是昨晚的月色。

皮鞋如舟,载我在月光里漫游。陪伴我的,是同样酷爱夜游的一位朋友。这位朋友是个画家,身材瘦小,但腰杆挺直。浓密的大胡子怎么也掩盖不了他那特有的悲天悯人的神情。他双手交互抱在胸前,像古人一样走在月光下。不用说,他的影子更加瘦小,更加单薄,像一片微风就能撼动的草叶。在无人的郊野,这样的影子,我们的影子,是微不足道的。

出城朝东已过北山,下了一个坡,上了一个坡,青鸟山就到了。夜里没有鸟语,偶尔有,也不过是鸟儿梦中所言。青鸟山下累累的坟冢在月色中更显幽深。那一片住占坟场的相思树正在进行隔

---

① 铁城在广西宜州。南宋末年,宜州守将云拱奉朝廷之命修筑,城依山而建,襟江带河。

世的相思，白天看上去尚且阴风暗雨，夜晚自不必说，更何况月色又给它们镀上了一层薄薄的、粉碎性的迷茫。沿青鸟山南麓傍江而行，一路可见山高月小之佳境，只可惜，秋水盈盈，分明是水未落而石未出。

我们都说，月色真好。叹息这空旷的月夜，这无垠的荒野，只我们两个闲人。这不是九百年前东坡先生的叹息吗？这里霜露未降，木叶未脱，但人影在地，敢说与东坡先生漫游之夜无异。想想作为人，胸中若少了半亩月色，一锄溪涧，少了这起伏连绵的山山岭岭，该是多么的乏味和沮丧。而心中泯灭了大自然的野趣和生机，又何来人间的温情与眷恋？

在月光照射不到的山之隅我们驻足良久，看月光在别处的冈峦跳荡。

不过二三里，木棉村到了。村头竹荫筛月影，影影绰绰。关于木棉村，前人有诗云："且向木棉村外望，寒鸦已逐牧牛归。"寒鸦早已归巢，牧牛也早已在栅栏里反刍它们艰难而悠闲的岁月。村中传来一阵扑扑声，像是谁在捣衣。我的朋友应声吟起唐诗："长安一片月，万户捣衣声。"此言既出，我心竟渐渐生出些悲凉来。征人远戍，万户捣衣，万妇心碎，何其凄恻。远古的月光中那一幕幕场景徐徐游荡而来……"可怜无定河边骨，犹是深闺梦里人。"

过了木棉村，即往村边山坳攀缘而上。坳那边就是铁城。宋人依山势之险筑城而戍，以抵御蒙古人的入侵。峭壁森列如铁，因而呼之铁城。当年的细柳营至今湮没无迹，依稀可辨的无非是几道荒草为伴的残垣。东西峭壁间两块硕大的摩崖石刻默默相对，一任山鹰拍击、青苔攀附，千百年来无声无息地向后来者诉说铁城营建时的声势和荣耀。沿着今人凿通的捷径，我们默然进入铁城领地。一前一后，前言后语，声音如同古人。站在坳顶，就像站在铁城的肩膀上。青山如壁如围，月光用灵巧的手笔绘出它们旷古凄清的轮廓。曾经在白天偃卧过的松树林在坳底隐约可见，只是微弱的松涛无力浮到我们所置身的高度。最清晰可见的是那一泓若有光色的池塘，塘边游走着一盏时暗时明的渔火。对山住有一两户人家，相隔一里许。一只狗仍然嗅到异味，知有不速之客夜访铁城，狗吠声在对面山脚黑黝黝的竹林间炸响，然后朝我们直逼而来。竹林里有一盏不易觉察的煤油灯，像是那只狗昏黄的眼睛。月光不再是恬静的了，而是充满动物性的骚动。狗吠声毫无忌惮地穿破寂静的夜空，惊动了千年的铁城。声音在四周的峭壁间回荡，竟携带少许金戈铁马的况味。这畜生，一定通幽冥，懂历史，谙知人情世故，不然，何以爆裂出如此悲怆荒凉的声响？

我深切地感觉到它才是铁城穿越时空的主人——是它主宰着千年的寂寞，是它用嗅觉守护着铁城的宁静，是它用沸腾的野性控制着山中的格局。

狗吠声最终还是渐渐平息了。也许是它终于嗅出我们不会有大的举动，再叫也是枉费心机，于是就不叫了。我们在一块剖开的岩石前站着，被那种耀眼的光泽吸引了。我的手指忍不住伸进那束光里，却抚摸到一种坚硬的东西。这寂寥的冰岩，风骨棱棱，它不仅仅承担月色，传递月讯，它本身似乎也在透出那种可与宇宙对视的光芒。想当初它一副风雨沧桑的面孔，被灰暗的败叶薜迹掩埋，有谁知道它有着如许坦白纯粹的襟怀。

我们沿着来路退出铁城，身后传来几声空旷的狗吠。那苍凉的送客的音响在身后的绝壁间雷霆般颤动、荡漾，带着铁器般的和声。

在归途略为黯淡的月色中，我们无言地走着，仿佛各有心事。铁器在铁城里永远消散了吗？戍守铁城的士卒，是否都平安地回到了他们的故乡，并在途中折断他们的刀戟？回不了故乡的士卒啊，是否枕着闪亮的刀枪长眠在青山之麓，任尘掩颜容，风蚀骨骼？当兵器腐朽成一堆斑驳的锈迹时，他们最后的遗骨闪发出最后一道寒光。没有人知道，也不会有人理会，那寒光，是不是深闺梦里的最后一线希望。那寒光，至今仍流淌在月色里，沉淀在岩石内，涌动在这个季节不再出没的萤火虫的躯体中……

灵渠梦寻

第一次到灵渠是1990年。那个时候，少年的心境如同一碗清清的酒，热烈却很澄澈。我跟我的同学韦学宁沿着渠边走，途中有人以马作道具经营照相生意，我动作快，爬上马旋即照了一张。韦同学走近那马时，却被那马扬蹄踢了一脚，他单脚跳动很久才停得下来，实在是很疼。他再也不敢走近那马了，后来还是在我的帮助下骑上了马，可想而知，照片晒出来后，他那一副心有余悸的垂头模样。我们沿着堤岸一直走到大小天平，看到鱼鳞石，看到哗哗流动的河水。看到河滩总是会很激动，何况这个地方是灵渠标志性的景区。心里充满对古运河神秘气息的向往，对什么都好奇，对什么都感到神圣，就像对待爱情一样，最纯洁的向往往往出现在知之不多的情况下，懂得太多，又是另外一种感觉了。那个时候我对灵渠知之甚少，只是缘于一种初恋般的激动陶醉着。

去灵渠之前我们在桂林城内拜会过当时在广西师范大学出版社文史编辑室做主任的龙子仲老师。子仲老师说，要对灵渠有所了解，需要住上一周，要感受到它的历史韵味，需要住上一个月。我那时还无法理解他的话，我是很多年之后才渐渐明白的，我们认识一个人，一个地方，需要时间。那种与物的对话，与历史的交流，与古人心灵的异代共鸣和契合，我当时远没有体验和认识到这个层面。光凭印象得到的东西，往往是肤浅的、表面的，就像很多名人游记一样，把那些照搬来的历史素材、历史故事剔除之后，几乎就不剩下什么了。发几声司空见惯的感慨，千篇一律，那是不能算作文学的。没有穿越一个地方的夜晚，你不会听到那个地方的潺潺流水。

等我体会到子仲老师的话之后，也就很自然地了解了他。他正是这样的一个人，会在一个地方默默地住下来，不惊动任何人。他一个人会沿着河边走，会沿着一段古城墙的墙根走，会沿着一条开满杜鹃花的山路走，会在一个不知名的小店点上一道菜，叫上二两酒，就是这样，去认识和感受一个地方。而不是随便翻翻旅游手册，记住几个热闹景点的名字。没有人比他更重视进入现场，从历史陈迹间俯仰今古，寻找对话的可能，提取有益于精神的元素，沉潜冥思，如梦如幻，沉浸在真正意义的交流之中。听说子仲老师每年都要到灵渠住上一段时间，早晨和黄昏跟友人一道，沿着堤岸漫步，听潺潺流水，察看陡门遗迹，打量湘江故道，听风看月沉吟久，说不定真的就找到一段在风中消逝了很久的古韵。这才是有品质的生活。懂历史，又不被历史的沉重感压得步履维艰，始终保持单纯的生活，以赤子之心处世，可能就是子仲老师对我最大的启发。我记得那次子仲老师还说，桂林最有历史韵味的地方就是兴安灵渠了，一个文史编辑的判断，通常是有其依据的。

多年以后，我承认了这一说法。桂林我也走过好几个地方了，那些地方不可能找到灵渠那种荡气回肠的古韵。所以前些年我听友人楚人说兴安在开发水街，我真是有点担心会削弱那条古老运河的历史况味。历史的滋味不是造出来的，历史的滋味是沉淀出来的，需要时间，岁月，日光月光，风风雨雨，像流水一样淘洗，锤磨。你看，那长长的堤岸，绵延的石基，青青的水草，都在告诉我，有一种叫历史的东西在延续，这些水从盘古时代流到现在，有过浊浪排空，有过霜冰寒凝，但是，它始终会安静下来，生动起来，清澈，宁静，才是它的常态。只有在常态之中，才能准确地映照出月亮和星星，才能使夏天的萤火虫不会迷失方向。它们的灯盏，小是小，却是与星星月亮一样，也是从远古时代一路映照过来的。

在大小天平第一次看到那些水边的树时，我在心里发出惊叹！这不是古画里的树吗？这不是古意盎然的梦吗？这样的梦境，我曾在许多古画册页里读到过，在许多古书的插图里、在瓷器上读到过，还曾经拿来与我家乡的树比照，但存在的差异太大，因而我曾怀疑古人的画不真实，古人在画树时已经做了抽象化的处理，是完全写意的，并不是生活中真实的树。真实的树臃肿、肥硕，树干粗壮，枝叶没来由的葱茏，根本就不可能是那种古画里疏朗有致、轻烟微月的韵味。我一到灵渠就看到了古画里的树，一下子改变了对树的单一的认识。我的故乡经验对我的影响太大，不仅仅是树，可能还有很多东西，都在潜意识里影响我对事物的判断。

站在秦堤上看湘江故道，我看到湘江边也是这样的树。湘江边的树，早就走进古画的册页里，也走进中国文化的血脉里。后来我知道，走进中国文化的不仅仅是那些沐浴过秦时雨汉时风、映过唐时霞、照过宋时月的湘江的树。"一派湘水，万重楚山。"不尽的湘江传奇，神鸦社鼓，湘江的斑竹泪行，娥皇女英二妃的悲剧意绪几乎渗透到中国文化血脉的深处。这是关于寻找，关于忠贞，关于爱情，关于痛苦的命题。传说舜帝至南方巡视，死于苍梧，二妃往寻，泪染斑竹，后"溺于湘江，神游洞庭之渊，出入潇湘之浦"。

潇湘二妃的悲剧意绪，对中国古代文化人的灵魂塑造无疑是发挥了作用的。在我的阅读视野内，屈原写有《湘君》《湘夫人》，咏叹斯人。曹植凄婉的《洛神赋》提到湘妃，李白的《远别离》这样说："古有皇英之二女，乃在洞庭之南，潇湘之浦。海水直下万里深，谁人不言此离苦。"寄寓了心中怀才不遇的无限苦楚。"日惨惨兮云冥冥，猩猩啼烟兮鬼啸雨。"这样的情境足以让人泪下。"帝子泣兮绿云间，随风波兮去无还。恸哭兮远望，见苍梧之深山。苍梧山崩湘水绝，竹上之泪乃可灭。"那一场古老的痛哭，同时包含了旷古的坚贞，对中国这块土地的影响何其深远！杜甫也有深深的潇湘情结，在同一首诗中，他两度呈示他的想象，都跟湘江有关。而那个时候，他还远在西北，远没有到走近南方湘水的时候。诗里说："得非玄圃裂，无乃潇湘翻。"又说："不见湘妃鼓瑟时，至今斑竹临江活。"最后，诗人用事实证明，他与湘江有太深的因缘。他乞食天涯，颠沛流离，历尽艰难险阻，生命中的最后一星膏油在湘江燃尽。在洞庭湖的舟中，他伏枕写下最后一首诗，并且，是一首结构谨严、震古烁今的长诗。中国一流的诗人笔底都蘸着湘江的水，君山的泪。这让我产生这样的念头：湘江，是一条牵系中国文人心灵的河流。它像一条神奇的命运的魔杖，这些伟大的诗人无一例外会去触碰它，会被它的光芒照耀，会被它的魔力慑服。潇湘二妃，是他们心中的悲剧女神，是不竭的诗意和无尽的精神动力。

这条河流还绵延着一脉仙道文化。传说八仙中的韩湘子就是在湘江源头的高山上修行成仙得道，在山上修行时他还是鹤鸟之形，因为叫声悲切震动山野，那座山被称为鸣鹤山。鹤鸟单脚站立，不睡不眠，精进修行，感动了上天，派嫦娥、吕祖、钟离点拨，后获得飞升。

如果说湘江在一定程度上塑造了中国文人的精神结构和精神气质，那么，影响了中国命运的，是灵渠。

史禄凿通灵渠，翠绿的江水在白色的山石上流淌。那些石破天惊的开山凿石声叮叮当当，有如虎吼雷鸣，那一阵阵蒸腾的烟火明明灭灭，像闪电。鸟兽奔走，山鬼惶恐。一群神情肃穆的汉子仿佛天神派来的五丁，以气吞山河的豪气，发出了"人力以补天地缺"的呐喊，那声音，江水忘记了，但幽谷的山风记得。峭壁遇到雷雨之夜，会现出一幕幕远古的图景，徐徐游动，声音从岩石深处渐渐呼啸而出……

自从史禄迈出这一步，两个水系，长江水系和珠江水系就紧紧握手了，血脉相连了。中国成为一个统一的整体。为了维护这样的整体，许多闪光的名字走近了这条古老的运河。他们用他们的智慧一次又一次刷新了古河的青春容颜，为古河理清水草般的乱发。他们的命运从此便与这条运河连在一起，一生一世，再也离不开灵渠夜夜鸣唱的流水。铧嘴的惊涛，纤夫的号子，陡军的斧斤，河堤的黑衣神庙，飞来石的月色，都一一出现在梦里，成为他们一生的思念。

这是史禄的灵渠，是他让历史获得丰厚的俸禄。这是马援的灵渠，伏波二字决定了他要与流水周旋并获得胜利。这是李渤的灵渠，他的名字里就蕴含了滩声水起。这是鱼孟威、李师中、严震直、陈元龙的灵渠，这是查礼的灵渠，许许多多人的灵渠。他们的命运与这条维系家国命脉的古渠紧紧相连。他们骨子里流淌着清澈的水声，这是灵渠赋予的。三十道陡门，凝聚了多少心血和才智，犁破惊涛骇浪的铧嘴，一下子就让江流减却淫威，三七分派，这是何等的大手笔！

这也难怪，工花鸟画的北方人查礼离开此地三十八年后，他的儿子查淳来了。查淳曾任桂林知府，在铧嘴上为了完成其父的夙愿，写下了"湘漓分派"四个大字，并镌之于石。月光下，想必查礼的魂魄会归来看一看，听一听他熟悉的涛声，看看四山风色，这里是他寄托梦和理想的地方，系着生生世世的思念。

我第二次游灵渠是与家人同游，忘了是在哪一年了。我的老父亲显然很激动。他那时走路已经不是太方便，但我们还是兴致勃勃游了铧嘴、大小天平、飞来石，沿着灵渠的河堤走了好长一段路，感受那幽古宁静的气息。我给父亲在铧嘴上照了一张照片，他面对着古迹陷入深思。那种神情太寂寞，我不可能忘记。

第三次走进灵渠是去年10月有幸参加"十月诗会"暨兴安采风活动。与诗人朋友们徜徉在兴安城中，古老的石桥边，码头依旧。浣衣、担水、淘米、洗菜，童叟相乐，一切如昨。渠上一种树开出灿烂的花朵，也不知道是什么花，一簇簇，一片片，像云霞那么美丽。经过沧桑的鱼鳞石，我又一次来到铧嘴，一路拍了不少照片。在水流清浅的坝上，我拍下了两个穿深色衣服拿着画夹的学生，他们正在戏水。我想起两句古诗："青青子衿，悠悠我心。"觉得十分贴切。突然，相机对准一个景物的时候我停止了拍照。镜头背后也有突然苍凉的时候。这不是我父亲站立留影的地方吗？他那寂寞的神情又映现出来。我再来到这个地方，渠依旧，水依旧，坝依旧，景物依旧，可我的父亲已经离开我们了。我的神情一下子黯淡下来，像天色突然阴下来一样，没有人知道发生了什么事情。我默默不语。我似乎听到了古代的潺潺流水，在很遥远很遥远的地方响着。一场消黯，永日无言。这个滋味，总算尝到了。后来我们坐上木兰舟，从南陡门进入南渠，经过悠长悠长的一段水程。面对碧绿如酒的灵渠，我一直都没有说话。

或许，不说话的时候，才是真正读懂灵渠的时候。因为水的倾诉，从来都是低语呢喃，只有树能够懂得它，所以，树也无言。

这是一个足以触动人生伤痛和产生无尽怀念的地方。这两三年来，先是我父亲去世了，接着正当壮年的子仲老师也突然谢世。失去父兄的疼痛一度在深夜啃咬着我，像蚕虫吃桑叶一般，不断加深我对人生的理解。子仲于我而言，亦师亦友亦兄，他是第一个向我描述古老灵渠的人,在他的手势和话语中,我知道,灵渠是需要用心灵去解读,用生命去感悟的。灵渠是浩浩乾坤之中一脉幽深幽深的存在。在灵渠寂寞灵动的光影里,在终古潺潺的诉说中,一定暗藏着更深邃的人生奥秘,等待我们去穷尽。

锄云种花到德保

我跟德保是有缘的。

我第一次听到德保这个地名是很多年前在广西诗人刘名涛先生的诗里,他那一首诗,是为两个唐姓青年的婚姻祝福的。男方是罗城人,女方是德保人。我记得诗是这样写的:"三生石上孕双芽,德保罗城并蒂花。"因为这两句诗,我便记住了德保这个地名。同时想象德保的女人一定很美,不然诗人写不出这么美的诗句。

从那以后,我在电视上看过一次德保矮马的报道,画面上有人骑着矮马,他的脚几乎着地,旁边有不少围观的人,场面很快乐。当时我感到很惊奇,世界上居然有这么矮小的马。从此,德保矮马便深深地印在我的记忆中。有些神奇的事物见一次就会永生难忘,而那些没有个性的东西,我们天天面对,却永远不会记住。

一个人一生中是会记住一些地名的,因为这些地名有吸引他的地方,或者说跟他有特殊的因缘。能够由名入实,去立体地感受到它的存在，进入这个地名背后真实的空间，我觉得是一件特别幸运的事情。

在有机会亲临德保之前，我在旧书市场购到一册《儒学南传史》，读得兴致勃勃，因为里边论及的一些历史人物都是我素来关注的，比如黄庭坚、苏东坡，比如柳宗元、王阳明。因为对书感兴趣便开始关注此书的作者，作者是广西德保人，中国社科院的研究员何成轩。我为此便感觉到德保是有文脉的，德保是出文人雅士的。后来跟一个在德保挂职的朋友聊天时说到此事，他告诉我德保现在还有一座书院，有个老人守着，老人也姓何。我顿时对德保就有一种异样的感觉，我感觉那个地方一定有很多幽深的事物是我所不知道的。那个时候，我仍然不知道很快就会有机会到德保看一看。不久之后，我就接到了德保红枫笔会的邀请函。

跟一群作家坐着大巴从南宁往德保，也是一段不算近的路程。可能是因为头天晚上没有休息好，上车不久我就昏昏欲睡，后来真的就睡着了。到德保县城的时候，已经接近黄昏，我被一阵歌声惊醒，在昏沉之中，响彻云霄的山歌让我有一种醍醐灌顶的感觉，仿佛一种不可抗拒的力量叩击着我。我听过不少地方的山歌，但如此热烈而有冲击力的还是头一次，这样的经历，又是让我永远难以忘怀的。德保的山歌音域宽广，悦耳动听，直上云霄。这估计是我听到的最美的壮歌了，尽管我听不懂歌词，但我觉得声音里有着比具体歌词更丰富的东西。那是生命存在的一种状态，是一种酣畅淋漓的生命元素在自由地表达。我一下子就从迷梦中突然惊醒过来，知道自己到德保了，到了一个不同凡响的地方。

心中的那种郁闷，正得以一点点地释放。

　　当天晚上我就知道城内那条河叫鉴水河，而我们就住在临近河水的宾馆。同行的朋友还介绍说，德保县城有云山鉴水，如此古雅的名字让我又一次惊叹德保的神奇。据我所知，德保是壮文化的腹地，是壮族原生态文化保存得最完好的地方之一。在这样的地方，居然有着深厚儒家文化气息的地名，怎不让我惊叹！夜晚跟同行的朋友在鉴水边走走，鉴水静悄悄地流淌，即使是在夜晚，我也能够感受到鉴水的清澈，以及她的娴雅气质。这是一条内蕴丰富、玲珑幽致的河流，记录着这座边境古城的风雨沉沦和桃花翻浪的欢欣。听朋友说，春夏之夜，月明之时，三五成群的德保人，在鉴水两岸让山歌响彻云山，这样的情景，延续了上千年。宾馆里配备有《德保县志》，当晚我就随便翻阅，德保的历史在我眼前慢慢展开。我知道了以前不知道的许多关于德保的事情。这里原来是镇安土府，康熙二年（公元1663年）就改土归流，开始由汉官治理。因为民风淳朴，物产丰富，山川绮丽，令历任汉官惊叹不已，恍恍然如入桃源之境。叹未曾有，怕不再有。从历任汉官留下的诗刻，我们不难读出，德保这个地方不仅让他们领会到为宦的踏实感，也让他们充分展示了艺术才情。世界上还有什么地方，能够让我们立足现实的同时笑傲烟霞，得以保持一颗高蹈的诗心而不被尘俗奚落和嘲弄？能够放飞抑郁的黑鸟，让心儿像雄鹰一般快乐地飞翔？如果有这样的地方，不是世外桃源，又是什么呢？

汉官中我们最熟悉的要数赵翼了。我从小就读过他的诗："李杜诗篇万口传，至今已觉不新鲜。江山代有才人出，各领风骚数百年。"只知道他是一位石破天惊的诗人，其他方面一直知之不多。知道他是史学家是后来我在河池学院做学报编辑的时候，有幸读到学者研究他的史著《二十二史札记》的文章，让我间接地了解到他的史学思想，十分钦佩。这个清代著名的史学家，还是一位杰出的诗歌理论家，有《瓯北诗话》名世。研究古代诗论的人，《瓯北诗话》是绕不开的。此番到德保更让我惊奇的是，赵翼在德保做过官，乾隆年间出任镇安知府。他的著述中关于德保风土和物产的记录还真不少，还写下了不少精彩的诗篇。他对德保壮族歌圩对歌情景的描述引人入胜，至今读来仍然让人浮想联翩。

"一声声带柔情流,轻如游丝向空袅。有时被风忽吹断,曳过前山又袅袅。"他还写了对歌之后最佳的效果:"可怜歌阕脸波横,与郎相约月华皎。"上山去了,去享受心心相悦的多汁的浆果。太守紧接着总结这些歌谣说:"曲调多言红豆思,风光罕赋青梅标。"他感叹着并对儒家文化进行重新思考:"世间真有无碍禅,似入华胥梦缥缈。始知礼法本后起,怀葛之民固未晓。"上古的纯朴、自由和圣洁,他在德保这个地方感受到了。山歌荡涤了他的心灵,让他也变得天真纯洁起来,对一种属于生命本真的状态神往不已并且由衷地讴歌起来,他在诗的末尾十分动情地说:"君不见双双粉蝶作对飞,也无媒妁订萝茑。"高扬生命自由的旗帜,这是一件多么重要的事情,有什么样的文化能够比得上不让生命扭曲的文化?

"仙佛未经吾独往""奇境天留词客赏"。德保是他与天地万物悠然心会的地方,是他生命里最丰沛畅快的一段时光。因此他离开之后很多年,还在一再吟叹,一再怀念。这是一个需要"处处志之"的桃花源,一不小心就会"遂迷,不复得路"。仿佛是一个可遇而不可求的梦境,在现世之中,又不在现世之中。可以想象,在这个诗人晚年疏灯如豆的著述生涯中,德保一定温暖了他的许多个冬夜。因为他的深情厚意,云山鉴水之间依然穿行着他不朽的诗句。鉴水两岸的山歌如期响起,算是与他旷古的诗句做共鸣吧。

第二天,我们游了德保的好几处正在开发的景点。印象最深的还是德保的水,都是那样的清澈。德保的红枫开始红起来了,是那种刚刚发动起来的红,红得有点羞涩,唤起一种初恋般的激情。

到了晚上，大家喝酒正在兴起之时，我又听到山歌响起。原来是德保的小伙子和姑娘们捧着美酒给客人献歌来了。响亮的山歌荡漾在大厅里，对人间的爱和祝福盛况空前。

在热闹的地方待久了，被各种杂乱和尖厉的声音扰得心神不宁，许多声音令我们恐惧和不安。在我们开始不相信许多声音的时候，为什么德保的歌声如此纯净热切，始终保持着不变的情怀？对人的祝福如此明亮和高昂，没有丝毫刻意的匿藏。看来声音跟发声体的纯粹度和宽广度极有关联。听这样的歌声，我们知道德保的心是热的，德保这块土地是温润的。此曲只应天上有，人间难得几回闻。德保的歌里，有云山的朗月，有鉴水的清涟，有一树树红枫的热烈，有粤西古道远去的马蹄声，有矮马行走在弯弯山路上的悠悠岁月……歌里打一个草结，让小鸟知道此路不通。歌里放一根树枝，树枝指向开满五色花的幽径，幽径深处荡漾着歌一般的爱情。

熟悉历史的人都知道，德保的歌路也曾曲折。官府禁过，野火烧过，雷轰过，雨打过，风霜浸过，但德保的歌，像分开的云朵很快就聚合。怎样的刀，也斩不断清风，切不断河水。德保的歌，是自由翱翔的精灵，穿云渡水，响彻天宇。

我想我开始想念德保了。再次到德保的时候，我一定要登上云山之巅眺望德保全景，一定要去独秀峰轻抚一下那些琳琅满目的诗刻，去拥抱一下那棵以石气为生的奇异古榕。一定要去芳山看看，锄几片云朵，栽几棵花树，体验古人"横琴坐远风"的妙境。一定要在鉴水边徜徉再徜徉。听歌不怕月亮落，鉴水清波映我心。

感受赫章

从贵阳到毕节的赫章县，小车跑三四个小时就到了。一路上的景色，似乎没有什么可以特别记录的，但是进入赫章境内，我就感觉到有一种不同凡响的气场。是不是因为夜郎古代文化信息含藏比较密集于此处而产生的一种看不见、摸不着，但是可以感受得到的效应呢？我不能确定。毕竟神秘文化不是我关注的范畴。赫章引起世人关注的，首先是它大量的出土文物，独特的"套头葬"习俗，使人们把它与古代夜郎国重要的"邑聚"联系起来。夜郎国大约起始于战国，灭亡于汉代，存在了三百年，是当时西南地区最大的政治集团，疆域十分广阔。《史记》称其为"西南夷"。由于典籍记录不详，夜郎国的国都在哪里，一直是个揭不开的谜。有贵州说，也有湖南说，毕竟好几个省都在它的辖区内。它的疆域，甚至延伸到东南亚一些国家。我的家乡广西河池市治下的南丹县和天峨县也被认为在战国时期属于夜郎国。

小时候因为一个成语知道有个夜郎国，那个成语就叫"夜郎自大"。成语对文化的传承作用之大，于此可见一斑。一个普通的成语，里面隐藏着一段历史，一个故事，一个国家，甚至一个世界。成语是语言精致的匣子，涂有防水的彩色油漆，由于年代久远，常常被厚厚的灰尘遮盖了它的光华，但它的光彩其实并没有消失，在某个时候，我们用抹布轻轻一抹，它又闪闪发光了。成语对中国文化传承的意义真的不可估量。小时候听说夜郎国的时候，感觉夜郎国离我十分遥远，而且远得有十万八千里。长大后读了地方史志，才发现原来夜郎国就在身边，离我们十分近切。可能一切成语离我们都不算遥远，都存在于我们伸手所及的地方，不论是地理意义的成语，历史故事的成语，生物学意义的成语，还是关乎人生意义的成语。比如亡羊补牢，我们每个人都有"亡羊"的经历。又比如叶公好龙，我们每个人身上都摆脱不了叶公的影子。再比如杯弓蛇影，我们可以用这个成语嘲弄别人，其实经历了一番世事之后，我们发现，这个成语最应该用来嘲弄的不是别人，而是自己。我们常常会身不由己地活在杯弓蛇影的现实中，情不自禁地疑神疑鬼，有谁能够彻底超脱吗？要有，恐怕只有佛和菩萨了。夜郎国一直住在我们身上，随时感同身受，在我们自己的感觉中滋滋生长。

现在我知道夜郎的原意是"耶朗"，原始意义是吟诵的意思，大家聚在一起吟诵些什么，有可能是一些共同遵循的盟约，有了共同遵循的盟约，意味着古代各部落、各政治集团结盟开始，也就意味着国家的诞生。我更愿意理解为我们每个人都需要吟诵，夜晚的虫子都需要吟个不停，何况我们人类？诗歌和音乐，大概都是为了让人类学会吟诵，在现实中学会超越。这是夜郎给我的另外一种启示，意想不到的启示。关于夜郎国，我还从李白的诗句中读到"我寄愁心与明月，随君直到夜郎西"。这些是题外话了，让我们回到赫章这个地方，回到我初入赫章的感觉中来。

一进入赫章境内，油然而生的是一种"江山到此不平庸"的感觉。那些山岭气象比较大，山谷好像也特别的幽深。在去往韭菜坪的路上，慢慢地感觉进入了佳境，这是我没有经历过的一种感觉。山岭特别的高，阳光特别的灿烂，白云特别的洁白，后来就看到了站在高高的山岭上的用来发电的风车，它们像巨人一样站在高高的山岭上，挥动着手臂，似乎在邀请英勇的斗士堂吉诃德与之战斗。

我们费了好大一番劲才找到韭菜坪。因为我和鲁院同学世宾的行程比采风队伍晚了一个节拍，所以没能跟随大部队一起出发，同登韭菜坪。在行车路上我就从采风微信群里看到了他们拍摄的图片，看到了大片大片的韭菜花，以及山下九弯十八拐的山路，心情十分激动，以为自己很快就能够置身斯境，想着想着，竟然沉浸在美妙的幻想之中。后来的事实证明，慢半拍就是慢半拍，错过了就是错过了，补不回来。要赶上别人的步伐，就必须有所省略。我们只赶得上跟采风队伍一起吃中午饭。当我们赶到韭菜坪岭下的时候，韭菜坪的活动项目显然已经接近尾声，采风的队伍准备下山了。高高的山上有缆车的车道，但是看不到云中天上的紫色的韭菜花海。我只能眺望，但是目光所及，期待的东西踪影全无，只能留下遗憾了。这个景点非常热闹，山脚下已成街市。有卖烤红薯、烤玉米的，卖向日葵的，我用手机不断拍摄一些镜头，记录下瑰丽灿烂的韭菜坪下沸腾的人间烟火。理想与现实，天空与大地，在这里呈现。我似乎是想补偿一下无法亲临韭菜坪的心理缺失。山脚下那些烤得焦焦的红薯、玉米，向我传达了生活在这块土地上的人们的质朴。他们中的有些人可能并不知道韭菜坪的美学意义，他们也无法描述天地间的这一份壮美，但是他们生于斯，长于斯，他们对这块土地的感情不是建立在欣赏之上，而是连成一体的枯荣悲欣。土地和阳光的产品在他们手里出售，换得一家的柴米油盐。游客看美景，而他们看到的是生活。

我知道，有些错过，是会遗憾一生的。

从正万同学的歉意，我意识到韭菜坪的神奇。当然，这不能

怪他，这是我们自己的问题。离开赫章之后的很长一段时间，我的内心都被这次的"缺失"深深灼痛。我只能从大量的图片，从网络视频、MV，一次次走进那个错失的花国，沉醉在想象中的世界，无法自拔！满山紫色的花海、高天白云、起伏的群山、茫茫的草原交相辉映，相互经亘出没，纵横交错，美得无以复加！

永久的遗憾造成永久的思念。得不到的总是最美的。

置身满山满岭的韭菜花丛，那是怎样的感受？

到后来，成了煎熬。

错过的美人，会让人思念成疾。相思之苦，有口难言，无人能懂。只能埋怨自己的修行不够，福报尚浅。

在深夜，一首《阿西里西》听了无数遍。除了音乐，我迷醉于其中的画面，那是我走遍千山万水，苦苦寻觅，已到旁边，却又擦身而过的画面。韭菜坪的倩影在高高的山顶上，在群山之间，那是奔涌不息的大地的激情，唤醒了我心中沉睡已久的紫色花海。少年时候为一枝紫色的野草花写下近百行长诗，可惜心事无人知晓。现在想来，那枝紫色花显得太孤单，太忧郁，太无足轻重。捧出一枝紫色花是那么的苍白无力，要是捧出一片无边无际的紫色花海，那才叫气势磅礴！

"剪翎送笼中，使看百鸟翔。"那花海在云中横亘，仿佛群鸟在高空飞翔，壮美的景象，激起一个无法企及者的无限伤感。

努力朝高处望，近在咫尺，却又远在天涯。

还好，我们加入采风队伍之后，在海拔两千多米的阿西里西草原上，观赏了赫章苗族西迁葬笙曲乐舞表演，暂时淡忘了错失花海的那份难受。

草原上没有遮风挡雨的地方，漫天的草，远处连绵的群山，心中会响起这么一首歌——《父亲的草原母亲的河》。而在我们站立的地方，是一块踏上去软绵绵的草坡，草坡上随处可见无名的小小的花朵。表演就是在这片草坡上进行的。我看到一队穿白色袍子的苗族同胞围着一只硕大的木鼓吹奏芦笙，悠扬的乐声响遏行云。木鼓首先吸引了我的注意力，这显然是一件非常庄重的道具。风很大，呼呼地吹着，而我只穿一件短袖衬衣，薄薄的，这个季节应付山下的气候绰绰有余，但到了这么高的山上显然不合时宜了。我被风吹得瑟瑟发抖。海拔两千多米的草原上，气温本就比平地低了好几度，加上呼呼的风，平添了几分凛冽。

这风强劲而有厚度，似乎收藏有许多信息，记录着高山流云的传奇，草原的记忆，一代又一代人的故事。风里那无尽的诉说，让我不由得相信风里面或许真的藏着别样的世界。西藏的活佛麦彭仁波切曾经说过，他的著作收藏在风里，到很多年之后才会有人从风中取出来弘扬。如此说来，那看不见的风里的世界一定有着不一样的丘壑、洞窟、林谷，有着另外的崇山峻岭，白云烟霞，有着不同的平原和河流，只是我们肉眼凡胎看不到。据说法王晋美彭措凭借他的修为，可以看到风中出现的文字。那是上一辈高僧大德藏在风中的伏藏，等候时节因缘到来，专门为得道的修行人示现。这么说来，我们看不见的风，有着另外的、不为我们所知的、不可思议的世界。我们只能感觉到被风吹彻，感到一阵阵的寒冷。但是当表演开始的时候，我忘记了身上的寒冷，我被那身着庄严肃穆的缟素的舞者深深地撼动了。他们弯着腰，几乎是匍匐前行，像视力不好的人在摸索着寻找道路。芦笙距离地面很近很近，他们左右摇摆的动作透出一种罕见的虔诚，乐声起伏而悠扬。其中有两个舞者没有拿芦笙，一个长者模样的吹着牛角号引路，牛角弯弯曲曲，他手上还拿着道士用的拂尘，另一个双手拿着一对鼓槌紧跟其后。鼓手走近高高架起的木鼓开始敲打。首先传出的是清脆的木头的声音，并不是皮鼓的声音。木鼓的两头蒙着牛皮，但鼓者似乎不怎么敲击皮鼓面。通常情况下，皮鼓的振动对空气有异样的作用，容易产生共鸣，共鸣声的激荡力和穿透力会把皮鼓的声音传得很远，在近处反而听得不真切。近处木声清越。假如有铙钹之类与皮鼓齐奏，在近处震撼人的肯定是铙钹，而不是皮鼓，但是鼓声却可以传得很远。我疑心作品的传播可能也如此，有些作品在近处被人忽视，但却可以传到远处，而有些作品，在近处影响很大，但传不到远处。并不是靠声音大和响亮，要靠内在的一些隐秘的振动和旋律。能够作用于空气中细微的分子，方能传递到遥远。皮鼓的皮来自曾经的生命，有过生命的热度，是不是它的声音传得远，也跟这个有关系？

鼓槌敲击木头的声音是现场最近切的声音。在这种低昂的，贴近地面的，带着某种低低的倾诉的舞蹈中，木鼓的声音冷不点丁，节奏感强，配合那样的疾风尤其苍凉惊心，似乎是更加冷峻的一种语言。我见过许多朝天吹奏的表演，像这样朝向大地，倾听土地的芦笙吹奏还是第一次见到。贴近地面，亲近土地，在这里不是标榜，不是口号，而是实情。这当然与这个民族的历史有关，与他们的葬礼仪式有关,与他们的情感表达有关。我还无法洞悉葬笙曲中更多的信息,只是感觉到这个民族的古老,以及他们对生与死的敬畏。他们在漂泊中寻找、召唤,用音乐倾诉内心激越、高亢或者低沉的语言,低沉而不消沉。风很大,吹得那些草颤巍巍地晃动。他们的舞步简单而深沉,并没有什么太夸张的动作,只是一种配合声音的行动。在场的人,都静了下来,被这充满仪式感的舞蹈折服了,勾起许多遥远的想象,沉浸在一些似曾相识的古老场景中。因为被雄浑的舞蹈吸引着,拍照的声音从未稍停,大家都争相记录下宝贵的民族记忆。看舞台表演多了,多数时候已经没有感觉。而在这广袤深邃的阿西里西大草原上看表演,让人感觉到莫名的兴奋。远处起伏的群山和翻卷的白云做幕布,草地做舞台,在草叶的掩映中,一群寂寞的舞者,正在吹奏与生死、命运有关的曲子。这种场合的表演,是对真实生活的还原,呈现一种原始质朴的力量。

那天,阿西里西草原的风里,一定又多贮藏了一条声音的溪流,一队缓缓行进的仿佛漂泊的身影。

当天下午我们还在赫章的另外一个地方观看了苗族大迁徙舞表演,表演是在阳光灿烂的草地上进行的。天特别的蓝,云特别的白。舞蹈记录了迁徙过程的各种记忆,包括打鸟、渡河、战争等,很有生活原味,能够感受到他们的勇敢、协作、快乐和悲伤。这样的舞蹈也很难见到。我们的舞台演出,早已从生活中抽离,并且离得太远,远得几乎忘记了来路。草地上的那场表演给我印象很深的还有现场的那两只小羊。在舞蹈开始前它们是那么的温驯，我还跟其中一只小羊合了影，用手抚摸它的头，它非常友好。奇怪的是，表演一开始，左边那只羊便发出凄厉的叫声，叫得人心里发毛。右边那只，原本在静静吃草，这下也不安了，无心吃草，它非常不安地来回走动。一会儿走近舞蹈的人群，一会儿离开，眼睛始终警觉地张望着什么。幸好有一条绳子系着它的头，要不然，说不定它会突然奔突，做出什么意想不到的事情来。

这两只羔羊怎么了？它们看到了什么？是什么唤醒了它们如此不安的记忆。动物的不安和人类的不安一样，都是如此让人不安，让人迷惑不解。狂躁不安不仅仅是人类的专利，动物受到了什么刺激也一样。不安的事物总是会激起更多的不安，迷乱的事物也会激发起更多的迷乱。两只小羊是看到了我们肉眼看不到的东西吗？或者是舞蹈中什么情节刺激了它们？我想，最大的可能性应该是芦笙吹奏的声音。这欢乐和悲伤的声音一旦响起，是否意味着一场"烹羊宰牛"的行动即将开始？丝竹之声，意想不到地蕴含着令周遭世界如此不安的信息。而这样的信息，早就储存在它们的血液基因记忆里。这不安的羊没有任何资料介绍过。表演即将结束时，我又仔细观察了那两只小羊，它们变得冷静多了，不再慌乱走动和发出凄厉鸣叫，显然，它们已经嗅出了人群的友善。它们之前的表现多少有点防卫过当，其实没有必要反应如此激烈。但我们不是羊，我们无法理解它们。

用一根琴弦征服世界

在防城港,我们有幸聆听到广西京族独弦琴世家第七代传人何绍老师给我们演奏曲子。他容貌清癯,气质娴雅,一看就知道得益于艺术的长久熏染。他身着深色衣裳,在颇有些幽暗的舞台上显然有点藏身的味道,他这样做可能是为了突出音乐。那唯一的一根弦开始拨响的时候,悠扬、酣畅却始终有点抑制的声音不绝如缕,一下子打动了所有的人。那声音使人想到大海深处潜藏着的某种幽幽心事,想到雷电交加的暴雨之下,依然在海面上飞翔的海鸟以及海鸟的叫声,叫声里有一股子不容易被震慑的天然韵律。

他左手操控摇杆,右手拨弦,两只手灵活得就像山林里一对互相倾诉的鹧鸪,又像是青草丛中一双嬉戏追逐的野兔。这是手在时光中的舞蹈。渐渐地,我又看到,他似乎是在一条流淌着的河流上写字和勾画,信心十足而又漫不经心。真是一双出色的手!这简单的事物能发出如许天籁之音,离不开双手灵巧的创造。手的灵巧来自心灵的明亮。手的舞蹈，其实就是心灵的舞蹈。心灵幻化成动人的姿势，才会唤醒那些沉睡在宇宙内部，激荡在碧海深处的声音。那些波浪与礁石的情话，那些月光下绵延如沙的心曲，统统被收藏在独弦琴的琴身里，等待唤醒。看看京族人弹奏独弦琴的技巧：揉弦、推、拉、拉揉、推揉、打、撞、摇、颤音、滑音等。这些字中，带提手旁的有七个字，可见，手在演奏独弦琴时的重要意义。简单的手，同样可以变幻得多姿多彩。手具有无穷的创造性。手的无限妙用不断创造神奇！

照相机的闪光灯不时闪亮，像一道道模拟的闪电，照见了那张木质的琴，照见了背景的那几丛小棕树，也照见了老艺人始终静默的脸。这似乎喻示着这琴声足以穿越一切苦难和风雨。他或许真的会老去，但琴声不会老去，千年来，在一双双动情的手中，琴声破空而来，踏海而来。这玉宇间悠扬的乐声，是不会轻易消失的。你迷醉，放心吧，就一定会有人迷醉。你手舞足蹈，就一定会有人手舞足蹈。那看不见，却听得见的世界如此迷人，在我们的身中，又在我们身外。我突然很感动，想流泪，琴声掠过我的心灵，似乎有话交代，又似乎无话可说。它只是让你的心，松一阵，又紧一阵，在一松一紧之间，让你寂寞难耐，悲欣交集。经过海水千万次冲刷的沙粒会更洁白，那么，经过千万次琴声冲刷的生命呢？会怎么样？

京族人的表达很简单，他们只需要一根琴弦，简单质朴得让人想流泪。

然而，他们丰富的思想和情感，全在这一根琴弦里，一个民族的含蓄和深情，一个民族生生不息荡气回肠的精神全在这一根琴弦里。

用来征服世界的东西其实并不用很多，也不用很大。不用敲锣打鼓，也不用高声说话，用一根细细的琴弦就足够了。雷滢在维也纳金色的大厅里拨弄一根琴弦，就征服了在场所有人的心灵。为什么会这样呢？因为，每一个人，有感情的人，他们的心中都有一根弦。你拨响你那根心弦，就会颤动到别人心中的那根弦。

别人那根弦其实是你这根弦的延续。一根弦，一条心，心心相印一根弦。因为它很简单，很孤独，却完成了一件看起来相当复杂的事情，让人感到不可思议，所以，独弦琴会给人一种神秘感。据说何绍老师在国外演奏独弦琴，结束的时候会有人买走他的琴，因其难以穷透的神秘而永久收藏。

在中国古老的乐器中，独弦琴几乎是最简单的。它需要半边破开的竹子，或者一节木头做琴身，一根麻绳或竹篾做弦就基本够了。竹子先浸泡在海水里一段时间，这样就不容易开裂。如此简单的乐器，居然有着悠久的历史，早在殷代，它就出现了，经由乐师的手，把神祇召唤。这神奇的独弦琴，它几乎是沟通天地神灵的圣物。难怪生活在南方海岛上的京族人把它尊为民族之魂。直到今天，历史也无法给它增添繁文缛节的内容，它依然是，简单而纯粹。只不过，麻绳换成了钢丝，木头做成的摇柱换成了牛角。无法想象，如此简单的事物居然如此古老。古老的事物总是一再省略那些不需要的环节，保持纯粹，才拥有年轻，仿佛古老的爱情。极致的美，往往来路是最简单的。但人类若想要达到简单的境界，也是不容易的。我曾经思考过那些四四方方的青砖，也是极简单的东西，但我认为，即使是如此简单的器物，也是人类历经千锤百炼，熔铸了多少咸咸的泪水，才使它臻于如此精美绝伦的境界。所以，越是简单质朴的事物，越能唤醒我们心中的敬畏。又如我们在钦州看到的坭兴陶，不用敷彩，不用上釉，经过烧制后，自然透射出一种近乎青铜器的光芒。遇到"窑变"，更是异彩纷呈。书写了陶土和红火最隐秘的遇合，不施粉黛却容光焕发，一种让人内心安宁的质朴和纯粹是何等重要！坭兴陶，这天生丽质的南国佳人，就是因为这样绝无仅有的色泽独步一千三百多年，至今经久不衰。

我们再来注视独弦琴，它简简单单地从历史深处走来，走到我们的面前来。它也曾被遗忘过，因为声音不够洪亮、不够高昂，皇帝听不到它的声音，乐师把它丢在仓库里，几近绝迹。但它却神奇地出现在盛产楠竹的北部湾京族三岛，原因是，它的音调与京族人的语调相似。习惯海潮声和椰风海雨的京族人已经把一切声音装进心底，然后在星光缥缈的夜里低低地吟唱出来，如痴如诉，绵绵不绝。他们声音的原质里，原本就暗藏了一柱孤弦的颤响。一弦孤唱万古心，于是，他们与独弦琴就这样相知相恋千年。它与生命的呼吸和节律如此相近，因此，它其实就是生命的一部分。

一就是一切，一切就是一。因为只有一根弦，所以，它必须独自承受一切苦乐酸辛，没有人跟它商量，甚至没有人理解它的坚持。琴声起处，会有多少人参透弦底弦外终古的秘密？

我忽然想到一个问题，独弦琴和坭兴陶都是北部湾古老的事物，它们一个弄出了声音，一个弄出了色彩，都让世界为之沉醉。究其缘由，因为它们都展示了各自的独特个性，一个是京族人声调的个性，一个是钦州紫红陶土的个性。

发现个性并找到让其闪耀的载体，经过反复磨炼、探索，用智慧和灵巧使其升华，这也许就是许多事物获得永久生命力的奥秘。

千秋眉眼龙江河

河的天真与凝重

从贵州独山一路流来的龙江在南丹境内叫打狗河,古名带钩河。往上溯它依次是贵州境内的劳村河、独山江、马尾河、邦水河、麻哈河……最初的源头可以追溯到黔东南州的凯里和黄平县境内。打狗河的这边住着毛南族,那边住着白裤瑶。毛南族的还愿仪式里供奉的诸神中,有一个瑶王。师公戴着瑶王傩面表演的各种动作滑稽而俏皮。这瑶王,一身白裤瑶打扮。这说明,这两个民族,穿越这条河流进行了某种秘密的交融。毛南族人极重视子嗣,他们把求子与"求花"等同起来。有一对毛南族夫妇好不容易从花婆圣母那里求到了一枝花,却不小心在路上丢失了。正当他们伤心绝望到处寻找的时候,白裤瑶的头人把捡到的花枝送来了。毛南族对这个带来吉祥如意的白裤瑶护花使者感恩戴德。于是,瑶王成了毛南族供奉的一尊神。这样的故事,多少弥漫着点上古的气息。打狗河也染上了一份拙朴和天真。

如果说龙江这个时候还是一个顽皮的小女孩的话，到了金城江这个地方，龙江河已经快成长为一个含苞欲放的姑娘了——离成熟已经近了，但多少还保持着几分少女的羞涩。金城江成为城市是晚近的事，现在是地级河池市政府所在地。在历史上，这里曾出现过金城州、金城驿和金城巡检司，所以龙江流经此地被命名为金城江。金城江继续往东南流淌，不断汇集一些小水，而大环江河与中洲河的汇入，是两股强大的冲击力。大环江，古名环江，从贵州省荔波县流入思恩县（今环江县城，唐置环州治此）为带溪，东南流至县城称环江，又向南经东江渡与金城江汇合。清代庆远知府李文琰在《龙江考》中描述了两江汇合之后的情状："合流至夹山洞，两山壁立，乱石参差，水穿穴而出，湾环如龙，始名龙江。"小环江又名中洲河，在宜州怀远镇汇入龙江河。在中洲河沿岸的环江县东兴镇峻岭之上，一块挺立的巨石刻有汉代伏波将军马援的名字，这里流传着马伏波南征时曾寓于此的传说，甚至还有诸葛堡这样的地名，颇有屯田制遗韵，当初诸葛亮的教化也曾泽及此地。中洲河两岸旧称抚水州。宋代的环州蛮和抚水蛮一反再反，像韭菜一样割了一批又长一批，几令统治阶级头疼欲裂。最惨烈的莫过于被称为"环州蛮"的宋代壮族领袖区希范反宋史实。他自称桂州牧，拥贵州白崖山酋蒙赶为帝，在黔桂边境啸傲山林，声势浩大。最后被统治者诱出杀害，残酷镇压。"乃醢（剁成肉酱）希范赐诸溪峒，绘其五脏为图传于世。"绘制五脏图，可能是为了看看"反贼"肚子里与常人有什么不同。这张血腥的区希范五脏图后来成了中国第一张人体解剖图,在中医学史上很著名,常被人提及。史书上把狄青平定侬智高叛乱与杜杞镇压区希范反宋并提,作为统治者在广西建立的丰功伟绩。可见,环江区希范反宋,的确是一件惊天地、泣鬼神的大事。还有后来的革命英雄韦拔群,他被叛徒杀害后,当局将其首级示众,极尽炫耀和警示之能事。历史在这些环节上竟有点神似,恍恍然仿佛是某种轮回。有时候我们很绝望,就是因为历史不断重演。千古宿命的项圈在一个个脖子上套来套去。韦拔群身上,激荡着红水河的涛声,而区希范,他是龙江的传奇。壮族英雄的悲剧在桂西北两条重要的河流上演绎,青山依旧在,几度夕阳红。

史载宋朝将官黄忱镇压抚水蛮起义后,置得胜寨,这就是如今德胜镇的来历。一个地名,是一段荣耀,同时,也是一段伤痛。一个小镇的形成常常是缘于一个人疯狂的梦想。这个梦想可能会伴随着血腥的杀戮,最终都是坚强的意志力战胜了漫漫的黄尘,梦想渐渐凝固为现实。一座小镇,就这样出现。黄忱班师后在德胜的一座山崖下洗剑,人们因此建有洗剑亭,崖壁上至今留有当年讴歌将军洗剑的诗句。南方雨水淋漓,石头上的文字极容易模糊难辨。但有两句依然清晰:"尘垢涤余三尺莹,氛霾销后七星浮。"九百多年过去了,读之仍感寒气逼人。有多少往事,记录在大环江与中洲小河呜咽着的流水声中?它们携带深山丛莽的迷雾流岚一路向日渐宽阔的龙江奔涌而来。清代莫梦弼在中洲河畔揭竿而起,号称顺德王,清末五十二峒的会党起义,足以证明风雷在这里不会长久蛰伏。辛亥革命爱国将领、后来出任贵州省省长的卢焘无疑也代表了这条河流的卓越气质。大环江与中洲小河是携带着历史的雄奇与壮烈进入龙江河的，龙江河因此变得壮大和坚强起来。

诗意的栖居

中洲河的汇入，直接成就了龙江河岸的南方古镇——怀远。怀远的富庶曾经使它成为广西四大名镇之一。给怀远桥题名的是民国桂系三大巨头之一的白崇禧，这个被誉为"小诸葛"的战将能否安顿好这川渊水我们不得而知，但白崇禧的手笔足以让地方上为之自豪。怀远曾经是水陆交通发达的商品集散地。如今，寂寥的老街，斑驳的骑楼，断裂的青石板，废旧的祠堂馆舍仍在叙述旧日的繁华。呵气成云的一代名镇，得益于两条水的汇集。水的汇集，也是文化的汇集，信息和能量的汇集，自然也是财富的汇集。

站在怀远的古码头上可以看到壁立千寻的八滩山。山与江紧紧相偎。人们在山的绝壁上发现了古老的悬棺葬，有一些已经被采药者掀下来了，有一些仍然在石壁上。悬棺是独木雕成，像一只船。我曾有幸见到过一具八滩山的悬棺，陈旧的木头上木纹有如惊涛骇浪一般清晰，令我记忆犹新。那里面还有一匹历经久远年代却依然金灿灿的壮锦，无疑，壮族的先民早就栖居在龙江河岸，并且创造了他们的文明。八滩山的悬棺总是置放在临江的峭壁之上，在人迹罕至的岩洞里，连野兽也无法企及的地方。壮族的先民认为这样做他们的先人才能得到安宁，才会佑护他们。而临水峭壁上的悬棺，却给我更远的遐思。高天绝壁，是离天堂很近的所在，他们的魂灵即将飞升之时仍然眷恋尘世之河，无限烟波里，有他们曾经的爱情和守望，有他们的后人在穿行，他们深情地回眸，总是希望会有熟悉的目光相接。对生者而言，把先人的遗骨葬在水边石壁之上，渔人们一抬首就可以完成一种冥冥中的对话。这生和死，原来如此诗意。

离八滩山不远的地方还有古波画马岩，数百匹栩栩如生的朱砂绘就的战马挟带明代的风烟踢踏而来。夜深人静之际，人们似乎还会听到忽远忽近的嘚嘚马蹄声和萧萧马鸣。那是来自历史深处不绝如缕的律动。月光滔滔，总是会复活许多事物，而白天，这些红色的马，静影沉璧。

一座城市的文气与歌谣

龙江到了宜州城，就变成了一个丰姿绰约的大美人，处处展示出她成熟的风韵和魔力。我不知道是江成全了城，还是城成全了江，总之，这里诞生了桂西北第一座城市。汉武帝元鼎六年（前111年），定周县出现在龙江河北岸，一道城市的曙光开始照耀桂西北。我们知道，那一年，汉武帝一举平定了南越国，金瓯底定。在那样的情势下，定周县得以确立。此处的"周"字，当有周边和边境的意思。定周，语含斩钉截铁的气度，体现了汉武帝强大的意志力对这一流域的坚强统治。古老的《水经》记载，当时的龙江叫存水，到了定周县治就叫周水了。水以县名，让我们知道，这水与这城，息息相依。《水经》还说："（周水）又东北至潭中县，注于潭。"潭，就是今天的融江。龙江最后在柳州附近汇入了融江。之后，共赴柳江。西汉的定周县已经管辖到今天巴马一带，实际上就相当于今天的河池市了，至少包含了河池市的大部分。以巴马的盘阳河为界，河这边是定周县，河那边是增食县。

龙江在这一段落得以丰硕还有一个原因，那就是，下枧河从城北的千山万壑中款款流来。河流的汇入总是意味着文化的汇入。下枧河的上游是唐贞观四年（630年）就建置的天河县（1952年并入罗城县）。天河县的蓝靛村，据说就是壮族歌仙刘三姐的出生地，那里还留有很多古老文化遗址，有会唱歌的百灵鸟，有美丽纯洁的太乙莲。刘三姐正是从那里出发，沿着下枧河一路传歌。从罗城到宜州，再到柳州，她走的是水路，心无际，波相连，于是，整个柳江水系都铺满了她的款款情歌。龙江流域的确是刘三姐歌谣文化水草丰美的丰腴之所，令多少爱歌者如痴如醉，流连忘返。有河水处，就有三姐的歌谣。而刘三姐本人，据《宜山县志》载，小时叫刘三妺，长大后人称刘三姐。因为爱唱山歌，令其兄憎恨，在下枧河崖壁上砍柴时，她哥哥砍断刘三姐抓住的藤蔓，于是，刘三姐坠水而死。漂到梧州，当地人把她捞起来，起了一座庙供奉，叫龙母庙，甚为灵验。龙母，我更愿意把她理解为龙江河的母神。歌仙与母神两位一体，亦仙亦神。这条河流正是因为刘三姐而获得了特殊的文化意义。

宜州城西的龙江北岸有一座天门拜相山，山脚下有个叫状元湾的村落。在宋代，这里出了个三元及第的冯京，同王安石同朝，官至参知政事。这里至今流传着这样的民谣："头戴平顶帽，脚踩万年河，左手牵骆驼，右手攀龙角，前面九龙来戏水，后有龙尾通天河。"头戴平顶帽，指天门拜相山山顶很平。相传冯京的父亲冯商贫穷时与其父在山上伐木烧炭，其父在山上去世，冯商归家置棺营葬，返回时发现蚂蚁已搬土封尸成墓，遂葬冯京的祖父于山顶。《粤西丛载》云："其地形乃照天烛也，其光在顶，适葬于绝巘之巅，最为奇穴。"后来冯京考中状元，并且是三元及第，还官至参知政事。这座山因此被命名为状元山，又叫天门拜相山。万年河指龙江，可见其亘古苍茫，是一条源远流长的古水。左边有驼山，右边有龙角山，河对岸是九龙山，后面是下枧河。这首歌谣透出的龙文化的信息，与龙江十分契合。明代庆远知府岳和声曾叫五丁采伐龙江河奇峰秀石置于文庙前的泮池之内，仿佛文笔挺秀，幻出莲朵。他勉励宜州子弟说："冯当世挺出于此，天门拜相山英灵未歇。"又作诗云："天门旧有峰峰在，莲岳新添个个成。"我们仿佛看到了文豹踏着龙江河中的林立奇峰，腾跃而来，"为庆地开千秋眉眼"。

北宋大诗人黄庭坚被贬谪宜州时寓居南楼，曾数度过江，来往于南山和北山之间。南宋宜州太守张自明以自己的俸禄创办龙溪书堂，并亲自绘就龙溪书堂图，刻之于石，至今犹存。在这幅珍贵的碑图中，我们看到了会仙山、青鸟山，以及山上寺庙，看到流淌着的龙江水以及张自明手书的"龙江"二字。江流是城市最灵动的事物。江河对于城市的意义就像是血管对于人的意义一样，你甚至会忘记它的存在，但它对生命至关重要。志书上载张自明后来蝉蜕登仙而去，今九龙山尚有古人留下的"丹霞遗蜕"四字，虽然有点荒诞，但与唐朝会仙山白龙洞陆禹臣羽化而飞升事联系起来，与歌仙联系起来，龙江一个显著的特色就出现了：这是一条有仙气，颇神秘的江河。这种神秘的气息贯穿这条河流的始终，成为独特的人文底蕴。

千古泣血映成霞

到了明代，惊心动魄的故事出现了。朱棣发动宫廷政变，抢夺了他侄儿的皇位，史称"靖难之役"。明惠帝朱允炆在四顾茫然无人勤王的情势下，仓皇离宫，从此不知去向。或云出家为僧，或云隐匿行迹，但都倾向于认为是往南逃。明惠帝逃经广西宜州时，当时的庆远卫指挥使彭英，曾经在宫廷里侍奉过明惠帝，算是旧臣。君臣相见，无不感慨万千。彭英蒸羊为食，对明惠帝盛情款待。明惠帝准备离开宜州继续往南时，彭英又多有赠送。大约是明惠帝感到无以酬报，加上改乘舟船沿龙江向东而去，遂以所骑骏马相赠，并动情地吟诗一首："蹴踏人间若许年，艰难险阻共周旋。我今别尔东西去，何时相逢兜率天？"谁知道，正当明惠帝解缆登舟之际，那骏马忽然长啸一声，腾空而起，以头撞击江岸的礁石，顿时，血流喷涌，骏马轰然倒地气绝。明惠帝深为马之忠义震撼，悲痛之余，用一块布蘸着马血，几乎是颤抖着，在江岸的一块巨石上写下了"泣血"二字，这就是千古悲歌泣血碑的来历。明惠帝还以江边的一块石头作为祭台拜祭了这匹忠义的马。龙江河见证了这一感人至深的情节。我不知道,今天江面的晚霞里,是否贮存了那匹马的血,那曾经飞溅的瑰丽?明惠帝离开后,宜州人也深为马之义举所感动,不仅镌刻了"祭台"二字,还在附近将马安葬,建成义马冢。迄今,"祭台"与"泣血"依然映现在江边林立的礁石之上,没有被滔滔的江水洗去,游船过往时,人们都争相引颈张望,同时接受这样的字眼对人心的深刻考问。

眼波终古青青流

明代宜州进士李文凤著有《月山丛谈》。月山,是龙江上的一座小山,在郡城的西面。东面有一座小山叫日山,也是在龙江之上。这日月二山千百年来交相辉映,为宜州城积聚天地精华。李文凤以月山作为著作的名称,可见龙江在他心目中的位置。

明代崇祯年间,徐霞客旅次宜州。他登上了北山之巅,对郡城进行详尽的考察。"绝顶中悬霄汉,江流如带横于下。"他在龙江北岸徜徉,看到"江崖危石飞突洪流之上"。他游庆远府时是该府最为凋敝之时,他在游记中写道:"闻昔盛时,江北居民濒江瞰流亦不下数千家,自戊午饥荒,蛮贼交出,遂鞠为草莽,二十年未得生聚,真可哀也。"这位伟大的旅行家和地理学家以民生为重的情怀简直是呼之欲出。我们从中还可以窥见明代龙江流域的社会变迁。

到了清咸丰年间,太平天国翼王石达开领部登临白龙洞,惊叹于粉墙上楚南刘云青的英俊诗句："万家遥带雨，一水怒号风。"这一水，就是龙江河。这显然是一条桀骜不驯的南方河流。它古风习习，多数时候克制内敛，深沉含蓄，但有时候也狂傲不羁，敢于叩问苍溟。

抗战时期，国立浙江大学曾西迁宜州办学。国学大师马一浮惊叹这条河流"水石清峭"，在国家多难的时刻，他久久地凝望龙江河，发出了"白头川上望，天下正滔滔"的浩叹。多年之后，这位在龙江河边写下哲学著作《宜山会语》和浙江大学校歌的文化老人还在深情地回忆："龙江余瘦骨，红豆忆林梢。"

那么多的小河潺潺而入，那么多的溪水淙淙而来。经历了无量的暴雨狂沙，而亘古的龙江河，依然如此纯粹，飘逸而超脱。真正的文化不会拒绝融合，但它始终保持超脱独立的品质，这样的文化，可能才是源远流长的。这是龙江河给我们的启示。

我忽然觉得，龙江是桂西北群山中无比深邃而神秘的眉眼。它时而闪亮，时而阴郁；时而灵动，时而呆滞；时而沉静，时而愤怒；时而泪光闪烁，时而望穿秋水。有时候洒满了星月文章，有时候云蒸霞蔚，水汽氤氲。历史的风帆烟尘，两岸的子规啼血，虎啸猿鸣，春日的桃花翻浪，秋夜的萤火"蛮歌"，鬼节之夜，那一盏盏送祖宗下船的灯火，都映照在青青的眼波上。有一些故事是一掠而过，有一些是沉入眼底，凝成眼眶，幻化为如刀如剑的一川礁石。还有一些，成为流淌着的阴霾，叙说终古寂寞。

刀锋上的光芒

你可以模仿一把刀,但你无法模仿刀锋上的光芒。

刀锋上的光芒

猎人打猎物,还会闭着一只眼睛呢,你能说他猥琐吗?人类产生力量的状态,都不是太光鲜的,太光鲜就是摆了。最勇猛的鹰,站在树上都像生病了一样,猥琐极了,但它突然的一击,却是致命的。我觉得文学的语言,就应该是这样的状态。

* *

语言不要有太多附加的成分,语言就是语言。小树得靠叶子来掩盖虚弱的枝干,大树全部赤裸出来拥抱风霜,所以大树不是太在乎叶子的。粗糙的东西拿在手上,在人群中奔跑也不会滑落。有力量的树皮都是粗糙的,开裂的,上面记录着它们与风霜游戏的痕迹。那是一种烂不成材的样子。这样粗糙,正好保证了树的枝干与最高端的细叶,在苍穹中的那一场寂静的对话。

* *

你到遥远的地方,才会摸到你那条颤抖的根。而在近处,你那条根，是沉睡的。这条根，可能就是我们的故乡。

****

我最近有一个想法，拿起桌面上的一枚针是不需要下大力气的。要巧妙，细心，有方法。对于一首诗，一篇散文，可能就像拿起一枚针一样。

****

文学到头来都要脱掉乱七八糟的东西，包括知识，只留下血肉和心灵。如果一定要借用典故什么的，那一定是那样的东西最适合让灵魂附着。就像老鸟，躲藏在一块黑暗的土坯旁边；就像老地主，革命胜利后，躲藏在墙角后面。

****

我理解的散文，应该像是在万里长江坐篷船时打开的那扇窗口。由于积年风吹浪打，窗口不一定很美，可能有些斑驳了。窗口看到的只是万里长江的一小部分，而这一小部分却暗示着一个在天地间涌动不歇的生命整体。有限的窗口，给人感知无限的风景和境界。如果硬要给这扇窗口赋予哲理或文化的意义，我都认为是刻意限制了它。

****

愚是天地混茫之元气也。

布努瑶播种之前先到山边找一片土质好的地方种三蔸禾。在大石山之中,这样的地方还真不容易找。待到谷物成熟收割时,先收这三蔸禾产的谷子,晒干,脱壳,煮一餐饭,连同猪肉带到山坡下祭祀山神。

* *

一旦进入文字的编织中,我坐公交车总是坐过站。每一段话,都有可能是不见天日的丛林,那么原始,那么诡秘,那么深邃,足以让你忘记身处何方,今夕何夕。所以,现在一上公车我就提醒自己,文字之外另有天地,不必沉溺。左顾右盼,两耳细听,切莫误站。若是忘乎所以,被抛在荒山野岭,被雨淋,没人同情。

* *

只有文字和初恋这两件事物,能够让我在幽暗的街角,或者在寂寞的老树下,宁静欢喜地守候一个小时,甚至,两个小时。

* *

少时写过一首诗《老屋》:"雨点是孤独的树蚕,食尽这屋子的光华。"长大后写《遥远的果园》:"我疑心,那园子的最后熄灭跟一场夜雨有关。"又说:"世上所有生动的东西,都会在长长的夜雨里减尽它的光华。"后来又写《经历雨夜》:"我走出雨中,又有谁走进雨中?"雨的历史,是我写作的历史。

* *

每一个作家都是一条寂寞的江河,时而狂躁,时而静谧,时而清澈，时而浑浊。它的任务是往前流淌，披星戴月。相对于坚实肃穆的岸，它是永不止息的梦……

※※※※※※※※※※※※※※※※※※

那种节制、收敛的语言，那种看似废话但有韵味的语言，那种接通微茫或者混茫世界的弥漫性语言，那种横空出世的语言，那种严肃场合让人忍俊不禁的语言，那种凛冽的岩石间小花小草般闹小情绪的语言……是我心目中的贵族语言。

※※※※※※※※※※※※※※※※※※

某些时候，或者说，大多数时候，文学是我们天空的月亮和星星，是不能太跟现实黏在一起的，必须疏离出来！比如两块热乎乎的肉靠在一起，你只能闻到汗骚味、狐臭味，非常无聊。要是另外一块是冰呢？那就不同，会有一声惨叫。文学是冰，让人惨叫一声，让现实惨叫。

※※※※※※※※※※※※※※※※※※

语言的来临跟忧伤或快乐的情绪一样，稍纵即逝。我们想用笔、键盘去还原，只能得点空壳或者碎片，注定短斤少两。那股水经过时激越的节奏还原不回来，那脉山飞过时黑色的混茫还原不回来。除非我们整日无言，只让笔尖说话，将一切有可能来临的深埋笔底，储存惊雷骇浪。否则，蝉飞走了，我们只怀揣着空空的壳。

※※※※※※※※※※※※※※※※※※

我的文字如果还能在缝隙中顽强生长，完全是因为还有一些朋友喜欢。他们的话,是一道道无私温暖的阳光,滑过那些冷漠的巉岩,潮湿阴暗的老树根,古朽而带着偏见的鸟巢,以及颓废叹息的落叶,向我走来。我十分脆弱,没有朋友们的鼓励,文字那脆薄的羽翼不敢伸展,伸展,也会微微颤抖。怎敢飞向那风雨?

* *

文学也一样,懒人才能做好。懒人敢于把收集到的素材晒干水,以免做成作品后架子松动、变形,造成散架。懒人把作品的生产期拉长,实则是为了让作品在成型过程中吸收更多的天地日月精华。懒人喜欢悠悠梦寐,是为了养成闲散自由的心态,像篱笆上的瓜藤,开花结果自有其时,用口号喊不出来。

* *

如果文学是一件如捉萤火般的事情,那么,老师的意义不在于举起明灯引路,而在于鼓励你尽可能久地待在黑暗里,适应黑夜。点灯帮忙捉萤火,纯粹是帮倒忙。

* *

一个人,能够成为作家,他心里一定有个隐秘的印记。这个印记,不是深邃的黑,就是难解的蓝,或者是一道起伏山梁般的小伤口(早就愈合了,但里面不慎遗留有杂质,气候变化时还可能有感觉)。这个神秘的印记是不可能当成大旗举起来的,但它比大旗更能让作家获得恒久的激情。

小的虫子穿不过蜘蛛网，粘上了也逃不脱。大的虫子却能冲破蜘蛛网，但它的身上，可能一辈子系着残碎的网丝，留着几许奇怪的蜘蛛的味道。

※※※※※※※※※※※※※※※※※※※※

真正的艺术家、小说家、诗人，他们的脸上都浮动着一层浑浑噩噩的雾一样的表情，好像身体总有一部分没有睡醒一般。这是一份苍茫，也是一份雍容。寂寥未凿的气质是天地鸿蒙最初始的那份宁静，是艺术的起源，是星月的故乡。

※※※※※※※※※※※※※※※※※※※※

天才就像树尖的嫩芽，特别脆弱，特别敏感，但它又的确是一棵树最纯粹的高度。所以谁要是掌握这个脆弱的秘密，摧毁天才是很容易的。有良知的人才会保护天才。但天才通常遭遇没有良知的人。那些给天才带来恐惧和压力的人，是魔鬼派来的。

※※※※※※※※※※※※※※※※※※※※

独处，屏除外缘，卸下面具盔甲，脱下马靴，得自在。独处也是休息，不一定睡着才是。睡着了，也是善待独处的结果。失眠者大多不会善待自己的独处，他们太功利，在清泉潺潺、苔痕蔓延、藤萝抱树的林子里制造紧张，用强迫自己睡着的念头绑架独处的时光，结果这个念头就像一只被控制的野兽一样，长夜咆哮。

※※※※※※※※※※※※※※※※※※※※

不知不觉，洗脸的毛巾变薄了，一定有什么东西在静悄悄流失。

比如此时楼下的狗吠声声,那是狗的激情在黑夜里流失。有一天,它的声稀薄了,就无法扬到十七楼这个高度。在今夜的灯光下,我认真观察一条变薄的毛巾,顺带倾听远处的狗吠,毛巾的一头已经出现了渔网状。准确地说,是璎珞状——很有规律地排列。

* *

孩子,你不可以命令别人停止说话,说声音吵你入眠。有一个真理,这个世界不会为你安静,你必须学会在喧闹中入睡,适应环境,旁若无人。要彻底的安静就住到深山老林去吧,一个人看月亮。但我要提醒一下,深山老林仍然免不了会听到野兽的叫声。野兽和枭鸟的聒噪绝对不会让你烦躁,但是,却会让你毛骨悚然。

* *

就像冷风,通过树洞和崖隙吹出乖戾口哨,通过空旷原野发出呜呜悲鸣,通过潮水拍响万马嘶吼。文字,通过形形色色的手指,幻化个性迥异的风景。文字过境时,可能微服私访,悄无声息,可能吹吹打打,极尽张扬,也可能飞沙走石,留下荒乱残迹。声名狼藉的作家,往往就是第三种,承受着狂风骤雨之后的萧条。

* *

善良的魔鬼们,可能更接近圣的精神。

* *

打造最精致的器物时容不得干扰,包括自己对自己的干扰,尤其是准备收工的那一刹那,需要高度寂静,天地洪荒,好接收天宇飞来的半截冰泉,竹林蹿出的一抹凉月,抚慰成器物若有若无的光芒。

※※※※※※※※※※※※※※※※※※※※※※

烧红的木炭,把它们分别丢在风中,不久便一一熄灭。这熄灭,并不是能量已经耗尽,而是没有了氛围,失去了燃烧的环境,被匆匆弃置。所以说,一个良好的氛围可以促使人释放出巨大能量,而不至于让心灵深处的火焰过早地熄灭。

图书在版编目（CIP）数据

时间之野 / 何述强著. -- 桂林：漓江出版社，2023.12（2024.3重印）

ISBN 978-7-5407-9680-8

Ⅰ. ①时… Ⅱ. ①何… Ⅲ. ①散文集 - 中国 - 当代 Ⅳ. ①I267

中国国家版本馆CIP数据核字（2023）第231930号

时间之野

作者 | 何述强

出版人 | 刘迪才
策划编辑 | 何伟　黄圆
责任编辑 | 吴桦
助理编辑 | 兰昕悦
装帧设计 | 石绍康
责任监印 | 杨东

出版发行 | 漓江出版社有限公司
社址 | 广西桂林市南环路22号
邮编 | 541002
发行电话 | 010-85891290　0773-2582200
邮购热线 | 0773-2582200
网址 | www.lijiangbooks.com
微信公众号 | lijiangpress

印制 | 北京中科印刷有限公司
开本 | 889 mm × 1230 mm　1/32
印张 | 9
字数 | 194千字
版次 | 2023年12月第1版
印次 | 2024年3月第2次印刷
书号 | ISBN 978-7-5407-9680-8
定价 | 59.00元

漓江版图书：版权所有，侵权必究
漓江版图书：如有印装问题，请与当地图书销售部门联系调换